LE CIMETIÈRE DE PIANOS

DU MÊME AUTEUR

SANS UN REGARD, Grasset, 2004.
UNE MAISON DANS LES TÉNÈBRES, Grasset, 2006.

JOSÉ LUÍS PEIXOTO

LE CIMETIÈRE DE PIANOS

roman

Traduit du portugais
par
FRANÇOIS ROSSO

BERNARD GRASSET
PARIS

L'édition originale de cet ouvrage a été publiée par Bertrand Editora, à Lisbonne, en 2006, sous le titre :

CEMITÉRIO DE PIANOS

ISBN 978-2-246-72341-7

À ceux qui vont ressusciter.

Mais ceux comme nous ont pour destin d'affronter le monde en orphelins, pourchassant au long des années les ombres de parents évanouis. Nous n'avons d'autre choix que de chercher à mener nos missions jusqu'à leur terme, du mieux que nous pouvons, car aussi longtemps qu'elles ne seront pas accomplies, nous n'aurons pas droit à la paix.

Kazuo ISHIGURO,
Quand nous étions orphelins.

Je ne prie pas pour eux seulement, mais pour tous ceux qui, par leur parole, croiront en moi, afin que tous soient un. Comme toi, Père, tu es en moi et moi en toi, qu'eux aussi soient en nous, afin que le monde croie que tu m'as envoyé. Je leur ai donné la gloire que tu m'as donnée, pour qu'ils soient un comme nous sommes un : moi en eux et toi en moi, afin qu'ils soient parfaits dans l'unité, et que le monde reconnaisse que tu m'as envoyé et que tu les as aimés comme tu m'as aimé. Père, ceux que tu m'as donnés, je veux que là où je suis, eux aussi soient avec moi, afin qu'ils contemplent ma gloire, que tu m'as donnée parce que tu m'as aimé avant la fondation du monde. Père juste, le monde ne t'a pas connu, mais moi je t'ai connu et ceux-ci ont reconnu que tu m'as envoyé. Je leur ai fait connaître ton nom et je le leur ferai connaître, pour que l'amour dont tu m'as aimé soit en eux et moi en eux.

Evangile selon SAINT JEAN,
17, 20-26.

Quand je suis tombé malade, j'ai su tout de suite que j'allais mourir.

Dans les derniers mois de ma vie, quand j'arrivais encore à parcourir à pied le chemin entre notre maison et l'atelier de menuiserie, je m'asseyais sur une pile de planches, et, sans pouvoir aider fût-ce aux choses les plus simples : aplanir le linteau d'une porte, enfoncer un clou : je restais à regarder Francisco travailler, concentré, dans un nuage de parcelles de sciure. Jeune, j'avais été comme lui. Et ces après-midi-là, par-delà tout ce temps impossible depuis ma jeunesse, je m'assurais qu'il ne me voyait pas et, quand je n'en pouvais plus, je me prenais la tête entre les mains. Je soutenais le poids immense de ma tête : un monde : et je couvrais mes yeux avec mes mains pour souffrir à l'intérieur de l'obscurité, à l'intérieur d'un silence que je feignais. Ensuite, dans les dernières semaines de ma vie, j'ai dû rester à l'hôpital.

Marta n'est jamais venue me visiter à l'hôpital. Elle était enceinte d'Hermes. C'étaient les derniers mois et Marta, fragile comme elle est, avait besoin de beaucoup de soins durant le temps de sa grossesse. Soudain, je me souviens d'autrefois, quand elle était petite, et comme elle était contente sur la trottinette que je lui avais achetée d'occasion, je me souviens d'elle quand elle allait à l'école, je me souviens de tant de choses. Alors que je me trouvais à l'hôpital dans l'attente de mourir, Marta était dans un autre hôpital, pas trop loin, dans l'attente qu'Hermes naquît.

« Comment va mon père ? demandait Marta, étendue, les cheveux décoiffés, les draps de son lit d'hôpital couvrant son ventre.

— Toujours pareil », répondait quelqu'un, mensongèrement. Quelqu'un qui n'était pas ma femme, ni Maria, ni Francisco, car aucun d'eux n'avait la force de lui mentir.

Le dernier après-midi où j'étais encore vivant, ma femme, Maria et Francisco sont venus me rendre visite. Tout le temps de ma maladie, Simão n'a jamais voulu venir me voir. C'était dimanche. J'étais séparé des autres malades, parce que j'allais mourir. Je m'efforçais de respirer et ma respiration était un râle épais, rauque, qui emplissait la chambre. Au bout du lit, ma femme pleurait, étouffée par les larmes, par son visage convulsé, par la douleur : souffrir. Sans choisir ses mots, elle les disait au-dedans de plaintes tendues, étirées, si longues, à peine interrompues lorsqu'elle reprenait intensément son souffle avec avidité.

C'étaient des mots qui brûlaient dans son corps amaigri, vêtu d'un gilet de laine, d'une jupe qu'elle aimait, de chaussures bien cirées.

« Mon mari mon bien-aimé qui es mon meilleur ami et je reste sans toi mon mari bien-aimé mon compagnon mon ami si grand si grand... »

Maria pleurait et tentait de serrer sa mère dans ses bras, de la consoler, parce que dans leur poitrine toutes deux sentaient le même vide définitif et terrible que j'aurais senti si un jour j'avais perdu l'une d'elles. Francisco regardait par la fenêtre. Il s'efforçait de ne pas voir. De ne pas savoir ce qu'il savait. D'être un homme. Ensuite, l'air sérieux, il s'est approché de moi. Dans le temps éternel et concret, il m'a caressé le visage et a posé sa main sur ma main. Sur la table de chevet, le plateau de métal gris, il a trouvé un verre d'eau et un bâtonnet en bois au bout recouvert de coton. Il a mouillé le coton dans l'eau et l'a glissé dans ma bouche ouverte et sèche. J'ai mordu avec tout ce qui me restait de force, et Francisco s'est étonné de sentir ma force pour la dernière fois. Il a retiré le coton, m'a regardé et a pleuré aussi, parce qu'il n'arrivait plus à se retenir. Maria l'a embrassé et l'a traité comme au temps de l'enfance :

« N'aie pas peur, mon petit, on ne va pas te laisser seul. On va s'occuper de toi. »

Toute ma force. J'employai toute ma force et

ne parvins à produire qu'un son horrible de moribond. J'aurais voulu dire à Francisco et à Maria que moi non plus, je ne les laisserais jamais seuls, j'aurais voulu leur dire que j'étais le meilleur ami qu'ils avaient dans la vie, que jamais je ne les laisserais seuls, ne cesserais d'être leur père, de m'occuper d'eux, de les protéger. Au lieu de quoi, j'employai toute ma force et ne parvins à produire qu'un son horrible de moribond. Le son d'une voix qui n'arrivait plus à parler, le son d'une voix qui en usant de toute ma force ne réussissait à produire qu'un bruit rauque avec la gorge, un son horrible, un son de moribond. Ils m'ont regardé et ont pleuré davantage, ils ont senti dans leur poitrine tout le vide terrible, noir : profond, profond : que j'aurais senti si un jour j'avais perdu l'un d'eux.

Ils sont partis chez Maria et chacun est resté abandonné dans un coin au-dedans de la souffrance. Eloignée, protégée, Ana avait deux ans, elle était chez ses grands-parents paternels. Sans protection, ma femme, Maria et Francisco attendaient que sonne le téléphone. Ils attendaient l'appel de l'hôpital qui leur annoncerait que j'étais mort. C'était ce qu'avait dit l'infirmière :

« En principe, nous vous téléphonerons aujourd'hui. Nous vous téléphonerons dès que votre mari sera décédé. »

C'était ce qu'avait dit l'infirmière. Sans remarquer que ma femme n'était déjà plus personne. Sans remarquer que les paroles qu'elle lui adressait se perdaient sans écho dans son obscurité.

Errante, la nuit. Avec l'errance sans mesure de toutes choses universelles, la nuit recouvrit tous les lieux du monde qui tous ensemble n'étaient que cela : la maison de Maria : les poupées en fausse porcelaine posées sur les étagères, les couvertures sur les divans, les coins brodés des tapis, les lustres imitant le cristal, les gravures dans les cadres : cette maison des fêtes de Nouvel An où nous chantions faux des chansons de bonne année, où nous frappions dans nos mains à contretemps, où nous riions : cette maison de fêtes de Noël où je m'asseyais sur le canapé, où l'on mettait la nappe ornée de sapins et de cloches et où l'on sortait les grands verres à pied. Dans cette maison, chacun est resté abandonné dans un coin au-dedans de la souffrance.

A neuf heures du soir, le téléphone a sonné. Il a sonné un moment qui a duré très longtemps, car personne ne voulait répondre, tous avaient peur de répondre, tous savaient avec une très grande certitude que lorsqu'on répondrait s'achèverait définitivement l'espérance jusqu'au dernier instant, s'achèveraient les presque trois ans de ma maladie, qui, on l'avait toujours su, me conduiraient à la mort, à ce téléphone qui sonnait et sonnait sans que personne voulût répondre. Le téléphone a sonné, le son a traversé la maison et la poitrine de ma femme, celle de Maria, celle de Francisco. Le mari de Maria a fini par décrocher. Alors ses paroles, dans un suspens noir du temps, comme dans une ombre du temps :

« Oui, oui. Bien. Je leur dirai. »

Il s'est approché de mes enfants et de ma femme, et leur a dit. Un mur invisible entre son visage et les mots qu'il prononçait. Un mur invisible entre le monde et les mots qu'il prononçait. Un mur qui ne permettait pas de comprendre tout de suite des mots pourtant si simples : Hermes venait de naître.

Hermes venait de naître.

Et les mots étaient ceux-ci :

« Marta vient d'avoir son bébé. »

Hermes venait de naître.

A l'hôpital, Marta se reposait. Et personne ne savait comment faire pour être heureux, mais le bonheur était très fort et il grandissait en eux. C'était comme s'ils avaient eu une source dans la poitrine et que le bonheur eût été cette eau. Il y eut un miracle, qui mua les larmes en larmes. Et ils avaient les mains serrées sur la poitrine. Les paupières fermées très lentement sur les yeux pour sentir la pluie douce de ce bonheur qui les couvrait, les inondait.

Une heure passa. Le téléphone sonna de nouveau.

Je venais de mourir.

La lumière du matin ne sent pas les vitres propres de la fenêtre au moment où elle les traverse, pour se poser ensuite sur les notes de piano qui s'élèvent du poste de T.S.F. et flottent dans l'air de la cuisine. La lumière du matin, posée sur les notes du piano, s'attarde en pointillé sur les reflets des carreaux blancs du mur, sur les coins de la table en formica, sur les gouttes d'eau en suspens au bord des casseroles lavées et retournées sur le côté de l'évier.

Ma femme passe. Elle ne remarque pas l'agitation invisible et lumineuse des notes de piano qu'elle laisse sur son passage. Légère, elle passe, manches retroussées jusqu'aux coudes. Et sans le remarquer, elle porte sur son visage la clarté du matin. Elle passe dans le couloir. Sa peau brille sous les ombres. Ses pas, étouffés par la moquette, ne se distinguent pas du silence. Elle s'approche de la porte ouverte du salon pour sourire en regardant le petit corps d'Íris assise sur le tapis, entourée de jouets et de morceaux de jouets : des jambes de poupée.

Ma femme reste ainsi un moment. Íris a presque trois ans et ne sent pas le regard qui la couvre et la protège. Durant ce moment, ma femme n'a pas d'âge et ne sent pas la taille de la maison de Maria où les meubles craquent à distance : l'armoire remplie de vêtements démodés, dans la chambre de Maria et de son mari au fond du couloir ; le canapé de fer et de ressorts que ma femme déplie tous les soirs pour se coucher et replie à son réveil, dans la salle à manger, à mi-chemin du couloir ; le réfrigérateur qui se plaint sous les notes du piano qui s'élèvent du poste de T.S.F., à l'autre extrémité du couloir.

Íris est née à une date où il ne restait déjà plus de moi que des conversations et des photographies. Íris ne comprend pas encore toutes les conversations, elle ne remarque pas les photos de gens qu'elle ne connaît pas. Elle a les yeux bleus comme la mer des cartes postales de vacances, des cheveux longs qui finissent en boucles tombant sur ses épaules et dans son dos. C'est une belle enfant sauvage. Certains jours, elle se met à courir de toute la vitesse de ses petites jambes, elle se jette tête première sur le sofa, et elle éclate de rire. Pour le moment, elle est tranquille et joue avec ses poupées. Comme tous les matins, elle s'est réveillée quand sa mère est venue réveiller sa grande sœur pour aller à l'école. A la table de la cuisine, Ana, à moitié endormie, ne répondait pas aux questions qu'Íris lui posait avec insistance. Maria allait et venait, cherchant de petites choses : des mouchoirs, des clefs : qu'elle plaçait dans la valise. Ma femme pressait Ana, qui n'en finissait pas de manger sa bouillie. En juillet, il n'y a plus d'école, mais Maria continue à la faire lever parce qu'il y a une institutrice qui, pour un peu d'argent, continue à s'occuper des enfants, à leur apprendre à compter et à leur donner des devoirs. Comme tous les matins, ma femme a pris Íris dans ses bras et elles se sont approchées de la fenêtre pour voir Ana, en blouse rayée, qui s'éloignait en bas dans la rue, se laissait distancer et courait de nouveau, se laissait distancer et courait derrière sa mère pour disparaître au coin avec elle.

Maintenant, Íris est tranquille et elle joue avec ses poupées.

« Tu ne veux pas manger ? Pourquoi tu ne veux pas manger ? » demande-t-elle à la poupée en lui pressant une petite cuiller contre la bouche. Puis elle la peigne. Puis elle la couche. Elle la regarde dormir un instant, puis elle la réveille. Elle lui change ses vêtements, puis essaie de nouveau de lui donner à manger.

Ma femme retourne à la cuisine. Dans les tasses suspendues à leurs crochets dans le placard, dans la coupe de fruits, dans les couverts lavés, dans le manche du balai, dans la boîte d'allumettes avec ses taches de graisse, dans la bouilloire posée sur le fourneau éteint, dans les torchons accrochés au mur près de l'évier, elle reconnaît la paix du matin. Elle ouvre la fenêtre et, après avoir pris quelques pinces à linge et un vêtement dans la bassine pleine, elle se penche par-dessus le rebord pour l'étendre. Et répète ces gestes. Et chaque fois qu'elle se penche pour accrocher un pantalon du mari de Maria, ou un chemisier de Maria, ou un sous-vêtement de ses petites-filles, elle est submergée par la musique du piano qui emplit la cuisine avec la force d'une brise. Et chaque fois qu'elle s'incline par-dessus le rebord et tire sur la corde pour ajuster une pince à linge, elle pense que Lisbonne et le monde sont immenses. Son torse qui surgit de la fenêtre du troisième étage d'un immeuble de Benfica éprouve un peu de ce qui pourrait être l'expérience d'un envol. Et c'est à cet instant qu'elle pense à notre fils, à Francisco qui est parti hier au petit matin pour courir le marathon, disputer les Jeux Olympiques, comme s'il partait pour une illusion. Cette pensée, toujours, gisait au-dessous des autres, telle une braise qui parfois se réveille en une flamme. Et d'abord, la fierté : notre fils, notre enfant : le poids de tous les souvenirs de tendresse : et son nom imprimé dans les journaux, important.

Son nom. C'est le mien qu'on lui a donné, pour qu'il en fît le sien. Ce nom qui fut mien et qui désormais lui appartient complètement. Son nom, et tous les gens qui le prononcent : Francisco Lázaro. Ensuite, ensuite, la fierté, encore.

Comme si elle pouvait parler en silence avec Francisco, elle baisse les yeux vers la rue, vers le trottoir où manquent des pavés : figures irrégulières de terre en forme des pavés qui manquent : puis elle relève les yeux. De l'autre côté de la rue, deux immeubles séparés par un terrain vague où poussent des fragments de briques, des débris de bouteilles cassées et des roues de landaus rouillés. Un peu plus loin, des potagers de choux entourés de palissades en tôle rouillée aussi. Un peu plus loin, la route où jour et nuit des voitures passent dans un sens et dans l'autre. Et par-delà cette route, Lisbonne entière. Et par-delà Lisbonne, le monde et notre fils, notre enfant. Et par-dessus tout, en tout, le matin.

Elle se baisse vers le sol pour ramasser une blouse d'Ana : le col rond et brodé : et prend deux pinces à linge. La musique de piano continue, s'élevant de la T.S.F. De nouveau, elle se penche par-dessus le rebord de la fenêtre et on entend soudain un grand bruit qui vient du salon, un éboulement, l'explosion d'un poids qui s'écrase contre le sol : du verre, du bois, du fer. A l'intérieur encore de ce moment, les cris soudains de la petite Íris. Ma femme lâche la blouse d'Ana et ne reste pas pour la voir planer mollement jusqu'au trottoir, car elle court vers le salon. Ma femme sait bien distinguer les différents pleurs d'Íris : quand elle fait un caprice, quand elle est seulement effrayée ou quand elle est vraiment triste : c'est pourquoi elle court aussi vite qu'elle en est capable. Sous les cris stridents d'Íris, les battements rapides du cœur de ma femme s'approchent. Son corps traverse le couloir avec les mêmes mouvements que dans la marche, mais plus vite, parce que c'est sa façon de courir.

C'était notre maison. Ma femme s'asseyait sur les marches menant au jardin de derrière et de douces fins d'après-midi du début d'août passaient ainsi : ma femme, concentrée, tricotait. Elle tricotait de petits vêtements ou des chaussons de laine pour notre fils. Plus qu'un mois avant sa naissance, et déjà elle imaginait la taille de ses bras, la taille de ses petits pieds. Parfois, elle tendait un fragment à moitié tricoté sur les paumes de ses mains, et dans ces moments-là c'était comme si on voyait les bras ou les pieds de notre enfant encore à naître.

Je serrais dans ma main le tuyau d'arrosage d'où jaillissait l'eau grosse et fraîche et je le dirigeais vers le pied des arbres et des plantes. L'odeur de la terre imbibait l'eau. Un souffle de vent nous rassérénait la peau du visage.

Par instants, je me souvenais d'une chose à lui raconter. Elle s'arrêtait pour bien m'écouter. Elle posait ses aiguilles et son tricot sur son ventre, m'écoutait avec attention, et parfois le tricot se mettait à bouger tout seul.

C'était notre Francisco qui donnait des coups de pied dans son ventre.

Je disais :

« Quand il sera grand, il sera joueur de football. »

Je me trompais. Mais des années plus tard, se rappelant les coups de pied qui, la nuit, dessinaient des angles sur son ventre rond, ma femme a souvent répété :

« Notre Francisco a commencé à s'entraîner à la course avant même d'être né. »

C'était tôt le matin que j'arrivais à l'atelier. J'ouvrais la grande porte et l'écho des tours de la clef dans la serrure était naturel contre les murs couverts de sciure et de poussière. Les premiers pas de mes bottes sur la terre battue de l'entrée faisaient s'envoler deux ou trois passereaux entre les poutres du toit, qui se cachaient dans l'ombre des tuiles. Quand il faisait beau, j'ouvrais les fenêtres donnant sur la cour. Sur mon établi de menuisier, les outils étaient où je les avais rangés. Le travail m'attendait au point exact où, la veille, j'avais décidé de m'arrêter. C'était tôt le matin et, quand je saisissais chaque outil pour la première fois : le marteau, le ciseau, la scie : je sentais dans la paume de ma main le début affectueux d'un nouveau jour.

Mon oncle arrivait au milieu de la matinée. Il portait les mêmes vêtements que la veille : le pan de sa chemise tombant de son pantalon, la boucle de sa ceinture mal placée par rapport au bouton. Son œil gauche brillait dans son visage non encore lavé. Enfant, en jouant, mon oncle s'était éborgné. En arrivant à la menuiserie, son œil droit avait une paupière plus lisse, plus blanche que le reste de sa peau, il était absent dans l'orbite vide. Mon oncle avait les lèvres sèches et gercées. Sur ses dents, une pellicule pâteuse de vin rouge. Il avait toujours un sourire enfantin, sincère. Il me disait bonjour. Je ne lui disais rien. Il oubliait et me redisait bonjour. Puis il tirait parfois un mouchoir de sa poche et se mouchait. Puis sortait dans la cour. Si je mesurais ou marquais une pièce de bois, j'entendais l'arc de son urine tomber sur le sol couvert de copeaux. Au bout d'un moment, ses pas revenaient et il se lavait peut-être le visage avec l'eau froide du robinet ouvert. L'eau se mêlait à la sciure du sol. Les sourcils ébouriffés, il souriait largement et, enfin, s'approchait de son établi où l'attendait le désordre de ses outils entassés.

Les matins passaient parmi les histoires que mon oncle racontait, que parfois il répétait, que parfois il n'achevait pas ; parmi les histoires que mon oncle racontait et que parfois je n'entendais pas. Tandis que je travaillais : marteaux qui frappaient, scies qui traversaient les planches, limes qui limaient, papier de verre qui lissait le bois : je cessais d'écouter mon oncle pour tendre l'oreille aux bruits de la ville qui entraient par les fenêtres et par la porte de la cour, comme s'ils venaient de très loin : des appels, des voix perdues, des sonnettes de bicyclette.

C'était mon père qui m'avait laissé l'atelier. Certains jours, quand je revenais du marché en donnant la main à ma mère, je lui disais :

« Allons à mon atelier. »

Si quelqu'un m'entendait et comprenait, il se mettait à rire, car j'étais encore bien petit pour de tels mots. Mais ma mère ne riait pas, parce que c'était elle qui m'avait appris à les employer.

Mon père est mort loin de ma mère, épuisé, le jour même de ma naissance.

Durant toute mon enfance, certains soirs, ma mère faisait chauffer une théière d'eau et me demandait d'aller au jardin cueillir une feuille de citronnier. Notre citronnier avait de grandes feuilles épaisses, difficiles à couper et qui faisaient du bruit quand on les arrachait des branches les plus basses. Ma mère lavait la feuille et la plongeait dans l'eau bouillante pour préparer notre infusion. C'était à ce moment qu'elle posait au centre de la table un paquet en papier brun que, lentement, elle ouvrait sous mes yeux. C'étaient deux gâteaux qu'elle avait achetés à la boulangerie et qu'elle coupait en leur milieu avec la pointe d'un couteau. Je montais sur une chaise et je prenais deux tasses dans le placard. Nous nous asseyions à table, mère et fils, pour manger nos moitiés de gâteau et boire de l'infusion. Ensuite, ma mère racontait des histoires qui s'achevaient toujours par le rire de mon père. Ma mère riait presque en me décrivant son rire. Puis ma mère disait que mon père était un homme de grande valeur.

Alors, il y avait une pause. Un silence. Et ma mère me disait combien mon père, elle en était certaine, serait fier de savoir que je reprendrais l'atelier. C'était en ces moments qu'elle parlait de mon atelier :

« Ton atelier », disait-elle, sérieuse, en me regardant dans les yeux. La voix de ma mère était fragile et sûre, elle était douce, elle était ferme.

La menuiserie resta inactive jusqu'au jour où mon oncle se proposa pour la rouvrir, en payant le petit loyer sur lequel ma mère vivait. Il y avait des mois où mon oncle, par distraction ou excès de boisson, la payait avec du retard. Ma mère avait prévu cela et, pour ces occasions, gardait un peu d'argent au fond de sa boîte à couture. Rares furent les fois où, après lui avoir accordé des délais, elle dut parcourir, décidée, les deux rues qui séparaient notre maison de l'atelier. Quand mon oncle la voyait entrer, il avait honte, baissait la tête, lui présentait des excuses sincères et, presque toujours, larmoyait.

J'ai commencé de travailler avec mon oncle quelques jours après mes douze ans. En cette période d'apprentissage, je m'efforçais de comprendre ce qu'il me demandait de faire dans le torrent d'histoires incompréhensibles qu'il racontait. Ce que mon oncle avait à m'enseigner était le peu qu'il avait pu apprendre en voyant travailler son père, ce qu'il avait appris grâce à ses propres erreurs, à ses propres tentatives. A quatorze ans, je travaillais déjà avec plus d'adresse que lui et je lui enseignais des choses qu'il n'avait jamais sues, ou qu'il avait oubliées.

J'avais quatorze ans quand ma mère tomba malade. En une semaine, on connut tous les os et les veines de son corps. Sa peau devint jaunâtre.

Son regard se fixait sur des points invisibles. Je la suppliai de ne pas mourir. Je la suppliai de toutes mes forces. Mais au bout de quelques semaines, elle mourut.

Ce fut comme si elle n'avait attendu que de voir la fin de mon éducation.

Les semaines suivantes, mon oncle garda le silence. Un matin, il commença de raconter une histoire qu'il ne termina jamais, et le temps continua de passer.

Sous l'influence des histoires qu'il se racontait à lui-même, il était rare que mon oncle entendît les gens qui se présentaient, arrivant à pas lourds sur la terre battue de l'entrée, et qui, à toute heure du jour, venaient commander des travaux ou voir où en étaient ceux qu'ils avaient commandés. Aussi était-il très surpris quand il les voyait surgir dans l'encadrement de la porte. Euphorique, il les assaillait, parlant haut et tout sourire. Mais ces gens, même quand ils ne le connaissaient pas encore, l'ignoraient pour venir vers moi. Ce fut exactement ce qui se produisit le matin où nous vîmes arriver l'Italien.

Sa moustache fine dansait au-dessus de ses lèvres au rythme de ses paroles. Tandis qu'il parlait, sa moustache, fine et gominée, prenait les formes les plus diverses : un tilde, une ligne, un angle droit, un arc. En même temps, il employait ses mains, très propres, lisses, blanches, et ses doigts effilés, bien soignés, aux ongles un peu longs, pour faire des gestes et sculpter dans l'air toutes sortes de silhouettes : un noble cheval à harnais d'argent, des salons ornés de fresques au plafond, et pour finir un grand piano. Par moments, il s'arrêtait subitement pour s'assurer que nous l'avions compris, rajustait ses boutons de manchette avec le bout de ses doigts, époussetait le col brillant de son habit. Il estimait alors que nous ne l'avions pas compris et se remettait à parler.

Mais nous avions tout compris. Tout, peut-être. Car depuis qu'il avait commencé de parler, la voix de mon oncle était allée s'amenuisant, plus faible, encore plus faible, comme si elle descendait des marches, jusqu'à ce qu'il se tût, fît silence et, l'œil gauche arrondi, prêtât l'oreille à tous ses mots avec un intérêt très vif et très sincère. Quand l'Italien se fatigua ou quand il ne sut plus comment s'expliquer mieux, mon oncle et moi nous regardâmes pour confirmer que nous avions compris. L'Italien jouait et chantait dans des bals. Il avait un piano détraqué et quelqu'un lui avait dit qu'ici, dans cet atelier, on pourrait le lui réparer.

L'Italien marchant entre nous, nous traversâmes la menuiserie, l'entrée, sortîmes dans la rue et là, sur une charrette tirée par deux mules lasses, il y avait un piano à queue dont le noir brillant reflétait les nuages, arrimé avec des cordes qui l'entouraient tout entier. Avant que j'aie pu dire un mot, mon oncle regarda l'Italien dans les yeux et, avec gravité, lui tendit la main et dit :

« Comptez sur nous, le piano sera réparé à temps pour votre bal. »

L'Italien ignora sa main, sourit et, se tournant vers moi, précisa que le bal aurait lieu samedi soir. Cela nous laissait trois jours. Je me tournai vers mon oncle pour discuter sa décision, mais je m'interrompis au milieu du premier mot, car il avait déjà tourné le dos et, contournant les flaques d'huile devant chez le mécanicien qui, un peu plus haut dans la rue, réparait des automobiles, il marchait d'un pas pressé vers la taverne. Muet, je fixai l'Italien, je haussai les épaules en un instant d'incompréhension partagée, et, du même pas pressé, mon oncle ressortit de la taverne à la tête d'un groupe d'hommes déguenillés, bancals, vieux, tordus et estropiés.

Sous la conduite de mon oncle, les hommes commencèrent à détacher le piano. Ce fut lui qui alla ouvrir toute grande la porte de l'atelier et, d'un bond, monta sur la charrette et se mit à pousser lentement le piano, qui glissa sur ses roulettes en direction des bras qui l'attendaient.

« Un instant. » Et il descendit pour prêter main-forte aux hommes.

Mon oncle compta jusqu'à trois, puis il poussa un « houp » venant du fond de sa poitrine. A ce moment, tous soulevèrent davantage le piano et firent quelques pas qui arrachèrent des sons à la poussière du sol. Ils portaient le piano comme s'ils portaient le monde. Les corps des hommes agrippés au piano, leurs jambes pliant sous le poids, étaient un animal noir, pareil à une araignée. Leurs voix, étouffées par le poids : ne lâche pas maintenant, pousse-le un peu sur la droite : environnaient le piano. Ils traversèrent l'entrée et marchèrent vers l'atelier. Certains y entraient de dos, d'autres, de face, haussaient le cou pour les guider.

Tandis qu'ils disparaissaient à l'intérieur de l'atelier, l'Italien me tendit une carte : Pension Flor de Benfica. J'avais encore la carte sous les yeux lorsqu'il me tendit la main. Je lui tendis la mienne et lui, véloce, me saisit le poignet et me secoua le bras. Puis il sourit largement, frotta ses souliers vernis à l'arrière de son pantalon, se hissa sur la charrette et, prononçant un mot en italien, partit vers le haut de la rue.

Quand les hommes ressortirent, comme s'ils avaient contemplé le monde entier entre les murs de la menuiserie, ils cachaient leur effort dans un sourire et frappaient des mains comme pour en faire tomber la poussière, les frottaient contre les jambes de leurs pantalons tachés comme pour les nettoyer. Mon oncle sortit avec eux, au bout de l'écheveau de leurs voix. Avec eux, il sortit dans la rue et tous me contournèrent comme si j'étais invisible, marchèrent sur la route de terre et entrèrent dans la taverne. Mon oncle posa ses coudes sur le comptoir en marbre et paya un verre de vin à chacun des hommes avec lui.

C'était encore le matin. J'étais seul dans la rue, immobile devant la porte ouverte de la menuiserie. J'avais les bras pendants le long du corps et une carte abandonnée dans une main. Des bribes de vent apportaient des tintements de cloches qui sonnaient des heures lointaines. J'avais vingt-deux ans, les bras pendants le long du corps, jamais je n'avais réparé un piano et je n'imaginais pas être capable de le faire.

Devant la porte du salon, ma femme ne s'est pas arrêtée réellement, mais c'est comme si elle l'avait fait, car, en un unique instant, une image entière et nette s'est suspendue devant elle : Íris, toute petite, assise, la bouche ouverte en un cri ininterrompu, entourée de verre brisé, de vases renversés, de poupées en porcelaine sans tête, à côté du meuble d'angle qui est tombé sur le tapis comme un vieux cadavre; Íris la main levée, ouverte, la paume couverte de sang qui lui coule entre les doigts. En trois pas de verre qui éclate : son étouffé sous la semelle de ses pantoufles : ma femme la prend sous les bras et la soulève dans les airs. Les cris de notre petite-fille déchirent les paysages des gravures sur les murs, ils coupent la peau du visage de ma femme et l'empêchent de respirer.

« Allons, allons », dit-elle, en ouvrant le robinet du lavabo sur la main d'Íris, mais les cris de la fillette sont renvoyés par le miroir aux petites taches de rouille, par les carreaux blancs de la salle de bains.

Le téléphone se met à sonner. Sur la table de pin : son tiroir de papiers à rayures et de stylos qui n'écrivent pas : sur le napperon de dentelle : la marraine de ma femme qui choisissait des pelotes de fil dans la mercerie : à côté du cadre chromé : la photo que nous avons faite tous ensemble sur la place du Rossio : le téléphone crie. Avec la force du fer, il étend une urgence obstinée, qui s'interrompt pour un soupir rapide et relance sa clameur avec la même panique et la même autorité.

Le téléphone continue de sonner; Íris de pleurer, de crier. Les larmes dessinent des sillons d'eau chaude sur ses joues rouges. Ma femme lui tient la main sous le robinet ouvert. Le sang se dilue sur la faïence fendillée, puis disparaît. Dans la paume d'Íris, un fragment de verre est enfoncé dans une plaie. D'un seul geste, de la pointe des doigts, ma femme le retire et sent l'intérieur de la chair.

« Allons, allons », dit-elle en lui remettant la main sous l'eau froide. Les cris d'Íris muent en stridence la lumière blanche de la lampe pendue à son fil, font trembler les flacons de lotions sur l'étagère, plongent dans la baignoire et en éraflent l'émail avec de longs crissements.

Le téléphone continue de sonner. Chaque sonnerie est une main qui saisit le corps de ma femme et l'enserre, qui saisit sa tête et l'enserre, qui saisit son cœur et l'enserre. Dans ses bras, la voix d'Íris commence à se consoler, à lentement trouver un peu de paix. Ma femme ferme le robinet, enroule la main d'Íris dans une serviette blanche et, la tenant toujours dans ses bras, sort de la salle de bains et court dans le couloir.

Le téléphone continue de sonner. Les pas de ma femme sont rapides sur la moquette, car d'habitude personne ne téléphone dans la journée. En son for intérieur, elle redoute une mauvaise nouvelle, elle craint une nouvelle qui la jettera au sol, la détruira, la condamnera encore une fois : la mort. Elle serre la fillette contre elle et court, anxieuse, sur la moquette : aussi vite qu'elle en est capable. Et le téléphone cesse de sonner. Les pas de ma femme perdent tout à coup leur sens, ils ralentissent, ils s'arrêtent.

Dans la cuisine, les notes de piano continuent de naître du poste de T.S.F., elles sont poussées par le vent qui entre par la fenêtre ouverte.

Je ne voulais rien dire à mon oncle, car je voulais voir l'effet de son enthousiasme. Il entourait le piano de paroles et de pas qui, soudain, changeaient de direction. A distance, les bras croisés sur la poitrine, je l'observais sans croire à rien de ce qu'il disait. Dans la sciure qui couvrait le sol, il y avait un dessin de forme irrégulière : celui du chemin que mon oncle parcourait. Dans un élan soudain, il a quitté ce dessin de ses pas pour aller chercher un petit banc : couvert de restes de peinture et de clous tordus : et l'a placé près du piano. Il s'est assis, a soulevé le couvercle du clavier et a parcouru celui-ci du regard. Presque ému, il a dit :

« Ton père serait si heureux s'il était là. »

Ce fut à cet instant que tout prit un sens en moi. Mon père. Comme un doigt sur une touche qui aurait éveillé un mécanisme endormi, je compris.

Dans l'entrée de la menuiserie, sur la droite, il y avait une porte fermée à clef, condamnée par le temps et par des chaises privées d'une jambe, par des plateaux de tables et autres vestiges accumulés en un tas désordonné. En ce début d'après-midi, mon oncle et moi écartâmes tout cela et, faute de savoir où se trouvait la clef, j'enfonçai la porte avec deux coups de pied au niveau de la serrure.

Le cimetière de pianos. Ma mère évitait de parler de cette pièce fermée de l'atelier. Si elle le faisait, c'était toujours pour dire qu'il n'y avait rien là qui pût m'intéresser. Quand cette explication cessa de me suffire, elle me parla de peurs. Elle me dit :

« Il y a des peurs là-dedans. »

A dix ans, cette explication était parlante pour moi. Ensuite, des étés et des hivers étaient passés. J'avais cessé de poser des questions. Il y avait une porte fermée dans l'entrée de la menuiserie, bloquée par des planches et des débris en désordre, et je n'y pensais pas. Je pensais à d'autres choses.

En ce début d'après-midi, nous restâmes un moment immobiles devant cette porte qui soudain était ouverte. A l'intérieur, l'obscurité recouvrait toutes les formes. C'était comme si nous avions ouvert une porte sur la nuit. Devant nous, dans l'obscurité du cimetière de pianos, pouvaient s'étendre des champs couverts de nuit, ou une ville entière : dormante ou morte : couverte par la nuit.

Mon oncle entra le premier. Je cessai de le distinguer parmi les ombres des ombres : une silhouette entre des silhouettes. Il connaissait les chemins, et il n'eut besoin que de quelques pas, de quelques sons mystérieux dans les ténèbres, pour commencer à nettoyer avec la manche de sa chemise la vitre de la petite fenêtre couverte de poussière. Par ses gestes entrèrent des rayons de clarté.

Lentement, cette clarté emplit tout le cimetière de pianos. La lumière glissa sur les surfaces de poussière. On voyait peu la saleté des murs et le poids du plafond bas semblait plus réel, car des pianos de toute sorte se dressaient, massifs, empilés, presque jusqu'à sa hauteur. Appuyés au mur, des pianos droits, montés les uns sur les autres : tels que mon père, ou son père avant lui, les avait placés en équilibre. Au milieu, des murs de pianos superposés. La lumière traversait les espaces vides entre eux et, du seuil, on pouvait distinguer le labyrinthe d'étroits couloirs qu'ils enfermaient. Et sur un piano à queue était posé un autre piano à queue, plus petit et sans jambes ; et sur celui-là était posé un piano droit, couché ; et sur lui un monceau de touches. A côté, séparés par une fente traversée de clarté, deux pianos droits de la même hauteur, dos à dos, soutenant un autre piano droit plus robuste qui, à son sommet, soutenait un petit pianola. Partout des pianos emboîtés, de toutes les formes possibles. Et dans les intervalles des emboîtements incomplets, la clarté traversait des toiles d'araignée, des toiles abandonnées d'où pendaient des gouttes d'eau comme des pointes scintillantes. L'air frais du cimetière de pianos entrait dans les poumons, y apportant l'humidité de la poussière pâteuse qui était l'unique couleur : l'odeur d'un temps que tous avaient voulu oublier, mais qui existait encore. Le silence se détachait de cette couleur claire et ancienne. La lumière traversait le silence. Sur le sol, il y avait des couvercles éraflés de pianos, dressés, appuyés à d'autres pianos. Dans quelques recoins, des tiges de métal, des touches, des pédales, des jambes de piano attachées ensemble par des fils de fer. Par l'espace entre deux pianos, sur l'appui de la petite fenêtre devenue enfin lumineuse, mon oncle me regardait avec un sourire ; et quand je le fixai dans les yeux, il sourit davantage, sauta de la fenêtre au sol avec un grand bruit de ses bottes et disparut entre les pianos.

J'entrai, en prenant garde où je posais chaque pied, comme si je craignais quelque chose dont je ne savais rien. Dans les ombres, j'imaginais des secrets d'un autre temps, un temps d'avant ma naissance, un temps qui me serait interdit à jamais : l'éternité : et qui au même instant devenait aussi concret, aussi simple que les objets que je touchais chaque jour, que le chemin entre la maison et la menuiserie, que les souvenirs que j'avais en moi et qui me guidaient. Seul et me sentant comme surveillé par tous ces pianos en désordre, j'avançais. Je contournai un piano droit et, dans le fond de ce nouveau couloir, je vis mon oncle, les bras plongés dans un piano à queue, et je me hâtai dans sa direction. Il fit un pas en arrière, me posa la main sur l'épaule, me désigna de l'autre main le mécanisme du piano et dit que ce serait un de ceux auxquels il reviendrait pour en extraire des pièces de rechange. Je le regardai, incrédule, mais je vis en lui une telle confiance que, de ce moment, je cessai d'avoir des doutes sur notre capacité à réparer le piano.

Cet après-midi-là, le lendemain, le surlendemain et le matin du samedi, j'appris le plus important de ce que durant toute ma vie j'apprendrais sur les pianos. Solennel, mon oncle me regardait en face avec son œil gauche quand il voulait m'expliquer les points que plus jamais je ne devrais oublier. J'inclinais la tête et offrais toute mon attention à chacune de ses paroles. Elles se gravaient en moi comme si, en mon for intérieur, existait un lieu fait de pierre en attente de recevoir l'inscription du sens de ses mots. De même, j'étais attentif à toutes les histoires que mon oncle racontait. Quand il se perdait parmi les détails et commençait d'oublier de me raconter la fin, je lui demandais ce qui s'était passé après l'endroit où il avait perdu le fil. Il ne s'étonnait pas de mon intérêt subit pour ses histoires, et reprenait.

Dans celles que mon oncle me raconta durant ces jours, je devinai un peu plus de ma propre histoire. Mon père, comme son père avant lui, avait passé des années à faire des portes et des fenêtres parce qu'il ne parvenait pas à vivre en réparant seulement des pianos. Aussi, la plupart du temps, mon père faisait-il des portes et des fenêtres, des sièges pour s'asseoir, des tables qui attendaient les assiettes de soupe que les gens y poseraient. Mais, dans toutes ses songeries, il écoutait des pianos, comme s'il écoutait des amours impossibles. Et quand il venait de réparer un piano, seul, sans savoir une note, mon père s'enfermait dans la menuiserie pour jouer des musiques qu'il connaissait ou inventait. Peut-être aurait-il aimé être pianiste, mais même au temps où il n'avait pas encore renoncé à tous ses rêves, il ne s'en fût pas permis de cette grandeur. Mon oncle fixa son œil gauche sur moi pour s'assurer que je n'oublierais pas et dit :

« Quand ton père parlait de pianos, quand il pensait à des pianos, il y avait en lui des tourbillons de musique. »

Ces jours-là, mon oncle m'envoya de nombreuses fois au cimetière de pianos. Avant, il me montrait la pièce dont il avait besoin : un étouffoir, un ressort de levier, un bouton de réglage ; et aussitôt il replongeait son visage dans le piano. Les premières fois, la voix de ma mère, répétée par la mémoire, revenait me dire les mêmes mots que dans mon enfance quand je lui parlais de cette porte condamnée dans l'entrée de mon atelier. Puis, peu à peu, je me laissai convaincre par les paroles de mon oncle :

« Ton père serait si heureux s'il était là. »

Et je commençai de croire que quelle que fût l'intention de ma mère, me protéger ou protéger le souvenir de mon père, ce souvenir, je le respecterais, parce que je donnerais une vie nouvelle aux rêves de mon père, de même que je donnerais une vie nouvelle aux pièces mortes des pianos.

Parfois, je m'attardais un peu plus que nécessaire pour m'imprégner de la tranquillité, ou pour regarder les pianos qui m'entouraient et imaginer les histoires que chacun d'eux recelait : des estrades, des bals, des maîtres qui enseignaient, des fillettes aux robes à poignets de dentelle qui venaient apprendre à jouer. Quand je rentrais dans l'atelier, mon oncle ne protestait jamais pour le retard que j'avais pris et me souriait quand je lui tendais la pièce exacte qu'il avait demandée.

Au début de l'après-midi du samedi, nous nous regardâmes avec une satisfaction timide lorsque nous sûmes que le piano était prêt. Au milieu de la matinée, mon oncle était sorti pour aller chercher l'accordeur. Il était revenu en le guidant par le bras, car l'accordeur était aveugle. Il levait la tête en l'air ou la tournait vers des endroits où il n'y avait rien à voir. Sa tête tournait de droite et de gauche, autonome sur son cou. Il était plus vieux que mon oncle. Ses mains étaient lisses et il parlait peu. Des heures se passèrent à affiner le son qui résonnait en frappant chaque touche. L'accordeur tendait les cordes avec une clef d'argent qu'il tenait entre ses doigts, avec fermeté et délicatesse. Et les sons purs : nets dans le silence : dessinés dans l'air, suspendus un bref instant, échos dans la mémoire qui ouvraient un autre silence : un autre silence, un silence différent.

Quand enfin on entendit un mot, ce fut mon oncle qui me demandait d'aller prévenir l'Italien. Je lui souris, je fis oui de la tête, mais je ne pus rien lui dire, car en moi j'avais le tourbillon infini d'une musique infinie.

Je sentais que ma femme était réveillée. J'aurais pu me rappeler qu'il ne restait que peu de jours avant la date prévue par le docteur, mais je ne me rappelais que les nuits où la chaleur ne l'avait pas laissée dormir. C'était le début de septembre. Elle se tournait et se retournait, impatiente, dans le lit. Chaque fois qu'elle se tournait, le monde restait en suspens dans ses gestes parce que tout était très lent, parce que c'était difficile et semblait parfois impossible. Son corps était trop agrandi. Ses bras s'efforçaient de saisir les draps. Elle ne trouvait pas de position. Les jointures du lit gémissaient. J'étais éveillé, endormi, éveillé, endormi. Quand elle s'endormait, je restais à moitié éveillé. Quand elle s'éveillait, je restais à moitié endormi. Dans les vagues pensées que j'avais, je croyais que c'était la chaleur qui l'empêchait de s'endormir complètement.

Etourdi, j'ouvris les yeux en sentant ses jambes chaudes et mouillées. Elle me secoua l'épaule en criant et en murmurant :

« Réveille-toi ! Je perds les eaux. »

J'eus du mal à glisser mes pieds dans mon pantalon. Un pied dedans, je marchais à cloche-pied sur l'autre. Elle s'enferma dans la salle de bains. Quand je frappai à la porte, elle me demanda de prévenir Marta. J'entrai dans la chambre de nos filles à tâtons. Marta se réveilla, effrayée. J'attendis dans le silence, jusqu'au moment où je n'entendis plus que le flux et le reflux du souffle de Maria endormie. A ce moment, je dis à notre aînée :

« Ta mère va avoir son bébé. Nous partons pour la maternité. Occupe-toi de ton frère et de ta sœur quand ils s'éveilleront. »

Dans la pénombre, les yeux de Marta m'écoutaient, très sérieux.

Je sortis de la chambre de nos filles. Marta resta assise sur son lit. Ses yeux soucieux brillaient. J'ouvris la porte de la chambre de Simão. Il était encore si petit, et il dormait. Doucement, je refermai la porte. Cherchant ma femme, je marchai dans le couloir. La camionnette n'avait pas un an et, dans les derniers mois de sa grossesse, je la garais à la porte de la maison. Je soutins ma femme pour l'aider à monter, puis je courus à l'autre portière. Je passai la seconde.

Les premières fois où nous dûmes nous arrêter derrière des voitures arrêtées, je nettoyai avec l'index les saletés sur le pare-brise. Je ne prêtais guère attention à ce matin qui commençait. Parfois, ma femme se plaignait d'une voix plus forte. Alors, j'accélérais, je faisais des embardées autour des wagons des tramways, je doublais d'autres voitures qui klaxonnaient, je brûlais les feux rouges. Puis des voitures devant moi m'empêchaient de continuer. Je me tournais pour regarder ma femme et je lui demandais si elle se sentait bien. Je regardais ma montre, le temps était très rapide. Je lui demandais de nouveau si elle se sentait bien. D'un coup de pied sur la pédale, je faisais rugir le moteur sans bouger, je regardais ma montre, le temps était très rapide. Encore une fois, je lui demandais si elle se sentait bien et, quand je pouvais démarrer, j'accélérais de nouveau : embardées autour des wagons des tramways, voitures que je doublais, feux rouges que je brûlais.

Elle, dans sa souffrance, me disait :

« Conduis calmement. »

Je m'énervais :

« Comment veux-tu que je conduise calmement ? »

Elle me disait :

« Du calme. »

Nous arrivâmes à la maternité, je courus pour l'aider et nous entrâmes en nous tenant par le bras, moi qui la soutenais, elle alourdie de douleur, moi qui la soutenais encore. Je me dirigeai vers une infirmière et, avant que j'eusse le temps de prononcer un mot, l'infirmière me dit :

« Du calme. »

Et elle l'emmena. Ma femme se tourna pour me voir seul, les bras, les yeux abandonnés. Alors, j'attendis. Regardant ma montre. Le matin. Un matin de la longueur d'un été. Tout un matin. Je regardais ma montre. Le temps était très lent. L'infirmière passait devant moi, je courais après elle et, avant que j'eusse le temps de prononcer un mot, elle disait :

« Restez calme. Allez donc manger quelque chose. »

Et je n'insistais pas.

Ce fut après l'heure du déjeuner que l'infirmière reparut dans la salle d'attente et me dit :

« Alors, vous ne voulez pas voir votre fils ? »

Mes pieds glissèrent sur le sol en mosaïque, mon corps parcourut les couloirs aux murs gris, aux lampes presque fondues, intermittentes, qui marchaient mal. Mes yeux ne voyaient rien. Enfin, j'entrai dans la chambre. En un regard : ma femme, étendue sur le lit, qui tenait dans ses bras notre Francisco. Souriante avec la vie. Je marchai jusqu'au lit, lent, muet, lent. Sans savoir rien dire. Plus tard, je pourrais dire qu'en cet instant, tout de suite, j'avais compris tout ce dont Francisco serait capable. Plus tard, je pourrais dire tant de choses. Mais à ce moment, je ne sus rien dire. Je touchai le visage de l'enfant du bout des doigts. Je touchai la tête de ma femme avec mes lèvres. Le temps n'existait pas.

Sans un instant à perdre avec des questions sans réponse, ma femme retourne dans la salle de bains en portant Íris dans ses bras et, en ouvrant la porte de l'armoire à pharmacie, elle ne veut pas se demander qui a pu lui téléphoner.

Íris est déjà lourde. Ma femme s'assied sur le bord du bidet et la pose sur le sol. Devant elle, Íris reste debout, la main ouverte et tendue. Une grand-mère et sa petite-fille. Sur ses genoux, ma femme pose en équilibre du coton, de la teinture d'iode, du sparadrap et un bandage. Sa voix est délicate, car elle ne veut pas qu'Íris se remette à pleurer. Elle tente de lui sourire, elle tente de la distraire.

« Maintenant, viens te soigner dans mon hôpital. Alors, madame, dites-moi, vous avez eu un accident ? »

Les lèvres serrées et les yeux très grands, Íris murmure des plaintes peinées, presque feintes, et tend davantage la main.

« Oh, nous allons soigner ça. »

Et elle verse de la teinture d'iode sur un morceau de coton qu'elle approche de la blessure.

Íris va se remettre à pleurer, mais ma femme parvient à la contenir, en disant :

« Allons, allons. »

Et elle enroule sa petite main dans le bandage qu'elle fixe avec du sparadrap.

Puis elle trouve un instant pour lui passer les doigts dans les cheveux : tendresse : et lentement approcher ses lèvres de son visage. Elle lui sourit :

« Voilà, c'est fini. »

Íris se met sur la pointe des pieds, le menton dressé par-dessus le lavabo, tandis que ma femme lave son visage encore marqué par les pleurs. Elle sent son visage. Elle le sent à travers la serviette en tissu éponge, et c'est seulement après, en lui posant une main sur l'épaule, qu'elle lui demande comment le meuble est tombé.

« C'est à cause de la poupée », répond Íris.

Et ma femme comprend que notre petite-fille a voulu se hisser pour prendre sur le meuble la poupée habillée du costume traditionnel du petit port de Nazaré que Maria a posée sur une des étagères. C'est une poupée en plastique que Maria a achetée à l'occasion d'une excursion. Elle porte les sept jupons des femmes des pêcheurs de Nazaré et un chapeau noir par-dessus un foulard à fleurs. Ses cils sont peints par-dessus ses yeux peints, et elle est pieds nus sur une base ronde qui dit : souvenir de Nazaré. Malgré toutes les fois où sa grand-mère l'a grondée, Íris éprouve une passion démesurée pour cette poupée. Alors que ma femme se prépare à la gourmander, quelqu'un sonne à la porte.

Une nouvelle fois, son cœur. Il est trop tard pour que le facteur sonne, trop tôt pour que notre fille rentre déjeuner et, d'habitude, elle n'a pas d'autres visites de toute la journée. Ma femme laisse Íris l'attendre dans la salle de bains.

« Ne touche à rien », lui dit-elle d'un ton brusque.

Et elle s'avance sur la moquette du couloir. Comme si une idée marchait aussi dans le couloir, venait vers elle et la croisait, elle songe que la personne qui a sonné à la porte pourrait être la même que celle qui a téléphoné il y a quelques minutes. Ce peut être quelqu'un qui doit lui annoncer une nouvelle terrible, une chose qui est arrivée et qui la jettera au sol : la mort : qui la détruira : la mort : qui la condamnera une nouvelle fois. Elle essaie d'éloigner cette pensée noire. Elle appuie sur le bouton qui ouvre la porte d'en bas, sur la rue, et au même instant écoute l'écho électrique de la porte qui s'ouvre pour laisser entrer dans l'immeuble. Elle attend. Tente de distinguer les pas qui maintenant devraient résonner dans l'immeuble, devraient maintenant monter les marches de marbre, mais, au lieu de cela, elle entend trois coups frappés à la porte de l'appartement : non loin d'elle : trois coups fermes sur le bois. Avec un sursaut d'alarme, elle demande :

« Qui est là ? »

Mais personne ne répond.

Elle demande de nouveau :

« Qui est là ? »

Mais personne ne répond.

La pension Flor de Benfica n'était pas très éloignée. Si le chemin ce jour-là me parut si long, c'était à cause de l'envie que j'avais d'arriver au but. Les rues de Benfica, que je connaissais depuis toujours, étaient nouvelles parce que je ne parvenais pas à les voir. En marchant, je ne remarquais pas les chiens à l'abandon, galeux, qui se collaient contre les murs, apeurés, les paupières lourdes ; ni les maisons en ruine, avec leurs vitres cassées à coups de pierre et leurs murs peints en gris par le temps ; ni les enfants sales, cheveux tondus à cause des poux, qui tiraient les manches des femmes et leur tendaient la paume de leur main. C'était samedi, le début de l'après-midi apportait du mouvement dans les rues. Il passait plus de voitures que d'habitude : elles klaxonnaient et effrayaient les vieilles femmes, qui sursautaient sous leurs châles et laissaient échapper des jurons. Des groupes de gamins pieds nus couraient derrière des cerceaux de fer : le son de la baguette à l'intérieur du cerceau. Des jeunes filles portaient des paniers pour les courses pendus à l'angle de leur bras et détournaient leur visage rosi quand elles passaient devant les portes des cafés. Etranger à tout cela, je continuais à marcher, mon attention tournée vers des images qui n'existaient qu'à l'intérieur de moi ou qui auraient été le monde entier si par hasard j'avais fermé les yeux : le visage de mon oncle le matin, mon visage quand je rentrais à la maison à la tombée du soir, le visage de l'Italien quand je lui annoncerais que son piano était prêt. Les deux matins précédents, depuis que le piano se trouvait dans l'atelier, en arrivant en haut de la rue, j'avais vu aussitôt mon oncle, debout, appuyé à la porte, qui m'attendait avec un air expert ; et, quoique loin de lui encore, je distinguais son sourire enfantin. Quand je m'approchais, la clef à la main, il me donnait une bourrade dans le dos du plat de la main et, à peine la porte ouverte, il passait devant moi et allait droit vers le piano. A la fin de la journée, pas une fois il n'entra dans la taverne. Avant de monter vers ma maison, je le voyais descendre la rue et s'éloigner, enfermé dans ses ruminations, vers la chambre qu'il habitait à cette époque. C'était le début de la soirée quand, dans la maison où je dînais seul, je remplissais une cuvette et, après avoir lancé mes deux mains pleines d'eau en direction de mon visage, je m'arrêtai pour me regarder dans le petit miroir. Au fond de mes yeux, je distinguai un sentiment que je commençais seulement à connaître et qui me faisait inventer toutes sortes de rêves. Ce samedi-là, en marchant, j'étais certain de connaître l'enthousiasme que je verrais sur le visage de l'Italien quand je lui annoncerais que son piano était prêt. Au moment où j'aperçus la pension au bout de la rue, je marchai d'un pas plus rapide. La distance parcourue par ces derniers pas fut plus grande.

Je frappai à la porte, et personne n'ouvrit. Je frappai de nouveau et une dame apparut. Elle portait des lunettes et avait un air de désintérêt ; en silence, elle me toisa de pied en cap, comme pour me demander ce que je faisais ici. Ce fut son regard qui effaça mon sourire. Je demandai à voir l'Italien et, aussitôt, elle répondit que le monsieur italien ne voulait pas qu'on le dérange. Je lui dis que j'apportais des nouvelles du piano qu'il avait laissé en réparation, mais elle continua de m'observer en silence. J'insistai et, alors seulement, elle me laissa entrer. D'un mouvement du menton, elle me montra un couloir qui conduisait à la porte d'une petite pièce pleine de chaises à haut dossier et de napperons en dentelle. Elle me suivit et attendit que je m'asseye.

Quand elle s'éloigna : ses pas claquant sur le bois du parquet ciré : son absence demeura pour contrôler chacun de mes gestes. J'avais les mains posées sur les genoux, je sentais la fine sciure sur le tissu de mon pantalon, et, comme si les pots de fougères me surveillaient, comme si les rideaux aux fenêtres me surveillaient, je restai sans bouger, en essayant de ne pas respirer.

Son visage : même désintérêt : elle entra et sortit en l'espace d'un instant. Elle dit :

« Le monsieur italien va descendre dans une minute. »

Le passage du temps me fit comprendre combien, au regard de la réalité, mon enthousiasme était ridicule. La réalité, c'était cette pièce, trop bien rangée et vieille. Mon enthousiasme était une illusion que je m'étais construite seul, construite à partir de rien. Assis, je regardais le spectacle des ombres qui s'allongeaient au pied des chaises.

Ce fut à ce moment que ma vie changea pour toujours.

Précédée par les brefs craquements des lattes du parquet sous sa légèreté, elle entra dans la pièce et parut étonnée de m'y voir. J'aurais seulement eu honte, si son visage n'eût été de cette blanche douceur. Elle avait les cheveux réunis dans un filet ; c'était une enfant et, sur son visage, il y avait je ne sais quel miracle : pureté : que je n'aurais pas pu décrire. Ses yeux, grands : le ciel. Si j'avais été assez près, je crois que j'aurais pu voir des oiseaux planer dans le fond de ses yeux, voir un mois de printemps dans le fond de ses yeux : infini. C'était une enfant fragile et mon regard ne se posait qu'avec précaution sur la peau de son cou, sur ses épaules voilées par sa robe à fleurs. C'était une enfant fragile, pieds nus : et le bas de ses jambes, et ses chevilles fines, et ses pieds nus sur le sol comme s'ils ne le touchaient pas. Sous son regard, je parvins à sentir une force invisible qui entraînait ma main et la levait vers ses cheveux, et, invisiblement, je les faisais glisser entre mes doigts, mais je restai assis et immobile, les yeux levés, à tout imaginer. Ce fut seulement quand passa ce moment, puis qu'entra l'Italien, parfumé et peigné, qu'elle me vit tel que j'étais : un menuisier au corps tout couvert de sciure, un menuisier aux mains calleuses et qui ne s'était pas rasé. L'Italien lui sourit comme s'il la sauvait. Il lui mit sa main sur la taille et dit quelques mots italiens qui la firent sourire aussi. Puis il se tourna vers moi et, comme sans y prêter attention, lui laissa sa main sur la taille. Sa main posée sur sa taille. Ce fut ma voix qui lui dit que le piano était prêt, mais je n'entendis pas sa réaction, je ne vis pas son visage, car, tout en le regardant, je ne parvenais à observer que cette main laissée posée sur sa taille. Alors, il me dit allons chercher le piano, et, au même moment, ôta sa main de sa taille ; et la femme qui m'avait ouvert entra en écarquillant les yeux, elle la pria de sortir pour aller faire quelque chose, une chose sans importance, et elle disparut. Ensuite, un moment vide. Quand je repris le couloir pour sortir de la maison, j'aspirai tout l'air que je pus, parce que dans cet air était encore en suspens le parfum de sa présence. En silence, sur la charrette, moi au côté de l'Italien, nous avançâmes par les rues et rejoignîmes l'atelier.

Ma femme décide de ne pas s'effrayer et, soudain, dans un élan, elle saisit la poignée avec la force de ses doigts. Et elle ouvre la porte.

Devant elle, à distance d'un bras, un gitan vêtu de noir. Dans sa peau brûlée, parmi les rides qui tracent des chemins sur son visage et le transforment en une chose arable comme la terre, l'âge sérieux de ses yeux bruns la scrute. Sa barbe blanche enchevêtrée comme un nuage de toiles d'araignée tombe sur le col de sa chemise noire et roussie. Il porte un chapeau, noir aussi, enfoncé sur la tête. Et une vieille ceinture, en cuir abîmé, attache à son corps maigre son pantalon décoloré : son pantalon noir et gris, noir avec des taches grises. Sur le tapis de l'entrée, ses bottes couvertes de boue sèche.

Ma femme, muette, le regarde. Elle ne trouve aucun mot à lui dire. Derrière lui, les plantes du palier, soutenues par des tuteurs en bambou, deviennent soudain très nettes dans leurs pots. De même le vide frais de l'escalier en un milieu de matinée de vendredi devient net. La clarté en attente d'écho devient nette.

Un mouvement du bras du gitan présente la petite blouse d'Ana que ma femme a laissée échapper quand elle étendait le linge. Alors, de la manière dont parlent les gitans, voix rauque, il dit ces mots :

« Vous l'avez laissée tomber ? »

Entre ses doigts : gros anneaux d'or, ongles à striures de terre, index jauni par le tabac : il y a la blouse d'Ana. Ma femme, tête basse mais levant les yeux, prend la blouse et, d'une voix humble, remercie. Le gitan baisse les paupières comme s'il lui répondait, tourne le dos, fait deux pas et commence à descendre les marches. Appuyée au chambranle, ma femme le voit descendre, concentré, la moitié du corps cachée par la rampe en ciment. Quand son image disparaît et qu'il ne reste que le bruit traînant de ses bottes, en bas dans l'entrée, ma femme ferme lentement la porte.

Contre le battant refermé, elle tient la blouse d'Ana à deux mains et pense un monde derrière ses yeux ouverts. Elle reste immobile pour entendre les sons d'en bas, mais ce qu'elle entend est un robinet qui coule dans la salle de bains. Elle pose la blouse sur la petite table du téléphone, près du cadre chromé avec la photo que nous avons faite ensemble sur la place du Rossio, et s'avance en hâte dans le couloir. Dans la salle de bains, Íris a ouvert le robinet du bidet sur un mélange de savon et de papier hygiénique déroulé. Soudain, elle s'arrête pour regarder entrer sa grand-mère.

« Tu es vraiment douée pour flanquer la pagaille », dit ma femme en fermant le robinet.

Elle retrousse les manches mouillées d'Íris, et, la prenant par sa main enroulée dans un bandage, l'entraîne dans le couloir jusqu'à sa chambre. Elle lui change sa blouse et son tricot. Puis elle la laisse assise sur le lit et va descendre les stores. Íris a déjà compris. Ma femme prend une couverture blanche où elles s'étendent toutes deux.

« Maintenant, on va dormir un peu. Tu t'es réveillée très tôt. »

Íris ne répond pas, mais, au bout d'un moment, demande :

« Grand-mère, raconte-moi une histoire. »

Sa voix s'attardant sur ses mots murmurés, ma femme commence à inventer une histoire, celle d'une petite Íris qui a fait une course avec d'autres fillettes et l'a gagnée.

« Elle était comme oncle Francisco, non ?

— Oui. Comme oncle Francisco.
— Elle aussi, elle a couru le marathon ?
— Bien sûr.
— Grand-mère, raconte-moi encore !
— Non. Maintenant, il faut dormir. »

Et elles restent ainsi toutes les deux. Les bruits de la rue : voitures, autobus : sont lointains par-delà la fenêtre. Íris :

« Grand-mère, tu prends toute la couverture. »

Et elles restent ainsi toutes les deux. L'air de la chambre a la couleur des ombres. Par les fentes des stores entrent des lignes de lumière, parallèles, un peu obliques, qui traversent la pénombre et se posent sur les deux corps allongés sur le petit lit. Dans le miroir de l'armoire, il y a une chambre pareille, une grand-mère et sa petite-fille, étendues dans une pénombre d'ombres traversée par des lignes parallèles de lumière.

Dans la poitrine maigrichonne d'Íris, la respiration s'adoucit. Ses petites lèvres perdent la forme des mots à prononcer. Elles se laissent perdre leur force. Íris s'endort. Ma femme, en la sentant dormir, se lève avec mille précautions. Elle tire la couverture sur le petit corps d'Íris qui, en la sentant, respire plus profondément, comme si elle soupirait.

C'était dimanche, car le soleil brillait, car j'avais décidé de ne pas aller travailler, car on entendait peu de voitures dans la ville, car le monde semblait infini, car mes filles portaient des robes attachées par des rubans derrière le dos, car j'avais dormi jusqu'à ce que me réveillent les cloches de l'église appelant les fidèles à la messe. Ma femme souriait et le matin avait la clarté de son sourire. Ma femme était plus jeune le dimanche matin quand elle souriait. Nos enfants étaient tout enfants. Francisco, pas encore né. Marta aidait déjà sa mère.

La veille au soir, quand ma femme m'avait parlé du poulpe qu'elle avait acheté au marché, j'avais réussi à me la représenter qui revenait vers la maison, chargée de paniers pendant au bout de ses bras tout le long du chemin et dont les anses traçaient des rayures rouges dans la paume de ses mains.

Ce matin-là, elle écarta les rubans de la porte qui donnait sur le jardin et m'appela alors que je cherchais une facture dans le tiroir aux papiers. Je traversai le sol en mosaïque de la cuisine et pris de ses mains la bassine qu'elle me tendait, en disant :

« Il est déjà lavé. Il ne reste qu'à le battre. »

Je choisis une planche sur un monticule de bois et, la posant sur la lessiveuse, je me mis à battre le poulpe. Sur le sol, la plaque d'égout était couverte des entrailles sanglantes que ma femme avait arrachées à l'intérieur du poulpe.

Simão et Maria, encore petits, étaient assis par terre, ils jouaient et me regardaient. Marta et sa mère attendaient et me regardaient, très sérieuses.

Il ne me fallut pas longtemps pour m'apercevoir que le poulpe était trop dur. Je m'approchai des marches de l'entrée et commençai de le battre à toute force contre le ciment.

Mes enfants me regardèrent avec étonnement et ne comprirent qu'ils pouvaient rire qu'au moment où ma femme se mit à rire. Pour les faire rire davantage, j'exagérai mes gestes. Je voulais que ma femme et que mes enfants rient, qu'ils soient heureux.

La chienne que nous avions à cette époque était vieille, pleine, et elle prit peur. Elle entra dans la cuisine en courant, la queue entre les jambes. Je rendis la bassine avec le poulpe à ma femme et, avant qu'elle le passe sous l'eau, je me lavai les mains avec un vieux savon, puis je nettoyai les marches avec un chiffon mouillé et rentrai dans la cuisine. La chienne était couchée sur un petit tas de vieilles chemises que ma femme avait placées dans un coin, près de la cheminée éteinte, où elle savait qu'elle aimait se coucher. Elle me regarda, l'air peiné, et je me penchai pour la caresser, comme si je lui demandais pardon.

Je continuais à chercher la facture dans le tiroir quand Marta entra pour mettre la table. Et ne cessai de la chercher quand ma femme, venant du four que nous avions dans le jardin, entra en tenant le plat en terre cuite et en disant que personne n'approche, bien que personne ne se trouvât près d'elle. Et ne cessai pas davantage quand ma femme retourna à la porte du jardin pour appeler Simão et Maria. Je ne cessai qu'en entendant ma femme me dire d'une voix douce :

« Va t'asseoir, sinon ce sera froid. »

Je ne sais de quoi nous parlâmes. Le soleil entrait par la fenêtre et traçait un flot de lumière aux contours bien nets, qui traversait l'air, éclairait la poussière en suspens et se fixait contre les mosaïques du sol. Ma femme, en se levant pour assaisonner la salade, pour prendre des serviettes ou courir en tenant l'assiette en plastique de Simão, traversait ce flot de lumière, désorientait le mouvement de la poussière et souriait.

Simão mangeait tout seul. Parfois, il levait sa fourchette dans l'air. Marta et Maria regardaient vaguement leurs assiettes. Je regardais ma femme se servir. Ce fut dans ce moment de silence que Simão montra le coin où se trouvait la chienne :

« Maman, la chienne saigne, elle va mourir ! »

Tous en même temps, nous regardâmes vers la chienne. Elle venait de mettre bas un chiot. Nos filles se mirent à crier, recrachèrent dans leurs assiettes du poulpe à moitié mâché, se levèrent bruyamment et coururent dans le couloir. Simão, sur sa chaise, avait le corps tourné. Il avait encore ses jolis yeux d'enfant. C'était du coin de son œil droit que, sans comprendre, il regardait la chienne. Ma femme se leva pour le prendre dans ses bras et l'emmener dans le couloir. Je me levai aussi et les suivis.

Dans le couloir, Marta et Maria reprenaient leur souffle et mêlaient des rires à de petits cris. Simão se mit à pleurer. Ma femme tenta de le réconforter et, en même temps, elle riait avec nos filles. Ce fut Marta qui me dit :

« Va voir si tous les petits chiens sont nés, va voir si la chienne va bien. »

J'entrebâillai la porte et glissai ma tête dans la cuisine. Autour de la chienne, il y avait une flaque d'eau avec des traînées de sang. Les chiots continuaient à naître, le poil visqueux, les yeux fermés. Je tournai la tête vers le couloir, marmonnai un son, la bouche pleine, et baissai la tête pour dire oui. J'avais la bouche pleine de poulpe que je n'avais pas pu avaler.

Après avoir chargé le piano : toute notre force, la limite de notre force : après l'avoir soulevé et porté jusqu'à parvenir enfin à le placer sur la charrette, je fermai la porte de la menuiserie. En l'arrimant avec la corde et en faisant de nombreux nœuds, l'Italien se tournait tantôt vers moi, tantôt vers mon oncle et nous disait que le piano était très bien réparé, un meilleur piano que s'il était neuf ; il avait déjà joué sur un grand nombre de pianos, ses doigts avaient glissé maintes et maintes fois sur leurs touches, mais aucun : ou un seul, peut-être : presque aucun ne sonnait aussi bien, n'était en aussi bon état, aussi bien accordé que celui-ci. Et, avec des mots italiens, il nous proposa de venir au bal ce soir. L'idée nous séduisit d'emblée, mais il insista longuement. L'idée me séduisit d'emblée, mais il me prit à part et me murmura qu'il paierait la réparation du piano quand il aurait reçu son cachet pour jouer au bal ; puis, se retournant pour parler à la cantonade, il éleva la voix et insista de nouveau pour que nous venions au bal. Les hommes que mon oncle était allé chercher à la taverne le regardaient la bouche ouverte, avec des sourires édentés.

J'accompagnai mon oncle et les hommes à la taverne et, cet après-midi-là, ce fut moi qui offris une tournée de vin générale. Les verres furent remplis jusqu'à ce qu'une surface rouge et brillante fût près de déborder. Les hommes interrompirent ce qu'ils étaient en train de dire, levèrent leurs verres et, comme s'ils s'asphyxiaient, burent d'une seule gorgée. Puis ils frappèrent le fond du verre épais contre le marbre du comptoir et se remirent à parler. Ils étaient joyeux. Mon oncle paya une autre tournée. De nouveau, les conversations s'arrêtèrent un instant. Le patron de la taverne avait des taches de vin rouge sur sa chemise et, les bras posés sur le comptoir, nous fixait d'un air ébahi. Tous les hommes parlaient à mon oncle et lui répondait dans toutes les directions. Parfois, il prenait le bras de quelqu'un, me désignait de la main et disait :

« C'est mon neveu. »

Les hommes le savaient déjà, mais c'était sans

importance car personne ne l'écoutait vraiment. Je payai une autre tournée, puis nous quittâmes la taverne. On était en mai. Une lumière bienveillante flottait au-dessus des rues. Elle s'approchait de la fin de l'après-midi et, lentement, prenait sa couleur la plus miséricordieuse. Mon oncle et moi, nous marchions côte à côte et nous étions pleins d'allégresse. Quand j'arrivai devant chez moi, avant de nous séparer, nous nous sourîmes sans nous dire à demain comme nous faisions tous les jours, car d'ici peu nous nous retrouverions au bal.

Je choisis deux ou trois tronçons sur le tas de bois pour allumer le feu, remplis une marmite d'eau que je mis à chauffer, et m'assis pour penser à elle : me remémorer son visage. En cette heure enchantée, je voulus croire en tout. J'avais vingt-deux ans, je pouvais croire en tout. C'est ainsi que le temps passa. La nuit était déjà tombée quand je me levai de ma chaise, versai l'eau de la marmite dans une bassine et me lavai. Dans la pénombre, l'eau coulait sur mon corps et lui donnait des formes brillantes : sur ma poitrine, sur mes jambes. Je levais mes mains remplies d'eau que je lançais sur mon visage, sur mes épaules, sur mon ventre, et je me mouillais davantage quand je passais mes paumes sur mon corps, comme si je le modelais. Je me séchai : la serviette devenue mince après des années d'usage : et je frottai une allumette pour allumer le bougeoir. Je mis ma meilleure chemise, je mis mon meilleur pantalon, ma meilleure veste, et je me chaussai de ma meilleure paire de souliers. Puis, après m'être peigné, je restai devant le miroir comme si je me peignais encore. Je déboutonnai le haut de ma chemise pour humecter mon cou d'un peu d'eau de Cologne, puis la reboutonnai et sortis dans la rue.

La nuit sur les maisons. La porte de la salle où le bal allait commencer était entourée d'une foule d'hommes et d'enfants. Tous étaient réunis autour de la lumière. On n'entendait pas encore de musique, on entendait beaucoup de voix les unes par-dessus les autres. Je m'approchai et cherchai un espace pour me glisser entre les épaules et les coudes. A côté de la porte, un homme se tenait assis avec une boîte en carton ouverte. Quand je m'apprêtai à entrer, il plaça son bras devant moi :

« C'est dix centimes », dit-il.

Je répondis que j'étais invité, que je connaissais le pianiste, mais il continua de me regarder en fronçant les sourcils. Je regardai à l'intérieur et je vis l'Italien, qui parlait avec elle. Je sentis la peau de mon visage brûler, le sang battre fort dans les veines de mes tempes. Je levai le bras pour lui faire signe, je l'appelai, je criai même, mais je demeurais invisible. Les voix des gens emplissaient la salle. Les voix des gens étaient une masse compacte, comme une pierre, dans toute la salle.

Il parlait avec elle et je la voyais rire. Je continuai de lui faire signe, mis deux doigts dans ma bouche pour siffler dans sa direction. Mais je demeurais invisible. Je perdis contenance, j'oubliai jusqu'à mes bras quand l'Italien s'éloigna d'elle et se mit à marcher d'un air décidé vers le piano : sur une estrade, au fond de la salle : le piano que mon oncle et moi avions réparé pour lui. Sans cesser de le regarder, elle fit deux pas en arrière et s'assit sur une chaise vide, à côté de la femme qui, plus tôt dans la journée, m'avait ouvert la porte à la pension. Toutes les voix se muèrent en silence lorsque l'Italien s'assit, écartant les pans de son frac, et, dans un instant suspendu, leva ses deux mains au-dessus du clavier.

Quand résonnèrent les premières notes, même parmi la foule qui se massait à la porte : les enfants qui se glissaient entre les jambes des adultes : on n'entendit plus un bruit. D'habitude, aux bals, on jouait de l'accordéon. La plupart des gens qui se trouvaient là n'avaient jamais vu un piano. Les mouvements tragiques de l'Italien sur son tabouret, qui tantôt s'approchait, tantôt s'éloignait du clavier, accompagnaient le torrent de musique qui s'élançait par vagues sur la salle. Submergées, quelques femmes portaient à leur visage des mouchoirs brodés pour contenir leurs larmes. Levant ses mains aux doigts ouverts pour deux accords successifs et soudains, l'Italien acheva son premier morceau. Des applaudissements retentirent dans toute la salle et l'Italien, debout, s'inclina par-dessus sa main à hauteur de la taille. Après un moment prolongé, quand les applaudissements commencèrent de faiblir, il retourna s'asseoir et, de ses mains, surgirent des notes un peu plus espacées ; puis, tournant le visage vers tous ceux qui le regardaient, il se mit à chanter en italien. Les femmes souriaient et, soudain, refermaient leur sourire quand des hommes traversaient la salle et venaient leur tendre le bras. Deux couples commencèrent à danser, puis trois, puis quatre. Ce fut à ce moment que je sentis une main qui me saisissait par le bras.

Je me retournai et découvris mon oncle, rasé, qui me souriait sous une coupure à une de ses joues, la peau de la tête blanchie par l'absence de son bonnet, portant des vêtements lavés et repassés et des souliers cirés. Je tendis vingt centimes à l'homme assis à la table qui, en échange, me donna deux carrés de papier tamponnés, et, suivi de mon oncle, je descendis les marches jusqu'au sol en mosaïque de la salle.

Elle me vit. J'eus la certitude qu'elle me vit entrer. Je vis son visage me voir, aussitôt dérobé à ma vue par un couple qui s'arrêta sur place pour se balancer et danser devant elle. Je m'arrêtai derrière le mur d'hommes immobiles qui regardaient les couples de danseurs, fumaient et attendaient le prochain morceau, la prochaine chanson, pour s'approcher de celle qu'ils avaient choisie et, avec un peu de chance, danser aussi avec elle. Tout autour de la salle, sur des chaises adossées au mur, se tenaient les filles seules et, à côté d'elles, leurs mères. Au centre : les cercles dessinés par les couples qui dansaient, tournant ensemble, avec un espace de deux paumes entre leurs corps : les garçons qui tenaient les filles par la taille : elles qui leur posaient une main dans le dos et serraient de leur autre main celle que le garçon levait en l'air. Au fond, sur l'estrade en bois, l'Italien jouait, chantait et regardait souvent vers elle, assise à côté de la femme qui, pensai-je, devait être sa mère. A l'autre bout de la salle, derrière le mur d'hommes en attente et derrière moi, il y avait des voix, des mots, les visages d'hommes qui les proféraient et qui, parfois, entraient par une porte au-delà de laquelle on apercevait un comptoir. Derrière moi, lassé de regarder sans que rien attirât son attention, mon oncle fut un de ces hommes qui entraient par la porte du fumoir où se trouvait le comptoir. Je le vis sourire au moment où il commandait un verre de vin. Ses mains fouillant dans ses poches, il ouvrit tout grand son œil gauche et commanda un verre de vin. Quand je regardai de nouveau devant moi, elle était là qui me voyait. Son regard fixe était traversé par des couples qui passaient en dansant, mais restait immobile, fixe. Et je pus alors la voir. Elle portait un corsage en velours : son cou lisse, et blanc, et pur. Ses yeux m'adressaient une demande. J'eus la certitude que ses yeux m'adressaient une demande. Les coins de ses lèvres dessinaient un sourire très fin. Nul autre que moi n'eût distingué ce sourire. La musique se termina et quelques dames applaudirent, les couples se défirent, et elle continua de me regarder. La forme de ses sourcils m'adressait une parole : une demande : mais je ne savais pas danser ; aussi restai-je les mains dans les poches, triste, à la regarder me voir et à comprendre : je l'avais déçue. Quand revinrent la musique et les couples qui dansaient, elle tourna le visage en direction de l'Italien et, les mains vides posées sur ses jambes, cessa de me regarder. J'entrai dans la petite salle des hommes appuyés au comptoir et je m'approchai de mon oncle. Il parlait haut, riait beaucoup en compagnie d'un groupe d'hommes. Dans les gestes rapides qu'il faisait avec ses bras, il levait un verre à moitié plein qu'il tenait. Quand je posai mes coudes sur le comptoir et demandai un verre de vin, j'écoutai mon oncle un moment sans comprendre rien qui eût aucun sens. Puis mon oncle me vit ; il me désigna, tout fier, et déclara :

« C'est mon neveu. »

Et il m'offrit un autre verre de vin. Et un des hommes, encore un autre. Je retournai dans la salle pour la voir. De nouveau, elle me regarda, puis détourna le visage aussitôt. Je fis volte-face pour me commander encore un verre de vin ; et mon oncle m'en offrit un autre ; et un des hommes, un autre, m'en offrit un à son tour. Je retournai dans la salle pour la voir.

En un instant, je décidai qu'à la prochaine danse j'irais lui tendre la main et qu'elle accepterait. Oui, elle accepterait. Dans mes pensées, je m'efforçai de me convaincre qu'une fois que je la tiendrais dans mes bras, comme par un miracle, je saurais soudain danser ; mais il demeurait toujours quelque chose qui m'empêchait d'y croire tout à fait. Tout en pensant, je ne voulais pas que la musique s'arrêtât, car alors je devrais exécuter ma décision.

Et la musique s'arrêta. Quelques dames battirent des mains, les couples se séparèrent, je traversai le mur d'hommes debout et je commençai de marcher vers elle. Tandis que je marchais, elle tourna le visage vers moi et, sous son regard, mes pas furent très lents et difficiles. Puis nous fûmes face à face, je la regardai dans les yeux et sentis sa respiration que ma poitrine respirait. La femme assise à côté d'elle, qui m'avait ouvert la porte à la pension, que je pensais être sa mère, me regarda à son tour. Alors, dans un mouvement que j'imaginai dessiné dans l'air et que mes yeux pressentirent avant chacun de ses instants, je lui tendis la main. Et j'attendis.

Tout à coup, son visage, celui de la femme assise à côté d'elle et ceux de tout le monde dans la salle se tournèrent en direction de la salle contiguë où il y avait un comptoir. Il en sortait des cris confondus avec des voix. A la porte, une foule d'hommes s'attroupait qui voulait voir, se dressaient sur la pointe des pieds et se tenaient aux épaules de ceux qui étaient devant, pour réussir à voir mieux.

Je me mis à courir, écartant avec les bras tous ceux qui se tenaient immobiles devant moi. Je me frayai un chemin parmi les hommes à la porte et, quand je parvins à entrer, je vis mon oncle étendu par terre, sur le ventre. Le genou d'un des hommes avec qui il parlait plus tôt s'enfonçait au milieu de son dos. Un des côtés de son visage était plaqué contre le sol et il criait des plaintes sous le cri de cet homme qui clamait :

« Répète ça ! Répète ! »

Personne ne put prévenir mon geste. Je m'élançai sur l'homme et le poussai avec force. Les autres se tournèrent vers moi, mais sans grande conviction et je les poussai à leur tour. J'aidai mon oncle à se lever et un chemin s'ouvrit devant nous. Quand nous sortîmes de la salle : mon oncle avec des boutons arrachés à sa chemise, ses cheveux tombant sur son front : je regardai vers elle et, à distance, je vis son visage qui me voyait.

Ma femme est assise sur une chaise entre le placard aux manteaux oubliés depuis l'hiver et la petite table où est posé le téléphone. Elle est venue recevoir la blouse d'Ana des mains du gitan qui l'a ramassée dans la rue. Mais elle n'avait pas encore fait deux pas pour retourner dans la cuisine que le téléphone a sonné dans son dos. Moins d'un instant, et elle a décroché.

C'était la femme de Francisco. Sa petite voix timide. Econome de mots, elle téléphonait seulement pour dire qu'il était bien arrivé. Francisco l'avait appelée pour lui dire qu'il était bien arrivé. Ma femme a voulu savoir comment était la ville où il était arrivé. Elle voulait savoir si cette ville était comme elle se l'imaginait. Et quels étaient les mots exacts que Francisco lui avait dits, mais en sentant que sa femme ne lui dirait rien de plus, elle lui a demandé comment Francisco allait. La femme de Francisco est enceinte. Dès que son ventre a commencé de se remarquer, elle a cessé son travail à l'hôpital. On l'a renvoyée chez elle. Sa voix est très basse, comme si elle allait tomber en poussière. Et c'est avec cette voix qu'elle a dit : Francisco va bien. Ensuite, un silence, et elles se sont dit au revoir.

Ma femme, en raccrochant, s'est assise sur la chaise. D'abord, ses yeux ont fixé le vide. Puis elle a pris le cadre chromé et a regardé le visage de Francisco sur la photo de famille. Il avait alors six ans. Pour qui nous voit sur la photo, nous aurons toujours le même âge. Et nous serons toujours à cet instant. Sommes toujours à cet instant. Francisco est très sérieux. J'ai la main sur son épaule. De mon côté, ma femme entre nos filles. Du côté de Francisco, Simão, à l'écart, sortant presque de la photo. C'est Maria qui sourit le plus. Marta est encore élancée. Simão est de mauvaise humeur. Derrière nous, la fontaine du Rossio. Sur la photo, bien des années doivent encore s'écouler avant la naissance de notre première petite-fille : Elisa : plus encore pour que naisse Ana, plus pour que naissent Hermes, et Íris. Marta ne pense pas encore à se marier. Maria ne connaît pas encore son amoureux. En cet instant, nous étions heureux. Auparavant, nous avions eu des gestes qui nous conduisaient à cet instant ; ensuite, nous en aurions qui nous en feraient sortir ; mais à cet instant, nous étions heureux.

Le châtiment que je me suis choisi est de savoir ce qui advint ensuite.

Nous nous sommes promenés sur la place du Rossio pour attendre que la photo soit développée. Maria et Marta nous précédaient, ensemble. Francisco trottait à mes pieds. Ma femme et Simão marchaient seuls, à deux pas devant moi, chacun de son côté. Parfois, je regardais le centre de la place et je voyais le photographe mettre la tête sous le tissu noir, lever le bras et prendre une photo de couples avec des bébés dans les bras. Fatigués d'être passés plusieurs fois devant les mêmes marchands de marrons et marchandes de fleurs, fatigués de nous écarter pour faire place aux gens que nous croisions, quand le temps voulu eut passé et que nous eûmes reçu la photo dans une enveloppe, nous tombâmes d'accord pour trouver que nous n'étions pas flattés.

A cette époque, la camionnette n'était pas encore trop vieille et nous l'avons reprise pour rentrer à la maison. Francisco et Simão sont montés à l'arrière. Quand ils se baissaient, je voyais leurs visages dans le rétroviseur. Le vent défigurait leurs expressions. Ils se tenaient plus fort et tombaient quelquefois quand les pneus de la camionnette passaient dans un nid-de-poule. A côté de moi, ma femme parlait avec nos deux filles. Moi, je me taisais.

Le châtiment que je me suis choisi est de savoir ce qui advint ensuite.

Après le dîner, sous la lampe de la cuisine, près des rideaux qui s'agitaient légèrement aux fenêtres, des braises qui mouraient dans la cheminée, car c'était l'hiver, mon bras, ma grosse main, dans un seul mouvement, presque par impulsion, mais sans même une impulsion, comme par une envie qu'on éprouve un instant et qui se réalise à l'intérieur de l'instant même, l'envie d'un autre à l'intérieur de moi, une envie qui n'est pas pensée mais qui jaillit comme une flamme, voilà soudain que mon bras, ma grosse main traversent une distance rectiligne et invisible, et je regarde son visage, j'amoindris un peu cette force, et ma main va, la frappe sur la joue et sur la bouche, le bout de mes gros doigts touchent ses cheveux, son oreille, son brut de chair contre chair, et elle dont le visage change tout à coup d'expression, se contracte sous ma main, et ma main cesse d'exister quand elle tombe, renversée, le son désordonné de son corps qui tombe au sol, de son dos qui entraîne un chaise en passant, et moi, tout de suite, qui veux la relever, tout de suite la tenir, tout de suite défaire ce qui vient de se passer, mais qui reste immobile, assistant à ce qui se passe, je ne peux plus rien faire, plus revenir en arrière, c'est impossible, et son corps est tombé, et j'ai commencé de sentir le souvenir ardent de sa joue, de sa bouche, de son oreille, de ses cheveux encore dans ma main, et tous les objets de la pièce comme s'ils avaient pris feu, la balance à peser la farine, l'azulejo avec son paysage de Lisbonne accroché au mur, le cendrier en faïence brillante, et les enfants qui pleuraient, les enfants qui pleuraient, pleuraient, le plus petit qui s'élançait et s'agrippait à mes jambes, j'ai senti son corps maigre qui s'agrippait à mes jambes comme pour me retenir, comme s'il retenait une montagne, tellement plus forte que lui, et je l'ai pris par le bras, j'ai ouvert la porte et je les ai envoyés dans leur chambre, mon bras montrait la porte ouverte, et ils avaient peur de passer entre moi et la porte ouverte, et j'ai crié des mots, et la plus grande pleurait des larmes incontrôlables, son visage était tout rouge, et sa sœur pleurait toutes les larmes de son corps, le nez baissé, et les frères pleuraient comme de petits hommes qui ne veulent déjà plus pleurer, qui veulent déjà désapprendre à pleurer, ils sont passés devant moi, j'ai fermé la porte sur eux. Elle s'est relevée et s'est assise sur une chaise, à côté de la cheminée, en pleurant. J'ai posé mes poings fermés sur la table : ma respiration, rapide : et moi aussi, j'aurais presque voulu pleurer.

C'était dimanche. Je me suis réveillé au milieu de la matinée avec un goût amer, pâteux, dans tout le dedans de la bouche. J'ai enfilé un pantalon et, torse nu, ouvert la porte du jardin et fait deux pas dehors : la terre sous mes pieds nus. Lentement, je me suis accoutumé à la lumière qui m'aveuglait, mais je n'ai pas supporté le soleil sur ma tête ; aussi me suis-je installé au-dessous du citronnier.

Le dimanche, les oiseaux sont plus libres. Ils s'exhibent en voltes dans l'air, car ils savent que les gens les remarquent davantage. Le dimanche, le bruit des rues est différent : les voix insouciantes découvrent l'espace vide laissé par les voix âpres des jours de semaine. Et c'était un tel dimanche, un dimanche de vrai dimanche, mais moi, je m'éveillais d'un monde où il n'y avait pas de dimanches et ce jour m'était étranger, comme m'eût été étranger tout autre jour.

Je me lavai la bouche avec de l'eau. Puis le torse et le visage, au robinet du jardin. Je respirai. Des gouttes d'eau suspendues à mes cils faisaient briller les coins du petit lavoir où ma mère ne faisait plus la lessive. Je rentrai dans la maison pour me sécher et en m'habillant, mes os faisaient des craquements secs comme des sarments de vigne qu'on brise.

En marchant dans la rue, je m'efforçais de penser. C'était dimanche. Je croisais des messieurs avec des chaînes de montre allant de leur ventre à leur poche, des dames qui rentraient de la messe. Peu à peu, je me rapprochais de moi-même. Peu à peu, c'était comme si je retrouvais les gestes de mes mains, les mouvements dans le pas de mes jambes. Comme si je revenais à mon visage.

Au moment où je frappai à la porte de la pension avec les nœuds de mes doigts, je sentis cet instant comme la rentrée nette et définitive dans la réalité : les objets reconquérirent leurs contours : les couleurs cessèrent de dériver en taches. Tandis que j'attendais, mes yeux fixaient la porte, immobile, devant moi. Derrière elle, j'entendis une course de pas qui s'approchaient. Et le bruit de la serrure. Et la porte qui s'entrebâillait, s'ouvrait.

C'était elle. C'était son visage, devant moi, qui me regardait. C'étaient ses lèvres suspendues, la profondeur infinie de ses yeux. Sa peau. En tendant le bras, j'aurais pu la toucher. Une surface de chaleur m'enveloppa. Le soleil se coula tout entier sur mon corps et se transforma en peau chaude. Elle ne s'attendait pas à me voir. Son visage prit de nouvelles formes en me regardant. Nul autre que moi ne l'eût distingué : aux coins de ses lèvres, un sourire très fin.

Dans ce silence lumineux, je ne sais pas comment je pus dire les mots de la phrase banale que je lui adressai pour demander l'Italien. Je ne sais pas comment je pus comprendre dans sa voix fragile, incandescente, que l'Italien était parti de bonne heure ce matin. Je ne sais pas comment je pus flotter dans l'immensité de ses yeux : l'horizon : et lui demander si l'Italien n'avait rien laissé pour moi. Non plus que je ne sais comment je ne mourus pas : mon cœur qui éclatait au fond de ma poitrine : quand elle, sans cesser de me regarder : la pureté et la beauté : secoua la tête, lentement, si lentement : la peau soyeuse de son cou : et mes doigts qui auraient pu la frôler, en s'attardant, effleurer la peau de son cou. L'Italien était parti sans me payer, et moi, je ne parvenais qu'à la regarder et à sourire.

Quand nous nous dîmes au revoir, mes yeux prisonniers des siens, ses yeux prisonniers des miens, nous continuâmes à sourire parce que nous aurions voulu nous dire tant de choses. Et quand elle ferma la porte, je restai là, sans bouger. Durant un temps immesurable, je restai à regarder cette porte refermée, à sourire et à sentir tout ce qui demeurait de sa présence.

Je me rendis à l'atelier et entrai dans le cimetière de pianos. M'appuyai à un piano droit : mon corps marqué dans la poussière : et me rappelai l'image de son visage. Je parlai à cette image. Tendis l'oreille à cette image. Et des heures passèrent. C'est seulement beaucoup plus tard que je me ressouvins de l'Italien. Il était parti de bonne heure ce matin, il ne m'avait pas payé mon travail avec de l'argent, mais ce que j'avais reçu avait beaucoup plus de valeur : les pianos et son visage.

Un instant, ma femme se penche à la fenêtre et promène son regard sur la rue vide, comme si elle cherchait la silhouette du gitan. Dans la cuisine, les yeux dans le vide, elle s'immobilise : elle seule sait ce qu'elle pense : puis, après un frisson, se remet à bouger. Elle prend dans ses mains la blouse humide d'Ana. Nettoie avec la main la terre du trottoir et décide de l'étendre, car elle ne peut la mettre encore mouillée dans le panier à linge sale.

Cette blouse était à Elisa quand elle était plus petite. Tous nos petits-enfants héritent des vêtements les uns des autres. Même Hermes, quand il était bébé, portait des vêtements de sa sœur et d'Ana. Les rares fois où Marta sortait avec lui dans la rue, les gens étaient trompés par les couleurs et disaient :

« Quelle jolie petite fille ! »

Quand Hermes a commencé à marcher, Marta a cessé de l'habiller avec les affaires de sa sœur et de sa cousine.

Il y avait quelque part une valise en carton, éraflée, aux coins écrasés, une vieille valise. A côté de la serrure, juste au-dessous, était fixée la silhouette en fer-blanc d'un homme en train de courir : ses bras, ses jambes arrêtés dans un mouvement. Tous nos petits-enfants avaient essayé d'arracher le petit homme en fer-blanc. Aucun n'y était arrivé. Il était collé là pour toujours. C'était Marta qui avait rangé dans la valise les vêtements d'Elisa et l'avait apportée chez Maria quelques mois avant la naissance d'Ana. A son tour, Maria avait rangé ces vêtements dans la même vieille valise, avec d'autres qu'elle avait achetés, et l'avait rapportée chez Marta quelques mois avant la naissance d'Hermes. Et de nouveau, Marta avait rangé les vêtements dans la même vieille valise, avec d'autres qu'elle avait achetés, et l'avait rapportée chez Marta quelques mois avant la naissance d'Íris.

Ma femme étend la blouse et pense vaguement à l'éternité. Un jour, cette blouse, achetée pour Elisa, qu'Ana porte en ce moment, sera portée par Íris. Et, même après ce jour, le futur continuera.

« Ah, ma petite diablesse à moi ! » disais-je ; alors Ana arrivait en courant vers moi dans la cuisine. C'était samedi ou dimanche, parce que Maria était venue nous rendre visite. Ana n'avait qu'un peu plus d'un an, mais déjà elle courait vers moi en s'écriant :

« Grand-père, grand-père ! »

Elle était presque à bout de souffle. J'étais déjà

très malade. J'avais des douleurs partout, je savais ma mort prochaine. Ana ressemblait beaucoup à Maria quand elle était petite : elle avait les cheveux sombres et les yeux très bleus et brillants. Et quand je voyais ses yeux avec son sourire d'enfant, j'avais de la peine, car je me disais que, lorsqu'elle serait grande, elle ne se souviendrait pas de moi. Je ne me souvenais pas de mes propres grands-parents, morts quand j'avais à peu près son âge.

« Ah, ma petite diablesse à moi ! » disais-je ; et elle arrivait en courant et me sautait dans les bras. J'étais assis sur un sofa que Maria nous avait donné quand elle en avait acheté un meilleur. Ana s'accrochait à mon cou et nous jouions un moment. Maria préparait le dîner avec sa mère. Pour un instant, elles m'oubliaient. Je jouais avec Ana. De ses menottes, elle me donnait des tapes sur le visage. Très maigre, je lui souriais.

Au bout de quelques semaines, même mon oncle s'en est aperçu.

Durant la journée, sans pianos à réparer, je passais et perdais des heures dans le cimetière de pianos. Chaque matin, je m'y attardais et, plusieurs fois, je trouvai mon oncle qui m'attendait à la porte, la barbe longue, dépeigné, tenant son bonnet dans sa main, qui me regardait étonné avec son œil gauche grand ouvert. A la fin de la journée, je ne voulais pas rester seul chez moi et je m'attardais avec mon oncle à la taverne. Mais je ne voulais pas non plus rester à la taverne. Je buvais des verres de vin, m'appuyais au bout du comptoir, sans laisser les gens parler avec moi.

Toutes mes pensées étaient son visage, son visage répété.

A l'heure du déjeuner, je laissais mon oncle manger assis sur une planche et je sortais marcher dans les rues. C'était le début de l'été et je marchais au-dessus de la lumière. Les gens qui venaient à l'atelier me disaient :

« Hier, je t'ai vu dans la rue, je t'ai appelé, je t'ai fait signe de la main, mais tu ne m'as pas vu. »

Je ne voyais rien. Quand j'arrivais au coin juste avant la pension, je m'arrêtais, le corps caché par le mur, j'inclinais un peu la tête et j'attendais. Parfois, elle venait à la porte : son profil. D'autres fois, elle sortait : son corps dessiné sur le trottoir. Et à plusieurs reprises : sa voix qui saluait quelqu'un : sa voix qui disait une phrase : sa voix apportée par un souffle : sa voix, qui flottait : sa voix fragile.

Dans le cimetière de pianos, des après-midi entiers, pendant toute une semaine, j'écrivis et je biffai, j'écrivis de nouveau et biffai de nouveau, et écrivis de nouveau une lettre où je lui disais une partie de ce que j'éprouvais pour elle. Des heures pouvaient passer durant le temps où je tardais à choisir un mot de ma lettre. Et quand je l'écrivais, des instants passaient jusqu'à ce que je biffe l'espace du papier où je l'avais écrit. Je savais par cœur tous les mots que j'avais décidé d'écrire et toutes les alternatives à chacun de ces mots. Et c'était à cela que je pensais quand, en fin d'après-midi, au début de la soirée, je m'appuyais au bout du comptoir de la taverne, sans laisser les gens parler avec moi.

Peut-être ce jour était-il le plus chaud de tout l'été. Le soleil brûlait dans les rues. Je marchais au-dessus du soleil. Dans ma poche, j'avais ma feuille de papier. Et sur la feuille, les mots que j'étais parvenu à joindre, tracés par mon écriture au crayon de menuisier. La feuille, comme un fragment de soleil plié dans ma poche, me chauffait aussi la peau. J'avais achevé d'écrire ma lettre trois jours plus tôt. Et les deux jours précédents, je l'avais attendue au coin juste avant la pension. La veille, elle était apparue à la porte, l'espace d'un instant, mais était rentrée aussitôt. Ce jour-là, je l'avais attendue au coin juste avant la pension. Alors que je croyais déjà que je regagnerais l'atelier sans la voir, elle sortit et s'éloigna en marchant sur le trottoir. Je cessai de penser. Puis traversai la rue, et, à pas plus grands que les siens, je me hâtai à sa suite, les yeux fixés sur son dos qui se rapprochait toujours plus, toujours plus, jusqu'à n'être plus qu'à deux pas, n'être plus qu'à portée de bras, qu'enfin nous fussions côte à côte. En la dépassant, je glissai ma feuille de papier dans la paume douce, douce et fraîche de sa main. Je frémis en sentant la pointe de ses doigts envelopper le bout des miens. Je retirai ma main comme si je ne l'avais jamais touchée et la regardai dans les yeux. Je ne cessai pas de marcher. Elle me regarda, ralentit, enferma la feuille pliée dans sa main et ne cessa pas de marcher.

Maria arriva quand ma femme avait fini d'étendre le linge, éteint la T.S.F. et posé sur le fourneau une casserole voilée de vapeur. Ma femme ne s'effraya pas en entendant la clef entrer dans la serrure et tourner, mais elle était fixée dans une pensée et, quand elle l'abandonna, elle s'affaira plus vite et s'interrompit à peine au moment où Maria entra dans la cuisine.

Sans poser de question, mais en entendant la tranquillité déserte de la maison, en comprenant tout de suite, Maria entra, irritée :

« C'est toujours la même chose. Combien de fois t'ai-je déjà dit que, si tu la couches le matin, il n'y a pas moyen de la faire dormir le soir ? »

Ma femme ne répondit pas. Elle attendit. Maria resta fâchée. Elle dit deux ou trois phrases qui signifiaient la même chose. Sa voix était plus sévère de s'élever seule dans le silence des gestes. Les autres sons : le sifflement de la flamme du fourneau : le frémissement de l'eau : étaient comme des ombres environnant ses mots. La fin de ce moment advint lorsque Maria prit une chaise et s'assit. Ma femme, qui se sentait petite fille et mère et grand-mère tout à la fois, respira, s'approcha d'elle et lui raconta ce qui s'était passé.

Maria l'écouta en ouvrant de grands yeux, résistant dans les moments où elle ne parvenait qu'à grand-peine à ne pas l'interrompre. Et, dès qu'il lui fut impossible de se borner à écouter, elle se leva d'un bond et s'engagea dans le couloir. Sa mère la suivit, en s'efforçant d'accompagner sa hâte. Soudain, toutes deux s'arrêtèrent à la porte du salon. Un moment bref avait passé depuis que notre fille avait entendu toute l'explication, qu'elle en avait compris chaque parole, mais là, en regardant, elle sembla ne rien comprendre à ce meuble renversé sur la moquette.

Ignorant sa mère : le regard en suspens : elle fit deux pas vagues en direction du meuble. Ma femme suivit son regard, la suivit. La pénombre du salon était fraîche comme le silence, comme une visite à un temps passé. Des rais de lumière, droits et symétriques, entraient par les stores baissés et s'étendaient dans l'air. Bien qu'aucune ne sût ce que l'autre pensait, ce fut comme si elles pensaient la même chose, car elles se baissèrent au même moment des deux côtés du meuble et, lentement, en redressant le poids de leurs propres corps, elles commencèrent à le relever. Leurs mouvements traversaient, arrêtaient et libéraient les rais de lumière. Leurs mouvements se dessinaient dans la distance droite et parallèle des rais de lumière.

Le toucher de mes mains n'avait ni poids ni substance, les gens qui me parlaient étaient toujours très loin, toutes les couleurs étaient pâles à mes yeux, les verres de vin que je buvais n'avaient pas de goût et saoulaient un autre homme, mon corps marchant sur le trottoir était si léger qu'il n'était plus mien, parce que je ne pensais qu'à elle. Je ne parvenais à penser qu'aux pensées que je lui prêtais. Je n'existais au fond de moi que de penser toujours à elle. Un mouvement minime en mon for intérieur : croire l'espace d'un instant qu'elle préférerait peut-être ne plus jamais me revoir, croire l'espace d'un instant que ma lettre l'avait fait rire : le plus petit mouvement, je le sentais avec ma vie entière. Mais le toucher de mes mains était flou et imprécis. Au monde, je n'étais plus moi. J'étais un reflet dont quelqu'un avait le souvenir vague. J'étais un reflet que quelqu'un rêvait sans y croire.

Les derniers jours de mai furent de soleil insipide : dans les rues de Benfica, perdu à moi-même à l'heure du déjeuner ; dans le cimetière de pianos, le regard attaché à la petite fenêtre sale qui tentait d'éclairer l'impossible et y renonçait, résignée. Chaque moment semblait la répétition fatigante d'autres moments pareils et successifs des jours qui avaient précédé. Le matin, quand j'arrivais à l'atelier, je pensais que c'était encore une fois le matin et qu'encore une fois j'arrivais à l'atelier. Je reconnaissais le degré de chaleur, les sons et l'odeur du jour qui naissait. J'en savais tous les détails avant même leur survenue : les personnes qui passeraient, mon oncle qui raconterait des histoires collées à des histoires collées à des histoires : des courants de paroles qui serpenteraient dans l'air de la menuiserie. Et, sans m'y intéresser, je regardais se dérouler chaque geste. Puis, à l'heure du déjeuner, il me semblait m'asphyxier. Je marchais dans les rues en direction de la pension : encore une fois, je marchais dans les rues, encore une fois en direction de la pension. Tous les jours, au coin juste avant la pension, le corps caché par le mur, j'inclinais un peu la tête et j'attendais encore une fois, encore une fois, encore une fois. Elle n'apparaissait pas et je faisais toujours les mêmes plans : sauter par-dessus les murs des jardins voisins; épier aux fenêtres et la voir à travers les rideaux; frapper à la porte, désirer que ce fût elle ou bien faire une demande quelconque à la femme que je pensais être sa mère, une demande quelconque et encore indéfinie, mais qui lui paraîtrait sensée et me permettrait de la voir. Je croyais que, si je la voyais, je serais aussitôt capable de deviner ce qu'elle pensait. Mais l'heure arrivait où je devais regagner l'atelier et jamais, en aucun de ces jours, je ne m'aventurai plus loin que ce coin de rue où je l'attendais. En retournant à l'atelier, sans nouvelles, flottant sans force sur les trottoirs de Benfica, je pensais qu'encore une fois je retournais à l'atelier, encore une fois sans nouvelles, en flottant encore une fois sans force sur les trottoirs.

Le cimetière de pianos était immense. Les après-midi y avaient la taille de générations enchaînées. Je choisissais un piano, je l'ouvrais et je regardais son mécanisme immobile. Et toutes les fois, je ne pouvais m'empêcher de penser que ma vie, diluée dans l'immensité des après-midi, était exactement comme le mécanisme immobile d'un piano : le silence fragile de ses cordes alignées, la perfection géométrique de sa presque mort, sa possible résurrection à un moment qui n'arrivait jamais, un moment simple comme tant d'autres aurait été suffisant, un moment qui pouvait arriver mais qui n'arrivait jamais.

Mais le moment venait toujours où mon oncle passait la porte du cimetière de pianos. Je levais le regard vers lui. Il s'approchait de moi. S'arrêtait à un pas. Dans cette distance concrète qui nous séparait, en silence, c'était comme si je lui confiais un peu de toute la détresse en laquelle je pouvais croire. Alors, il baissait la tête comme s'il était capable de pleurer des larmes réelles. J'avais déjà cessé de m'évertuer à cacher ce que je ne pouvais cacher. Mon oncle me regardait avec son œil gauche attristé, avec l'espace aveugle de son œil droit, toujours triste, et, dans la distance concrète qui nous séparait, en silence, c'était comme si : presque, peut-être : il m'embrassait, comme s'il était capable de me dire des mots de courage. Nous rentrions ensemble dans l'atelier et, dès que nous reprenions le travail, mon oncle recommençait à raconter des histoires que je n'écoutais pas.

A l'entrée de la nuit, la taverne. Ensuite, la maison solitaire.

Puis survint un matin. Deux semaines s'étaient écoulées depuis le moment où je lui avais glissé ma feuille de papier : la lettre où j'avais écrit le mot tu, qui était elle, où j'avais écrit le mot je, qui était moi. J'arrivai à la porte de l'atelier, où mon oncle ne m'attendait pas. Je ne prêtai guère attention à cette absence, car je crus en avoir été déjà prévenu avant même qu'elle n'eût lieu. Et je passai la matinée dans les heures solitaires de mes pensées, entre les heures de la menuiserie et celles du cimetière de pianos. C'était juin et, pour moi, il n'y avait pas d'oiseaux qui chantaient, ni la liberté des flâneurs dans les rues. A l'heure du déjeuner, je fus lent à m'acheminer sur les trottoirs qui tous les jours me conduisaient à la pension. Je m'arrêtai au coin où tous les jours je m'arrêtais. Et j'attendis. J'attendis. Et je pensais déjà que ce moment d'attente serait pareil à tous les autres, quand son corps apparut à la porte. Elle regarda vers moi, puis rentra dans la pension.

En retournant à l'atelier, mes pieds marchaient sur le trottoir, mes mouvements contournaient des gens qui s'arrêtaient devant moi ou venaient en sens inverse, mais, au-dedans de moi, il y avait une ombre qui contournait bien d'autres obstacles, qui marchait avec encore plus de hâte. Je me demandais si elle était sortie pour me voir ou bien rentrée parce qu'elle m'avait vu. A distance, son visage n'avait pas offert de réponse. Mes pieds marchaient sur le trottoir. Et, en contournant la peur, je contournais l'espérance.

Je franchis l'entrée de la menuiserie. Les murs hauts étaient la limite du monde. Mes pas sur la terre, contre le silence, étaient la seule démonstration de vie. J'entrai dans l'atelier. Le traversai. Ouvris la fenêtre ; et, les bras ouverts, écartant les battants, ce fut comme si j'essayais de saisir tout l'après-midi et de le faire entrer dans ma poitrine. Dans le temps immense qui commençait cet après-midi, il ne se passa pas beaucoup de temps. J'entendis des pas dans l'entrée et je ne me retournai pas pour voir qui allait apparaître, car je croyais savoir d'avance ce qui allait se produire, rien ne pouvait me surprendre, je croyais que c'était mon oncle. Après avoir senti que, bizarrement, ces pas s'étaient arrêtés à l'entrée de l'atelier, après avoir senti une respiration ralentir, après avoir senti le silence, je me retournai. C'était un jeune garçon en culottes courtes, les mains croisées au niveau de la taille, les joues sales, qui me regardait apeuré. Sans que je lui dise rien, il tendit le bras en avant : sa main tenait un feuillet plié. Je le pris, lui donnai une pièce et, le temps de lever la tête, je le vis partir en courant.

J'ouvris le feuillet avant de réussir à respirer. Il disait seulement : toi aussi, tu me plais beaucoup.

Lumière, lumière : le soleil put enfin couvrir tous les objets de sa clarté. Et le soleil glissa sur la surface des copeaux de pin sur le sol de la cour, entra dans l'atelier, enveloppa ma peau et y entra aussi. En moi, il fut infini. En moi, juin renaquit. Le soleil chassa toutes les ombres et n'apporta que de l'éclat. En souriant : un enfant en ce monde : je courus chercher mon oncle. Je voulais lui conter mon bonheur et le voir sourire avec moi. J'entrai dans le cimetière de pianos, je le cherchai dans la cour, je criai presque son nom, mais je ne réussis à le trouver nulle part.

Je cessai de le chercher et m'assis à mon établi, en fixant mon regard sur un point où je la voyais : elle était nette, elle était belle : et en continuant de sourire, avec en moi la même enfance. Ce fut seulement après que la soirée eut passé sans que je visse mon oncle à la taverne, après qu'il ne fut pas venu le lendemain pour travailler, après avoir demandé aux hommes de la taverne s'ils savaient où il se trouvait, après qu'ils m'eurent dit que non, après m'être rendu à la maison où il louait une chambre, après avoir demandé si l'on savait où il était, après qu'on m'eut répondu non, ce fut seulement après qu'une autre soirée eut passé sans le voir à la taverne, et seulement après qu'une nouvelle fois il ne fut pas venu pour travailler, que je compris qu'il avait disparu.

Ma femme annonce qu'elle veut téléphoner à Marta. Maria ne lui répond pas. Maria est encore irritée. Si ma femme s'arrêtait un moment pour réfléchir, pour chercher une explication, elle finirait par conclure que Maria est irritée à cause d'un problème survenu à sa fabrique.

Maria passe ses journées dans une fabrique où elle coud des sous-vêtements féminins : des soutiens-gorges, des culottes. Autour d'elles, sept ou huit femmes, qui font le même travail. Elles se sont habituées à parler par-dessus le bruit que font les machines à coudre. La fabrique est toujours éclairée par la même lumière : des lampes blanches accrochées au plafond, de jour, de nuit, par temps de pluie ou au pic de l'été. Normalement, ma femme est au courant des histoires, des conflits et des amitiés entre ces sept ou huit femmes qui entourent notre fille. Normalement, à l'heure du déjeuner, assise sur une chaise de la cuisine, ma femme écoute Maria lui parler de ces femmes : leurs ambitions, leurs sacrifices, leurs étonnements, leurs alarmes, les secrets qu'elles lui confient.

Mais ma femme ne s'arrête pas pour réfléchir, pour chercher une explication ; et du coup, elle s'irrite aussi. Ce qui veut dire se montrer condescendante, parler avec hauteur. Donc, elle fait une annonce qui n'attend pas de réponse quand elle dit :

« Je vais téléphoner à Marta. »

Et Maria, irritée, s'abstient en effet de répondre. Ma femme prend le combiné du téléphone.

Le jour où le mari de Marta est revenu des funérailles de sa mère, il a pris un regard chagrin et déclaré qu'il ne voulait plus habiter dans la maison près de la menuiserie. Le même jour, par respect pour le deuil d'une mère, Marta a commencé à tout ranger dans des boîtes en carton, des petites et des grandes, qu'elle avait demandées à l'épicier.

Hermes n'était pas encore né et Elisa allait et venait dans la maison, contente et gaie, en contournant les lampes éparpillées sur le sol.

Le mari de Marta s'est fait prêter une camionnette découverte. Pendant plusieurs jours, il a fait des voyages successifs entre Benfica et la terre maraîchère où il était né. Chaque fois qu'il revenait, Marta avait tout préparé et lui disait ce qu'il devait emporter.

Au dernier voyage : la maison toute vide, ses murs, la maison soudain plus grande : la dernière chose à charger fut le grand fauteuil du salon. Le mari de Marta a demandé de l'aide à deux amis et, au même moment, les trois ont employé toute leur force conjuguée pour soulever Marta et l'installer à l'arrière de la camionnette : son mari l'a poussée par la croupe, un homme l'a saisie sous les bras et l'autre homme par la taille.

Quand Marta est parvenue à se hisser dans la camionnette, quand les hommes ont repris leur souffle, que le mari les a remerciés, Marta est restée debout, puis elle a fait quelques pas, honteuse, et s'est assise dans le fauteuil. Tandis que la camionnette roulait, quand elle s'arrêtait aux feux rouges, les gens s'arrêtaient sur les trottoirs et regardaient, ils la désignaient du doigt, car ils n'avaient jamais vu une personne en telle posture : serrant les jambes l'une contre l'autre, les coudes bien posés sur les bras du fauteuil, la tête droite sur son cou, le corps de Marta débordait en vagues de chair et de peau qui couvraient le fauteuil : à peine devinait-on l'existence de ce fauteuil parce que son corps était visiblement assis sur quelque chose.

Avec la vitesse que prenait la camionnette, un souffle passait sur le visage de Marta, qui ébouriffait ses cheveux, mais ses joues étaient colorées d'une teinte rouge vif. Ses lèvres serrées étaient une ligne.

Quand ma femme revient dans la cuisine, elle contracte les muscles du visage. Elle dit :

« Marta m'a invitée à passer la fin de semaine chez elle. »

Maria continue à manger, penchée sur son assiette, en silence. Une feuille d'épinard s'échappe de sa cuiller, mais elle fait un mouvement de la tête, avale la feuille d'épinard, puis remplit sa cuiller de potage et continue à manger, penchée sur son assiette, en silence.

Je ne m'étonnais pas quand j'entrais dans le cimetière de pianos pour chercher une pièce et qu'en soulevant un couvercle je tombais sur une pile de romans d'amour qui appartenaient à Maria. Je savais bien que Maria échappait au regard de sa mère et passait des heures assise dans un coin du cimetière de pianos, penchée sur un livre qu'elle posait sur ses genoux. Quand elle prit cette habitude, ma femme s'inquiéta beaucoup. Elle me disait :

« Je ne sais pas ce que Maria a fait pendant tout l'après-midi. Je le lui ai demandé, mais elle n'a pas voulu me le dire. »

Dès que je compris ce qui se passait, je la rassurai. Ma femme, par la suite, ne mentionna plus ce sujet que lorsqu'elle était fâchée :

« Pour rester cachée à lire des romans d'amour, tu es toujours la première. Mais pour m'aider... Tu crois que je ne le sais pas ? »

Ma femme lui disait de ces choses parce qu'elle savait qu'elles la blessaient. Les romans d'amour étaient un secret que tout le monde connaissait, mais que tous respectaient comme un secret.

Si mes enfants avaient fait des études, ç'aurait été Maria qui serait allée le plus loin. Elle a toujours été la plus appliquée.

C'étaient des après-midi où je faisais un travail

silencieux derrière des planches. J'entendais ses pas sur les copeaux de pin qui couvraient le sol de la cour, je levais un peu la tête et je l'apercevais avec des livres cachés sous ses vêtements, qui altéraient la forme de son corps, lui faisaient le ventre ou les épaules carrés.

Plus tard, en soulevant le couvercle d'un piano, souvent, je tombais sur une pile de romans d'amour. Des livres écrits en portugais du Brésil, qui formaient des collections aux noms de femmes : Sabrina, Bianca, Julia. Et en lisant les noms des romancières, ma fille imaginait des femmes passionnées qui connaissaient la vie : Rosemary Carter, Violet Winspear, Anne Mather, Vanessa James, Lynsey Stevens, Elizabeth Petty, Ann Cooper, Penny Jordan, Casey Douglas, Rebecca Stratton, Flora Kidd, Jane Donnelly, Linda Harrel, Rachel Lindsay, Essie Summers, Katrina Britt, Amanda Carpenter, Anne Hampson, Janet Dailey, Marjorie Lewty, Carole Mortimer. Avant de commencer à lire, ma fille prenait une voix solennelle et, dans le silence du cimetière de pianos, elle murmurait le titre du livre qu'elle tenait dans ses mains : *Eperdument amoureuse*, *Le Temps d'aimer*, *Rien qu'une femme*, *La Dangereuse Rivale*, *Chemin sans retour*, *Le Jeu de la séduction*, *Tout s'est passé à Paris*, *Amour sans mariage*, *L'Homme d'acier*, *La Peur d'aimer*, *L'Etranger de la maison voisine*, *Esclave de l'orgueil*, *Obsession sublime*, *Cœur volé*. Et elle entrait dans des mondes d'envie et d'amour, d'orgueil et d'amour, de peur et d'amour, de jalousie et d'amour, de trahison et d'amour, avec des femmes fortes et sensibles qu'elle n'oublierait jamais et qui s'appelaient Cherry, Vic, Laura, Helen, Jane, Polly, Kate, Casey, Sarah, Raine, Luenda, Rose, Sally, Lee, Sophy, Jensa, Brooke, Viviane, Magda, Robyne, Madeline ; avec des hommes beaux et bien peignés qui souriaient sur les photos enamourées des couvertures et s'appelaient Max, Gwill, Mark, Rick, Brandon, Flint, Marcus, Adam, Jeremy, Leon, Karl, Magnus, Ric, Nick, Cole, Dean, Kley, Robert. Ainsi passaient les heures, ainsi passaient les après-midi. Aux dernières pages, après tous les soubresauts, les harcèlements, les obstacles, quand tout semblait impossible, Maria soupirait longuement parce qu'elle croyait de nouveau à ce en quoi elle n'avait jamais cessé de croire : l'amour pur et sincère vainc toujours.

Toutes les nuits de cet été, les étoiles brillèrent liquides dans le ciel. Quand je les regardais, c'étaient des points liquides de brillant dans le ciel.

La première fois où nous nous rencontrâmes, ce fut au milieu du jour : je lui souris, elle me sourit. Nous nous dîmes quelques mots et nous continmes au-dedans de nos corps. Ses yeux, l'espace d'un instant, furent un abîme où je m'enveloppai de légèreté lumineuse, où je tombai comme si je flottais : tomber à travers le ciel pour arriver au creux d'un rêve.

Ce soir-là, je l'attendis, appuyé à un mur à quelques mètres après l'entrée de la pension. Les gens qui passaient étaient gais. Je pensais à je ne sais quoi qui me donnait la sensation d'être plus grand à l'intérieur, comme la nuit. Les feuilles de lierre qui couvraient le haut du mur et qui pendaient au-dessus du trottoir étaient la seule forme nocturne, car elle n'était faite que d'ombres. D'abord, je sentis que les feuilles de lierre bougeaient ; puis je vis ses mains qui s'accrochaient au faîte du mur ; puis son visage immobile, contre le ciel clair de la nuit. Un instant, mon cœur s'arrêta de battre. Le monde s'arrêta. Transparentes, des ombres se posèrent sur son visage. L'air frais, l'air rafraîchi moulait la peau de son visage. Et le monde continua. Je l'aidai à descendre du mur. Nous courûmes sur le trottoir en nous tenant par la main. Ma main entourant sa main fine : la force de ses doigts à l'intérieur des miens. Dans la nuit, nos corps courant côte à côte. Quand nous nous arrêtâmes : nos souffles, nos visages tout étonnés l'un de l'autre : nous nous regardâmes comme si nous devions nous regarder pour toujours. Quand, avec lenteur, mes lèvres s'approchèrent des siennes et que nous nous embrassâmes, des reflets d'étincelle, comme un poudroiement jailli dans les airs, tombaient et traversaient la nuit qui nous couvrait.

Ensuite, il y eut des jours interminables que je passai seul à la menuiserie : en juillet, pour la première fois, je réparai un piano sans aide : le piano droit d'une dame qui avait des petits-enfants.

« Ce n'est pas pour moi. Ce sera pour mes petits-enfants », me dit-elle.

Puis, les hommes de la taverne, qui ne me demandaient jamais de nouvelles de mon oncle, et moi qui me rappelais de moins en moins de leur en demander. Des jours entiers, des soirées entières.

Dès mon réveil, j'écartais le drap, je m'asseyais sur mon lit pour voir la première lumière traverser la fente de la fenêtre et je savais que, durant cet été, les jours n'avaient ni début ni fin. Le temps était une succession permanente, qui ne s'arrêtait pas avec la nuit. Je me levais lentement, je dessinais des figures avec mes gestes et je souriais beaucoup en enfilant mes vêtements. Quand je sortais dans la rue, la ville était faite de silhouettes vaporeuses qui renaissaient et, peut-être, peut-être le bonheur venait-il à leur suite. J'arrivais à la porte de la menuiserie et, en la franchissant, avant même de la franchir, je commençais à compter le temps qui me séparait d'elle. En attendant, je me trouvais à mon aise dans la menuiserie. Devant moi, il y avait du bois ; devant moi, la paix de savoir quelle forme je voulais lui donner, de savoir comment la lui donner. Devant moi, le piano d'une dame qui avait des petits-enfants, le clavier et mon index qui appuyait sur une touche et, à l'intérieur d'une note inconnue : une seule note : l'espace de tout ce que je voulais imaginer : son visage : son visage : son visage. C'était le matin et, durant des instants, je ne voyais que l'image de son visage, je pouvais entendre sa voix, puis c'était encore le matin et je la revoyais avec le même visage, puis c'était encore le matin et je la revoyais, j'entendais de nouveau sa voix, puis c'était l'heure du déjeuner. L'après-midi aussi, je vivais parmi des songes. Avec quelques différences, c'était comme à l'époque où j'avais cinq ou six ans et où ma mère, gentiment, me laissait dormir tard les matins de samedi : il y avait du soleil par-delà la fenêtre et je restais dans mon lit à me réveiller et me rendormir, en pensant à des songes et en songeant des pensées.

J'entrais dans la taverne quand, en fin d'après-midi, avant la venue de la nuit, une couleur d'un bleu plus sombre se posait sur toutes choses : sur la terre battue de l'entrée de l'atelier. Les sons de la ville, lointains, traversaient cette couleur bleu sombre. Je buvais trois ou quatre ou cinq verres de vin, parce qu'il était trop tôt pour rentrer chez moi et me préparer. C'était ce temps que, chaque jour, je laissais s'écouler ainsi. Je ne me souciais pas d'exister. Peu m'importaient le dessus de marbre du comptoir, les sourires édentés des hommes ou leurs conversations boiteuses. J'assistais à tout, insoucieux, léger, je souriais facilement. Durant ce temps que je laissais passer, que je ne sentais presque pas, j'existais, oui, mais j'existais au loin. Je retournais à mon corps en sortant de la taverne ; et il était trop tôt encore lorsque j'arrivais chez moi et que, sans manger, je me préparais. Passaient des heures mal éclairées. Dans le miroir, mon visage.

Ensuite venait un moment où je posais mon pied droit devant le seuil de la maison, sur les pavés du trottoir. Et je marchais à la rencontre des rues. Je m'approchais. Les rues marchaient à ma rencontre. Quand j'arrivais à la pension, je savais avec beaucoup de force qu'elle était là, à l'intérieur. Elle, elle, elle. Cette certitude simple était pleine de miracles et je m'étonnais presque de ne pas trouver les murs enveloppés par les flammes, ou par des cris également grandioses. Alors, mon attente : sereine. Car je savais que le temps ne pouvait rien contre notre désir inévitable, insatiable, indomptable. Des brises m'arrivaient des coins noirs de la nuit et me touchaient le visage. Et cet été nocturne. J'attendais, j'attendais, et puis, dans un unique instant : ses pas de l'autre côté du mur, mon cœur perdu au fond de moi, ses mouvements tracés dans le silence, et moi perdu en moi. Et puis, dans un unique instant : elle, enfin, et le poids de son corps, beaucoup plus qu'un simple poids, elle, la forme de son corps, beaucoup plus qu'une simple forme, enfin, et moi qui, presque, me sentais pleurer, enfin son corps beaucoup plus que son corps, enfin, enfin dans mes bras. Sa tête, tombant sur mon épaule. Ses cheveux qui touchaient mes joues.

Ces soirs-là, je savais déjà que la femme qui vivait avec elle dans la pension, la femme qui lui commandait, qui avait un visage de pierre, n'était pas sa mère : c'était sa marraine. Elle l'avait élevée depuis sa petite enfance, comme si c'était sa mère, comme si c'était sa fille. Sa vraie mère, lointaine, était l'image estompée d'une femme pauvre, triste, avec des mèches de cheveux qui lui tombaient le long du visage. Les premiers soirs, nous marchions et nous courions loin avant de nous embrasser. Mais ensuite, il nous fut impossible d'attendre. Et nous nous embrassions comme si nous explosions l'un contre l'autre ; après quoi seulement, nous marchions et nous courions. Durant une semaine, nous nous contentâmes d'un banc de jardin et de toutes les ombres qui recouvraient ce jardin. Ensuite : ma clef, pour ouvrir la porte de la menuiserie, et l'obscurité, et le cimetière de pianos. Ensuite, nos corps.

« Marta m'a invitée à passer la fin de la semaine chez elle », dit ma femme. Elle le répète.

Maria garde le silence.

Íris s'est réveillée et elle est sortie de son lit.

Elle arrive par le couloir, avec un visage contrarié de sommeil. Les yeux presque fermés. Les sourcils froncés comme de colère. La peau douce des draps de flanelle. Elle vient pleurnicher une petite plainte : sa protestation d'être réveillée.

« Viens vite, viens voir maman ! » dit Maria en lui ouvrant les bras.

Íris frotte ses petits yeux avec ses petites mains, avec les doigts fermés de ses petites mains. Elle pleurniche encore, comme si tout le monde croyait et comprenait bien que se réveiller est une chose pénible qui vient de lui arriver.

Maria la prend dans ses bras. Elle la sent sur ses genoux. Elle observe sa main bandée. Lui dit qu'elle doit être sage. Lui parle de son bobo. Puis elle se tait. Silence.

D'une voix douce, mais en regardant sa mère bien en face, Maria dit :

« N'y va pas... »

Ma femme garde le silence.

Íris, assise sur les genoux de sa mère, a le regard fixé sur la fenêtre et continue de se réveiller lentement. Ma femme est tournée vers l'évier. Ses gestes sont petits pour remplir la cuisine.

« N'y va pas... » dit Maria. Et elle le répète.

Elle pose Íris par terre. Elle s'approche du dos de ma femme et elle lui touche le bras. Ma femme feint de ne rien sentir. Maria dit :

« S'il te plaît. »

Ma femme a déjà décidé qu'elle passerait la fin

de la semaine chez Marta, mais elle se tait. Sans qu'on devine ce qu'elle veut faire, Íris pousse une chaise sur le sol en mosaïque. Maria crie :

« Reste tranquille ! »

A ce cri, Íris se met à pleurer. Maria continue à parler à sa mère :

« S'il te plaît. Aujourd'hui, j'ai peur que le pire arrive. »

Ma femme se tait.

La pendule de la cuisine : d'ici à quelques minutes, Maria devra s'en aller pour retourner à la fabrique. Quand elle franchira la porte, ma femme, en silence, aura commencé à donner des cuillerées de soupe à Íris. Maria descendra les marches, elle trouvera la rue, la lumière, la taille des immeubles, les voitures, juillet, les chiens galeux abandonnés, et, tout au long de son chemin, elle éprouvera du regret, de la peine et de la crainte.

Nos corps. Dans le cimetière de pianos, la nuit était noire, absolue. Dans ce temps opaque, nos corps existaient. Mes bras se sauvaient en l'enveloppant. Mes mains cherchaient la paix sur la surface sûre de son dos. Nos lèvres savaient comment se trouver. Nos bouches construisaient des formes : des formes si détaillées : des formes que jamais personne dans l'histoire du monde n'avait pu imaginer, impossibles, inimaginables pour une personne vivante avec des pensées ordinaires, des formes impossibles à répéter tant elles étaient concrètes. Nos lèvres. Nos langues sentaient la saveur de nos bouches : la salive tiède, le sang tiède. Et mes lèvres la parcouraient. Mes lèvres se tendaient sur la peau de son visage. Je lui tenais la tête : mes doigts parmi ses cheveux : et mes lèvres se mêlaient à la peau de son visage. La paume de ma main droite descendait le long de son corps, de la ligne de son corps, elle glissait sur sa taille et puis descendait davantage, et cherchait le bas de sa robe, trouvait ses jambes et remontait. Remontait, par l'intérieur des cuisses. Et mes lèvres, encore et toujours sur ses lèvres, parce que nous respirions de la même respiration. La pointe de mes doigts glissait, montait par l'intérieur chaud et lisse de ses cuisses. Ce chemin était long. Elle m'entourait le bras de sa main. La pointe de mes doigts glissait, et, au moment où je touchais le coton de sa culotte, je sentais sa main entourant mon bras se serrer, et, encore et encore, nous respirions de la même respiration. Mes doigts, serrés entre ses cuisses, sentaient lentement le centre de la culotte en coton, douce derrière le coton, chaude derrière le coton. Sur la culotte, la paume de ma main sentait les poils sous la culotte. Mes doigts : et tout mon corps : mes doigts sentaient lentement le coton, chaud, humide. Nos corps se dessinaient en noir contre le noir. Un fragment du ciel obscur de la nuit entrait par la fenêtre du cimetière de pianos. Et c'était presque une clarté absente qui me montrait les ombres et les contours de son corps au moment où je soulevais sa robe jusqu'à sa ceinture et faisais glisser la culotte sur ses jambes. Où je l'étendais sur un grand piano : son corps : mon corps : nos corps.

A la fin de l'été, nous sûmes que cette nuit-là nous avions conçu Marta.

Septembre. Comme si nous nous préparions pour traverser l'automne ensemble, nous résistions de moins en moins à la douleur de nous séparer. De plus en plus de gens passaient à l'atelier pour demander des nouvelles de travaux qui n'étaient pas prêts. Chaque fois, j'invoquais comme excuse la disparition de mon oncle : la majorité des regards se teintaient de compréhension : mais je savais bien que la vraie raison était l'urgence vitale de la rencontrer sans cesse.

J'avais fermé la porte de la menuiserie et couru par les rues invisibles de Benfica. Quand j'arrivai au marché, je savais où la trouver. Je me mis à marcher à côté d'elle : ou derrière, ou devant : à juste distance pour nous toucher parfois du coude, pour que je sente l'odeur de sa peau, à juste distance pour que personne ne comprît que nous marchions côte à côte. Elle regardait dans une direction et moi, je faisais mine de n'avoir aucun intérêt pour les choses qu'elle regardait. Elle demandait le prix des pommes, moi celui des poires. Et en nous efforçant de ne pas remuer les lèvres, presque sans nous regarder, nous échangions des phrases murmurées : des phrases simples qui tentaient de dire amour : comme questions, comme réponses. Ce matin-là, je lui disais des phrases furtives, et elle se taisait, elle restait sérieuse. Je lui disais une autre phrase : un sourire qui attendait un sourire : et elle continuait de se taire. Puis un instant advint où elle se tourna vers moi, s'immobilisa, me fixa dans les yeux : sérieuse : et me dit qu'elle était enceinte.

Je ne sais où s'en alla le monde entier.

J'errai, perdu, quand nous nous séparâmes, sans une parole, dans le brouhaha du marché, jusqu'au moment où nous nous retrouvâmes, en silence, au coin de la rue avant la pension, à l'heure du déjeuner. Elle dit :

« Il faut que j'en parle à ma marraine. »

Je ne répondis rien. Elle dit :

« Je préfère lui en parler avant qu'elle s'en aperçoive. »

Dans la rue, devant tous les gens qui auraient pu passer par là, je la serrai dans mes bras. Dans nos yeux fermés, nous nous embrassâmes. Du temps passa ; j'ouvris les yeux et je la vis qui s'éloignait. Et son corps, seul, toujours plus loin de l'étreinte de mes bras traversait la rue et s'en allait sur le trottoir, le long du mur où je l'avais attendue tous les soirs de cet été. Et son corps, seul, disparaissait par la porte de la pension.

Tandis que j'attendais, je ne savais que craindre. Je fixais la porte entrouverte et tentais de croire aux images que j'inventais pour mes yeux : elle, qui ressortait, elle qui marchait vers moi : son sourire : et elle qui revenait dans mes bras. Et j'attendais dans un temps où j'étais le seul à vieillir.

Les feuilles de lierre sur le mur se suspendirent quand une brise les poussa davantage vers le trottoir. Et puis, tout à coup : le fracas de la porte fermée, tous les battants de toutes les fenêtres de la pension qui se fermaient. J'assistai à cet instant sans plus savoir exister.

Je sentis une main qui se posait sur mon épaule.

Je me tournai.

Et je vis le visage borgne et sale de mon oncle.

Départ

je ne veux pas seulement porter ce nom, je veux en être le propriétaire.

finalement. J'ai imaginé ce jour toutes les fois où j'avais de l'espoir : quand j'étais allongé à côté de ma femme, enceinte de notre fils, ma main posée sur son ventre arrondi ; ou quand j'étais enfant, que je rentrais de l'atelier avec mon père et le voyais franchir le seuil de la taverne, l'entendais me dire de filer à la maison et continuais seul sur le chemin de terre, mes vêtements, mon visage et mes cheveux couverts de sciure ; ou quand j'étais plus petit et que je m'asseyais dans le cimetière de pianos, à côté du temps. Alors, j'avais de l'espoir, alors, j'imaginais ce jour et je croyais que je n'aurais pas peur ; je me le répétais mille fois en mon for intérieur : je n'aurai pas peur, je n'aurai pas peur : et je voyais nettement, clairement, cet instant-là et ces visages. Et je crois que tous les instants où j'ai imaginé ce jour, ensemble, additionnés, sont plus longs que ce jour, mais je crois aussi que ce moment : maintenant : est plus profond, c'est un puits infini ; et que si j'y plongeais, il me faudrait la vie entière pour tomber dans son immensité, et je mourrais avant d'en avoir touché le fond. Maintenant, en cette heure d'après-midi

à l'intérieur du marbre. Je pose la main sur la surface blanche de ce mur : du ciment : et c'est comme si je touchais l'intérieur gelé de la chaux. Ici, je suis arrivé. Je pose ma valise en carton sur une table usée. C'est une valise neuve que ma femme a achetée avec de l'argent qu'elle mettait de côté en cachette : ce qui restait des courses. J'en ai été fâché, et heureux, et fâché, et heureux, et seulement heureux quand elle me l'a offerte : la valise posée sur la table de la cuisine. A côté de la serrure, juste en dessous, la silhouette en fer-blanc d'un homme qui court : et le regard de ma femme, souriant quand j'ai remarqué le petit homme qui courait et que j'ai relevé la tête. Ma femme : ses mains, sa voix, son visage, souriants avant mon baiser : ma femme, ma femme : qui a acheté un petit homme en fer-blanc, l'a gardé dans du papier, caché au fond d'une boîte, jusqu'au moment où elle l'a collé sur la valise neuve, à côté de la serrure, juste en dessous, à un endroit où je pourrais toujours le voir. J'ouvre la valise : chemise repassée, pliée, pantalons, chaussures de course, la montre de gousset de mon père et la boîte de graisse spéciale. L'idée m'en est venue quand

tout : nous croyons encore. Le temps n'a pas passé. Les jours sont redevenus la surface sur laquelle nous rêvons. Les après-midi

durant ce que je désire. Le temps se disloque à l'intérieur de lui-même, mû par l'angoisse et le désir. Le temps n'a pas de volonté, mais de l'instinct. Le temps est moins qu'un animal qui court. Il ne pense pas où il va. Quand il s'arrête, c'est l'angoisse ou le désir qui l'y forcent.

sont redevenus aussi grands que dans le temps où nous traversions les jardins en nous tenant par la main. Et il faut que toujours existe le soleil qui nous éclaire, qui nous éclairait. Pardonne-moi. Cette même légèreté encore, comme de la lumière, comme de la lumière, qui nous avait emplis. Et je t'en prie : pardonne-moi. De nouveau, nous sommes tout : nous croyons encore. Le temps n'a pas passé. Les jours sont redevenus la surface sur laquelle nous rêvons. Les après-midi

j'étais allongé : une graisse spéciale. Un mélange de graisse végétale et de graisse animale. Presque endormi, mais sans pouvoir dormir, je sentais la tiédeur de ma femme à côté de moi. Un corps qui respirait. Et mon bras droit sur elle, ma poitrine contre son dos, mes genoux dans le pli des siens, l'intérieur de mon bras au-dessous de son coude, suivant la forme des côtes, pour l'entourer, l'envelopper, la protéger, la paume de mes mains reposant sur son ventre : notre fils. Ma main sur son ventre, sur notre fils : telle était ma manière de m'endormir en lui contant et mes pensées, et mes rêves. Je pensais à notre fils comme si je parlais avec lui et je pensais à la course, je pensais à ce que c'était que de partir pour la Suède, d'y représenter le pays dans le marathon des meilleurs du monde : celui des Jeux Olympiques. Et j'imaginais le visage de notre fils quand il naîtrait. Et je repensais à la course. Stockholm, pensais-je. Un nom sans aucun lien avec rien que je connaisse. J'allais presque m'endormir quand cette idée me réveilla. Et si je l'avais pu, je me serais levé et j'aurais commencé aussitôt à préparer cette graisse; mais ce fut le lendemain que j'allai acheter l'huile et la graisse végétale et animale. Je laissai le mélange reposer une nuit et un jour. A la tombée du soir, quand je revins de mon travail : dans la fraîcheur d'un soir de juin : j'enduisis tout mon corps de cette graisse spéciale. Je ne pris pas de montre, mais j'eus la certitude d'avoir couru beaucoup plus vite. J'étais plus léger, mes jambes glissaient plus vite dans l'air. Je n'eus pas besoin de boire beaucoup d'eau, car je ne transpirai pas. Je m'en sentis plus fort. Cette graisse que j'ai ici silence des coureurs qui enfilent leur tenue, certains qui se signent, et des voix du stade, invisibles derrière les murs, comme si elles n'existaient pas ou comme si elles existaient plus que tout, comme la peur. Puis, le silence des petits pas nerveux que les coureurs ébauchent, comme s'ils faisaient de la gymnastique. Je commence à m'enduire le corps avec la graisse. Je plonge mes doigts dans la boîte remplie de graisse, et, quand je les fais glisser sur mes jambes, mes bras, mes épaules et mon visage, je deviens tout brillant. Mon corps s'est mué en muscles brillants. Les manches de ma chemisette dessinent une ligne où la peau passe du brun au blanc. Mes mains étalent de la graisse sur cette ligne et la font briller aussi. C'est cette science qui me fera gagner. Je sens mes mains toucher mon corps comme si c'étaient celles d'une autre personne. Dans ces secondes où j'attache mes chaussures avec un lacet et avec un double nœud, je sens sur moi les regards et l'étonnement caché des autres coureurs. Ils tournent la tête de l'autre côté, mais ils me regardent quand même : ils n'ont jamais rien vu de tel. Je nettoie le fond de la boîte et j'étale le reste de graisse

un homme en cravate qui fait des signes pour nous appeler. En file désordonnée, silencieux, les coureurs sortent. Je sors aussi. Sous la clarté, les voix se déchirent. L'attente de mille voix mêlées est une peau absente sur la lumière. La grandeur du stade s'ouvre vers le ciel. Le ciel, maintenant, pourrait couler sur ce stade. Mais il faudrait le ciel entier pour le remplir. Si je m'approche d'une ombre, je sens la fraîcheur sur ma peau huilée. Avant le voyage, un homme qui m'a rencontré à la sortie de l'atelier m'a expliqué que la Suède était plus fraîche que Lisbonne. Il a voulu me tromper, ou bien il ne savait pas. Ici, c'est la même chaleur que nous avons à Lisbonne au moment des marées d'août. C'est une lumière vive qui donne une incandescence aux visages des gens sur les gradins : les femmes avec leurs ombrelles, leurs chapeaux et leurs robes, qui brillent ; le noir des hauts-de-forme des hommes, clair et qui brille ; et brillent aussi les enfants qui nous regardent et imaginent en nous des vies que jamais nous ne connaîtrons. Les pas des coureurs soulèvent l'odeur de terre sèche et brûlée. J'appuie la paume de ma main contre une barrière et je fais bouger mes pieds, pour les habituer aux chaussures neuves. Les autres courent lentement, dans un sens, puis dans un autre. Quelques-uns font de la gymnastique. Je ne veux pas me fatiguer déjà. Je les regarde. Cesse de les regarder. Dans la multitude de voix mêlées qui emplissent les gradins et m'entourent, je distingue des fragments de la voix de mon père quand il m'appelait pour m'apprendre quelque chose :

viens voir ici : ou de la voix de ma mère qui disait mon nom au milieu d'une conversation : Francisco : ou de mon frère qui avait quelque chose à me demander, ou de ma sœur Marta et de ma sœur Maria, encore petites, qui s'occupaient de moi et voulaient toujours jouer avec moi. Le temps n'a pas passé. Tous ces instants

comme si naissait en moi un jour nouveau et soudain, au-dedans de mes yeux en flammes. Je sens que ce n'est pas le monde qui existe et brûle devant mes yeux, mais que ce sont mes yeux qui créent et incendient ce monde devant eux. Un monde entier créé par les flammes qui jaillissent de mes yeux. Maintenant

de mon cœur. Nous sommes de nouveau

pour qu'on appelle tous les coureurs à se placer sur la ligne de départ. Je suis au premier rang. D'autres coureurs s'approchent dans mon dos. La chaussure de mon pied droit est collée contre la ligne. Il y a des coureurs de toutes les nations et de toutes les races. Ceux qui sont à côté de moi touchent mes bras avec leurs coudes et je les sens glisser contre ma peau luisante. Nous regardons devant, car nous voyons le futur. Chacun de nous a un cœur qui lui bat dans la poitrine. Un homme en pantalon blanc, veste sombre, cravate et chapeau de paille, tire un coup de pistolet en l'air. L'explosion se répand aux alentours et disparaît, comme un envol de pigeons, comme un souvenir inutile, et ce sont les voix des spectateurs sur les gradins qui explosent pour de bon et qui emplissent l'air, le ciel et tout ce que nous pouvons voir et penser. Je cours mes premiers pas rapides, pour tenter d'échapper à plusieurs bras qui me poussent pour se frayer un chemin. Moi aussi, j'ouvre les bras pour me frayer un chemin. Maintenant, chaque pas

un rayon de soleil, comme une main qui me saisit et me presse contre sa peau embrasée. C'est un feu traversé par chaque geste de mon corps. Ce sont des flammes dans mes yeux qui me fraient un chemin par où j'entre et avance. Je suis une force unique, véritable et incandescente. Je m'éloigne toujours plus et je sais que d'ici à un peu plus de quarante kilomètres, je serai de retour. Je m'éloigne et je me rapproche. Quarante kilomètres me séparent d'être ici, et d'être une autre personne. Et quarante kilomètres pourront être toute ma vie. Tout le temps depuis ma naissance jusqu'à l'instant où je mourrai dans un unique moment qui pourra être quarante kilomètres. Le temps ne saura rien de moi. Je serai autre. Je désapprendrai la distance du temps. Et je reviendrai dans le stade. Je reviendrai ici. Unique durant les mètres et le temps une pluie de pierres sur la piste du stade. Quand je remarque qu'une de mes jambes va faire un pas, c'est déjà l'autre qui fait un pas plus grand et plus rapide. Mes jambes : j'admire leur force. Les gens sur les gradins bondés sont comme un chœur de coups de feu, des voix qui tirent de tous côtés. Parfois, nous remarquons une voix qui s'attarde ; et puis une autre qui s'attarde. Nous passons comme si nous ne voyions pas les visages, mais nous les voyons sans les regarder. Nous les sentons. La respiration ne nous pèse pas encore. En tournant la tête, nous pourrions regarder alentour. Mais nous ne regardons pas. Nous complétons un tour de piste, et la confusion des premiers mètres est derrière nous. Nous courons assez espacés pour être des cordes d'hommes

tu es belle au-dedans de mon cœur.

sur la peau, les voix du stade qui s'éteignent. Peu à peu commencent les sons de la ville : un attelage de chevaux tenus par la bride et qui s'effraient presque à notre passage, font deux pas nerveux ; le moteur et le klaxon d'une automobile enthousiaste ; des chiens qui jappent, rageurs ; des enfants

après mon travail, après mon entraînement, mon retour de l'entraînement, alors que je m'étais déjà passé de l'eau sous les bras et sur le cou, que déjà j'étais assis près du feu depuis un bon bout de temps, ma mère me demanda d'aller chercher mon père à la taverne. Je regardai ma mère éclairée par la

Kilomètre un

lampe à pétrole. Je ne dis rien. J'enfilai ma veste et sortis. C'était la nuit, il faisait froid, on était en février. J'avais marché dans bien des nuits toutes pareilles à celle-là. Je savais ce qui m'attendait : j'entrerais dans la taverne, le regard de tous les hommes, et puis l'un d'eux qui dirait : regarde, on vient te chercher. Et mon père ne pourrait ignorer qu'il avait raison. Quand j'étais plus petit, je le tirais par le bras et je disais : maman m'envoie te chercher. Et les autres hommes riaient, et mon père riait aussi. Ensuite, je ne le dis plus. Je ne voulais pas que le mot maman fût prononcé dans cet endroit. Je ne voulais pas que maman, éclairée par la lampe à pétrole, fût nommée dans cet endroit. C'est pourquoi j'entrais à peine. Mon père et tous les hommes savaient pourquoi j'étais entré, sans dire bonsoir, sans regarder personne dans les yeux, et en marchant vers mon père. Je n'avais besoin de rien dire. Ils riaient, ils m'offraient du vin, et moi, je déclinais leur offre. Une fois, un des hommes, pour rire, porta un verre de vin à mes lèvres. Mon père repoussa son bras et le verre se brisa sur le sol. Mon père regarda l'homme avec un air très sérieux. Il détourna le regard, apeuré. Puis il y eut un silence, jusqu'à ce qu'un des hommes dît : oh, le bon vin gaspillé. Et tous de se mettre à rire. Au bout d'un instant, mon père rit aussi. Parfois, ma présence le faisait partir plus vite. D'autres fois, il semblait qu'il ne partait que lorsqu'il le voulait. D'autres fois encore, nous étions les derniers à quitter la taverne et il me fallait le prendre son bras autour de mes épaules, ou le tenir par le coude, ou marcher derrière lui, pour l'empêcher de tomber. Et je devais l'écouter. Et je devais lui répondre. Et l'attendre s'il vomissait. Cette nuit-là, avant même d'arriver à la taverne, je m'arrêtai pour écouter. C'était mon père qui parlait. La voix modelée par le vin, il a dit : dès sa naissance, j'ai su de quoi mon Francisco serait capable. Il a dit : écoutez-moi bien, ce garçon accomplira de grands exploits. Puis quelqu'un s'est mis à parler d'autre chose. J'ai attendu qu'ils oublient le moment de ces paroles. Je suis entré. Le regard de tous les hommes : regarde, on vient te chercher : et je ne me rappelle pas si nous sommes rentrés tôt ou tard à la maison cette nuit-là, mais ce que jamais je ne pourrai oublier, ce sont les mots prononcés par mon père, des mots que jamais il ne m'adressa, mais qui se répètent encore et toujours dans ma mémoire. Chaque fois que une autre rue, d'autres maisons. Je cours plus vite pour que le temps passe plus vite. La couleur de ces maisons hautes. Les toits des maisons. Ma respiration. Je ne veux pas fixer mon attention sur ma respiration. La couleur des maisons : un jaune un peu brûlé, un orange presque brun, la couleur de la glaise

ce soleil permanent, cette chaleur, je sens un souffle frais qui arrive de l'eau et semble un souvenir subit d'un jour d'hiver, comme le jour de la mort de mon père.

le souvenir de mon père étendu à la lumière des cierges. Et moi qui voyais son visage mort et me souvenais à peine de son visage vivant.

que le rythme des chaussures sur la route se fait plus rapide. Je dépasse un coureur qui, en sentant mon approche, tourne la tête pour me voir passer

visage de mon père couvert d'un linge en tulle transparent. Je le regardais, blanc et immobile, et il eût été naturel qu'il ouvre les yeux et dise mon nom, qu'il regarde vers moi et dise : qu'est-ce que tu attends, mon garçon ? L'écho noir et froid de la chapelle. Je le regardais et j'avais du mal à croire que plus jamais sa voix ne se ferait entendre.

encore plus vite, et je sais qu'à cause de cela les gens vieillissent plus vite, qu'ils meurent, que naissent les enfants. Il n'y a qu'un coureur devant moi. Chacune de mes enjambées est plus longue ou plus rapide que deux foulées de ce coureur effrayé, encore

mon père mort, blanc, immobile, et je m'efforçais de garder l'image de cette tristesse qui me détruisait, parce que je savais qu'il s'en fallait de peu de chose pour qu'il ne me reste même pas cela, qu'il ne me reste rien. On allait emmener mon père et je devrais vivre ma vie tout entière sans plus jamais le revoir.

j'avance et le coureur est de plus en plus près. Plus je m'approche, plus vite je veux courir pour le dépasser. Je continue

pour ma sœur Maria et pour ma mère. Elles étaient là, ensemble, assises sur des chaises. Avec aussi l'absence heureuse de ma sœur Marta, qui se récupérait encore de la naissance d'Hermes. Avec aussi l'absence de mon frère Simão. Depuis le soir où était survenu ce que jamais nous ne pourrions oublier, Simão et mon père ne s'étaient jamais revus. Mon père, le bras tremblant, qui désignait la porte et criait : dehors ! Qui criait : dehors ! Et Simão qui criait : je ne veux plus jamais te voir !

Qui criait : je ne remettrai plus jamais les pieds dans cette maudite baraque ! Ensuite, des années de silence. Nous n'en parlions pas, mais nous voulions croire que, ce jour-là, Simão reviendrait. C'était notre père. Notre seul père, qui venait de mourir. Nous voulions croire qu'il pouvait encore revenir. Il ne revenait pas. Nous voulions croire. Il ne revenait pas. Et nous n'avions pas de mots, nous n'avions que de la peine. Ma mère était assise à côté de Maria, la tête dans les mains. Ma sœur me regardait, ses yeux étaient très noirs. Au fond, je distinguai le visage de l'accordeur. Je me dirigeai vers lui. Sa tête se tournait vers des coins d'ombre, vers la surface du plafond, vers des chaises vides. Il me reconnut au son de mes pas. En silence, je serrai dans mes mains la main qu'il me tendait. L'accordeur connaissait mon père depuis de nombreuses années. Son visage aveugle était vieux et plein de chagrin. Nous nous regardâmes, comme si nous échangions des secrets. Et, de nouveau, l'écho de mes pas : je retournai près de mon père : mon père

je vois le corps du coureur devant moi

la pointe de mes doigts a soulevé le linge qui recouvrait mon père

je m'élance et je commence à dépasser le coureur

je me suis incliné sur mon père

maintenant, je le dépasse

et mes lèvres ont touché la peau glacée de la joue de mon père

le temps s'arrête. Le temps s'est arrêté. N'existent que nos deux respirations et un groupe de gens suspendus au bord de la route. Un souffle frais. N'existent que des couleurs immobiles, en taches. Un souffle frais

Kilomètre deux

tant pour ma mère que pour Maria, et que pour moi. Nous étions déjà sortis de l'hôpital, nous marchions vers la sortie : nous savions que les rues étaient immenses : quand elle est arrivée en courant. Ma sœur et ma mère ne l'ont pas vue. Elles marchaient devant moi, deux silhouettes de tristesse, et elles ont continué à cheminer lentement. Elle m'a serré le bras et tendu la montre de mon père. Son visage n'était pas un sourire, n'était pas seulement sérieux, il était le visage exact dont j'avais besoin à cet instant-là : un regard sous la frange de cheveux peignés de côté, de ses cheveux ondulés. Elle a glissé la montre dans la paume de ma main, puis elle a laissé la chaîne couler, s'enrouler, se blottir : comme dans un nid : au creux de ma paume. Et puis sa voix m'a traversé, tout de suite, une voix veloutée et gentille. Comme si elle murmurait, elle a dit qu'il était plus sage que je prenne la montre avec moi, que quelqu'un pourrait profiter de l'état de mon père pour la voler. Je l'ai remerciée, je l'ai observée, mais observée à peine. Ce fut seulement quand je suis revenu

par le temps. Ma mère ne pouvait rentrer dans notre maison, les couloirs vides la rendaient trop triste. Dans la maison de Maria, il y avait Ana, ses deux ans, et ma mère s'occupait d'elle à pas lents, avec peu de mots. Ana dormait, Maria et son mari étaient à leur travail et ma mère s'asseyait dans une chaise à haut dossier. L'après-midi se reflétait dans les vitres des fenêtres : les yeux de ma mère reflétaient l'image estompée par les vitres. Nul ne peut savoir ce qu'elle pensait, mais il y avait en elle des années entières, des rires indicibles et des silences indicibles. Ces après-midi-là, ma mère croyait qu'en un instant unique tout pouvait se transformer en néant. Elle croyait au silence

avec le monsieur de l'agence des pompes funèbres, quand nous sommes arrivés à la morgue, que je l'ai observée vraiment. Le ciel entier tombait en pluie grise sur la ville. Sur les trottoirs, les gens couraient entre une porte et la suivante. Puis nous étions dans la morgue : murs épais. De l'eau coulait de mes cheveux, sur ma veste, au ras de ma peau. Elle s'est approchée et, comme si nous nous connaissions bien, m'a présenté ses condoléances. A cet instant, il m'a semblé que sa voix contenait des images d'un autre temps. Je regardais les murs de la morgue, puis je regardais mes mains, et c'était seulement à la surface de sa voix, comme sur une rivière, que je pouvais me reposer. Elle choisissait des mots et des silences pour me consoler. Et je parvenais à trouver du réconfort dans cette voix, je fermais les yeux pour l'entendre. Et, devant mon père mort, je me sentais coupable de trouver du réconfort dans le souvenir doux de cette voix : grâce fragile. Je suis revenu les semaines suivantes uniquement pour l'écouter. Puis elle m'a dit à quelle heure elle partait et, les jours d'après, je suis revenu à l'heure qu'elle m'avait dite et je l'ai raccompagnée jusqu'à la porte de chez elle. En chemin, j'écoutais les histoires de l'hôpital. Elle me les contait sans hâte, comme si elles n'avaient pas de fin. Sa voix était sereine. Les soirs : la lune, la ville, les étoiles : imitaient sa sérénité. Ainsi passèrent des semaines. Elle se mit à me sourire. Et je me mis à lui sourire. Et avant de m'endormir, je commençais de pouvoir entendre sa voix au-dedans de ma tête. Je m'endormais en l'écoutant. La maison était immense. La nuit emplissait la maison. Les murs étaient effacés par cette nuit absolue, et pourtant l'obscurité était toute faite de murs, nombreux et superposés. Je m'efforçais de vivre. En me couchant, en attendant de m'endormir, sa voix était le monde calme où je pouvais oublier tout le reste. Les matins, les après-midi, j'essayais de ne voir que les planches de bois que je portais sur mon épaule et que je posais devant moi, sur l'établi de menuisier, j'essayais de ne voir que mes outils, les lignes où j'imaginais des coupures, les points où j'imaginais que je planterais des clous, mais, contre moi, j'attendais encore et toujours que la voix de mon père s'élevât en quelque moment indistinct. C'est pourquoi, le matin ou l'après-midi, j'entrais dans le cimetière de pianos quand je ne voulais entendre dans ma mémoire que sa voix à elle, quand j'avais besoin d'un apaisement. Avant de m'entraîner, je passais chez Maria. Je me racontais que j'allais voir si tout allait bien, mais je n'avais pas encore frappé à la porte que je savais déjà ce que je trouverais : ma mère à la voix affaiblie, Ana courant autour de moi et qui me tendrait les bras pour que je la prenne dans les miens, Maria fatiguée, son mari debout sur la pointe des pieds et la tête levée pour tenter de m'intéresser à un sujet sans aucun intérêt. Puis je courais de rue en rue, à une vitesse folle : l'air sortait lourdement de moi. Je rentrais chez moi pour me laver et, en milieu de soirée, j'arrivais à l'entrée de l'hôpital, bien peigné quand elle me souriait et que je lui souriais. Elle était les meilleurs instants

absolu. La tristesse de ma mère se communiquait à Maria, mais jamais au point qu'elle la partageât tout entière, car seule ma mère connaissait le temps et les secrets de cette tristesse. Pour cette raison peut-être, il y avait des moments où Maria ne pouvait la comprendre, et s'inquiétait. Plus d'une semaine après les obsèques de mon père, Maria parvint à convaincre ma mère de rendre visite à Marta et de découvrir Hermes. Dans les jours qui avaient suivi les obsèques de mon père, Maria allait et venait dans la maison et ne lui disait rien. Ou elle lui disait : viens donc manger quelque chose. Ou elle lui disait : tu ne vas pas te coucher ? Mais elle ne lui disait rien, parce que c'étaient des paroles minimes, des paroles de silence. Au bout de quelques jours, Maria commença de prendre place à côté d'elle sur une chaise et de lui parler. Elle lui dit : il faut que nous allions voir le bébé de Marta. Elle lui dit : demain, nous allons voir le bébé de Marta. Ma mère répondit oui d'un signe de tête, mais par deux fois, quand s'approcha l'heure de partir, elle ne se sentit pas bien. Elles n'y allèrent que plus d'une semaine après les obsèques de mon père. Le mari de Maria ne voulut pas venir avec elles, et, à un bout du couloir, il saisit Maria par le bras, lui cria des murmures et la secoua. A l'autre bout du couloir, ma mère et Ana attendaient près de la porte, en se tenant par la main. Elles y allèrent en tramway. Dans les bras de sa mère, Ana appuyait tout son corps à la fenêtre. Seul son regard, entier, parvenait à la traverser. Sur la banquette avant, le silence de ma mère était plus invisible sous le bruit du tramway qui glissait sur les rails. Le ciel

Kilomètre trois

brillait. Il brillait d'un éclat gris qui emplissait les flaques de lumière. Dans les rues, les gens s'arrêtaient pour assister au passage de ma mère, de Maria et d'Ana. Ma mère marchait comme si elle était seule et qu'il n'y avait pas de monde. Maria et Ana avançaient en se donnant la main. Maria tirait sa fille par le bras et la pressait. Ana levait la tête et la faisait tourner sur son cou, d'un côté, puis de l'autre. C'était encore le matin. Elles arrivèrent au petit portail en fer

un souffle frais. Ce souffle vient de l'intérieur des pierres des maisons. Il vient de l'intérieur de la mémoire. Il vient du fond des eaux. Lors de la fête sur le bateau, mon camarade escrimeur m'a dit que, l'hiver, toutes ces eaux étaient gelées. Il m'a dit que, s'ils le voulaient, les gens pouvaient marcher dessus. J'ai eu du mal à y croire. Mes camarades sont venus pour participer à des courses, à des compétitions de lutte gréco-romaine et à des concours d'escrime. Ils ont les mains propres et lisses. Ils portent des chemises blanches. Ils ont des biens et de l'éducation. Je les appelle monsieur, ils m'appellent Lázaro. Parfois, avant de rire de quelque chose, ils disent : splendide Lázaro. A côté d'eux, je suis une brute. Je ne sais pas les choses. C'est pourquoi ils aiment s'amuser de moi, et pourquoi j'ai eu du mal à croire l'escrimeur. Mais il se peut qu'il ait dit vrai. Ce qui est vrai en tout cas, c'est que nous nous trouvions sur un voilier comme j'en ai rarement vu à Lisbonne, beau sous la clarté encore diurne, car nous avions déjà dîné et il était près de onze heures, mais la soirée était encore claire presque comme le jour. Cela, j'en ai la certitude, car j'ai vu l'heure à la montre de mon père et, depuis que je l'ai dans ma poche, comme tout au long des années où elle était dans celle de mon père, elle n'a jamais retardé d'une minute. Et j'étais certain que le temps respectait les chiffres de l'horloge. J'étais certain que les chiffres de l'horloge étaient le secret et le mensonge sur lesquels nous nous fondons tous pour croire les choses simples. Or, ce camarade m'a dit que la Suède était un grand pays et qu'au nord le soleil brillait à minuit comme s'il était midi. D'abord, j'ai cru qu'il se moquait de moi. J'ai dit : et puis quoi encore. Il m'a regardé, le visage immobile, mais nous avions déjà dîné, il était déjà presque onze heures à la montre de mon père, et j'ai fini par le croire. C'est seulement à ce moment que j'ai compris que même les chiffres ne peuvent donner de certitudes. Le temps existe entre les chiffres, il les traverse et les confond. Et il peut exister beaucoup de chiffres entre les chiffres. Et il peut exister plus de chiffres entre un chiffre et l'autre qu'entre celui-ci et le prochain. C'est le temps qui détermine les chiffres, qui les allonge ou les resserre, les tue ou permet qu'ils existent. Les chiffres ne peuvent rien devant le temps. Ici, en cet instant, ce souffle sur mon visage me donne à penser qu'il était sérieux, qu'il me disait la vérité. Ces eaux gèlent en hiver. En tout cas, ce souffle est comme un fragment de ces matins de janvier qui gèlent les oreilles et où le givre apparaît

de mes jours. Elle était un monde unique. En ce temps-là, quand nous étions ensemble : il faisait nuit, nous marchions dans les rues : je savais que la noire tristesse de ma mère était très lointaine, comme si elle n'existait pas, le froid de la maison solitaire était très lointain, presque comme s'il n'existait pas. Pas après pas, sa voix me disait que j'avais droit à un peu de paix. Et nous marchions dans les rues, et nous traversions les ombres. Parfois, nos coudes se touchaient. Je fixais toute la force de mes sens à l'endroit précis où, pendant un instant, mon coude touchait le sien. Et dans sa voix, qui me contait des histoires de l'hôpital : des garçons arrivant aux urgences, des vieilles femmes désorientées, des hommes avec des fractures allongés sur des brancards : je remarquais un léger changement de ton quand nos coudes se touchaient. Comme moi, elle sentait ces instants muets qui illuminaient, qui éclosaient et incendiaient. En ce temps-là, aucun de nous n'aurait su trouver les bons mots pour parler de ces instants, des ondes qui nous traversaient. En ce temps-là, nous arrivions à la porte de sa maison et nous restions là sans savoir que dire ou comment nous mouvoir. Alors, nous baissions le regard, nos visages s'emplissaient d'ombres et de l'intérieur invisible de ces ombres, nous riions, nous feignions de rire, parce que nous ne savions que dire, ne savions comment nous mouvoir. Ensuite, pour nous dire au revoir, nous nous tendions nos doigts. Ce n'était pas une poignée de main, ce n'était rien, que nous qui tendions un bras l'un vers l'autre, que nos mains ouvertes et le bout de nos doigts qui se touchaient dans l'air alors que déjà nos mains redescendaient, se séparaient. Puis il y eut un soir où nous nous embrassâmes sur la joue. Je fermai les yeux quand je sentis avec mes lèvres la peau de son visage, l'odeur de l'intérieur de ses cheveux ondulés. Puis il y eut d'autres soirs. Sans que fût planifié l'instant du mouvement que je savais exactement comment faire : il suffisait de laisser mon cou le faire : l'instant où nos lèvres se rencontrèrent. Et nos lèvres brûlèrent. Ma main, posée sur sa nuque : le poids, la forme de sa tête. Quand nos lèvres se séparèrent, ses yeux ne quittèrent pas les miens. Mes yeux fuyaient, mais les siens, sérieux, les cherchaient. Mes yeux ne parvenaient pas à fuir davantage : un sourire. Et ses yeux me voyaient et souriaient aussi. Ce fut après ce soir-là que nous marchâmes toujours en nous tenant par la main.

Kilomètre quatre

de la maison de Marta. Dès que Maria ouvrit le portail, Ana lâcha sa main et entra seule. Les chiens l'environnèrent, en la poussant du museau, en agitant la queue, en lui donnant des coups de langue. Contente, Ana criait ou riait. Maria grondait les chiens : tenez-vous tranquilles. Ma mère, oubliée par instants, ne sortait pas de son silence. Elisa apparut à la porte de la maison et arriva en courant. Les chiens les entouraient, impatients, levant haut les pattes. Elisa, bien élevée, donna deux baisers à sa tante et deux aussi à sa grand-mère. Ana s'avançait déjà vers la porte et

Elisa la suivit. En file mal ordonnée, elles s'engagèrent à quatre dans le couloir. A l'entrée de la chambre de Marta, Maria resta immobile, une parole en suspens dans le silence et dans l'image de Marta couchée dans son lit, en chemise de nuit blanche, avec ses cheveux qui lui tombaient sur le visage. Ana, Elisa derrière elle, s'élança vers le berceau. Ana ne pouvait pas encore se pencher sur le berceau ; aussi appuya-t-elle son visage aux barreaux de bois. Ma mère se mit en marche quand Hermes se réveilla. Maria passa entre Ana et Elisa pour le prendre dans le berceau. Elle s'émut, dit quelque chose : oh, comme il est petit : et le montra à ma mère. Dans ce silence, ma mère sentit un vide sans forme qui était comme des flammes déchirantes et ne pleura que lorsqu'elle le prit dans ses bras. Innocent. Hermes regardait le monde entier et personne n'imaginait ce que ses yeux voyaient. Marta le reçut des bras de ma mère. La lumière perdait de sa force en traversant les rideaux et se mélangeait aux ombres. Marta, qui savait tout, tira un sein de sa chemise de nuit et approcha son mamelon des petites lèvres d'Hermes. Ana resta silencieuse, étonnée. A maintes reprises, Elisa avait déjà vu sa mère donner la tétée à son frère, mais elle garda la même immobilité, le même silence et la même expression. Maria était encore émue. Ma mère entra dans un silence tellement absolu que son corps en disparut presque. Ce matin-là, Marta était déjà très grosse. Ses épaules étaient grosses dans sa chemise de nuit, ses bras étaient gros, son ventre était une forme ronde et haute sous la literie, ses jambes étaient grosses. Ce matin-là et selon tout ce qu'on savait à ce moment, il était impossible que Marta continuât à grossir jusqu'à la taille qui est la sienne maintenant, jusqu'à la taille qu'elle avait à la veille de mon départ, quand je suis allé lui dire au revoir. Fais attention, là-bas à l'étranger, m'a-t-elle dit ce jour-là. Hermes voulait jouer. Laisse ton oncle tranquille. A l'heure de partir pour reprendre le tramway, j'ai ouvert grands les bras pour tenter de l'étreindre, et je n'ai pu que lui poser mes deux mains sur les épaules. Mais ce matin-là, personne ne pensait que cela pourrait advenir et tout le monde, même ma mère, avait l'attention fixée sur le bébé qui tétait. C'était une heure de délicatesse. Le matin

je t'aime presque trop.

au ras des murs. Dans ce soleil permanent qui illumine le moindre recoin, ce souffle me rappelle le jour de mon enfance où mon père m'a emmené au port pour me montrer les barres de glace que des hommes disposaient sur les caisses de poisson. C'est comme si, dans ce soleil permanent qui brûle la peau, ce soleil qui brûle les murs, il y avait des veines faites de la même glace. Presque onze heures du soir, et il faisait encore jour. Ces eaux gèlent en hiver. C'est la Suède. Mon camarade ne se moquait pas de moi, bien qu'il eût ri en me voyant regarder les couverts du dîner sans savoir qu'en faire, bien qu'il eût ri en m'apprenant à bien tenir ces couverts, et ri de nouveau après avoir dit : splendide Lázaro.

le matin. Je cherchais des yeux une planche, mes mains en sentaient la forme : les angles, les lignes : mais sans que je la voie, sans que je la sente vraiment. Le temps se dissolvait dans la lumière, mais j'ignorais le temps et la seule vraie lumière était celle qui éclairait son visage à l'intérieur de ma mémoire : elle, qui marchait à mon côté, sa voix, elle, arrêtée devant sa porte, son silence : ses bras fins et tendus, ses mains, son ventre sous une veste de tricot, sa poitrine, ses jambes au fond de sa jupe : les certitudes sereines de son visage : elle, avant un baiser : ses lèvres : voix et silence. Peut-être cherchais-je une planche au moment où la dame entra. Son petit corps, maigre et vêtu de noir, surgit à la porte de la menuiserie sans que rien l'eût annoncé. Et ce fut le moment où je levai la tête pour la voir avancer vers moi : son visage content, détendu, ses pas dans la sciure éparse sur le sol. Je marchai vers elle, avant de dire autre chose, je la priai de m'excuser pour la sciure, pour la poussière et pour autre chose encore. C'était une dame qui portait une broche en or, qui portait des souliers cirés et qui me regardait, contente, presque souriante. C'était une dame

Kilomètre cinq

distinguée. Jamais, même du vivant de mon père, je n'avais vu entrer dans l'atelier une dame si distinguée. Sans même connaître sa voix, son visage m'était sympathique : son visage ridé, ses cheveux blancs, son chapeau à voilette en tulle noire relevée. Sa voix était sympathique. Comme une affirmation aimable, elle me demanda si je réparais les pianos. A peine eus-je le temps de répondre que oui. Déjà, je prenais un crayon derrière mon oreille et je notais son adresse sur une planchette ramassée par terre. Je passerais le lendemain. Le sourire de la dame me fit sourire à mon tour. Je restai immobile et la regardai s'en aller. Les bruits de la ville revinrent par les fenêtres ouvertes. Le matin revint. L'image de la dame : son amabilité : me resta avant de se dissoudre lentement, et je ne repensai à elle que le lendemain, quand je suivis

j'essaie de me rappeler les moments les plus heureux, et je finis toujours par voir dans ma mémoire l'image vague d'un déjeuner de dimanche. La clarté diffuse de la lumière. Ma mère qui plume une poule, peut-être. L'odeur de l'eau bouillante versée sur le corps de la poule. Ma mère, dans le jardin, assise devant une bassine, sous une ombre. Le bruit des plumes arrachées à pleines poignées par ma mère. C'était toujours le printemps. C'était toujours le mois de mai. Il se pouvait que Maria restât cachée dans sa chambre, à s'inventer des illusions, à lire des romans d'amour dans la pénombre ; ou bien qu'elle aidât ma mère ; ou qu'elle fût debout dans le jardin, ravie d'écouter une longue histoire que ma mère lui racontait avec beaucoup de détails en continuant de plumer la poule. Il y avait des oiseaux qui, soudain, prenaient leur envol des orangers du jardin dans une explosion dont bruissaient les feuilles. Simão marchait dans les rues, une bouteille vide à la main, il entrait dans la taverne et n'avait besoin de rien dire. L'homme lui tendait le bras sur le marbre du comptoir. Mon frère lui tendait la bouteille. Le marbre était plus froid que l'ombre. Et mon frère attendait que l'homme eût glissé l'entonnoir dans le col de la bouteille, que le bruit du vin s'écoulant du fût se fît entendre, seul son dans la taverne vide. Il ouvrait sa main qui tenait une pièce moite, puis refaisait le chemin de la taverne à la maison. Son visage contre les murs était sérieux quand il marchait. Son œil gauche fixait un point inexistant devant lui. Il avançait en le suivant. A droite du visage, sa paupière tombait sur son orbite vide. Sa paupière tombait dans le trou lisse entre sa joue et son sourcil. Une main noire me serre le cœur. Ma poitrine

parce que le temps qui passe fait mal. Si j'avais pu te dire ce que tu étais : ce que tu es encore : ton visage qui me regarde sans comprendre. Si j'avais pu te dire tout ce que je cachais. Moi qui ne laissais pas mes doigts traverser l'air avec délicatesse pour toucher le contour de ton visage : la peau de ton visage où tu es contenue. Moi, criminel. Et toi, très douce, à me regarder sans comprendre. Moi : toi. Si j'avais pu te dire toute la peine que je cachais, et la tendresse, et la douleur. Si j'avais pu te dire qu'en tout : en nous : le temps

les dimanches, mon père souriait. Nous étions assis pour le déjeuner. Ma mère avait acheté du poisson au marché. Mon père se plaignait des arêtes. Ma mère se tournait vers Maria ou vers mon frère et disait : ne mange pas si vite. J'avais sept ou huit ans, ma mère avait choisi un morceau de poisson pour moi et, de la pointe de son couteau, en avait ôté toutes les arêtes. Marta n'était encore que l'amoureuse de l'homme qui est son mari maintenant. C'était la troisième ou la quatrième fois qu'il déjeunait avec nous. Peut-être que quelqu'un disait une plaisanterie, peut-être que quelqu'un narrait une anecdote quand Marta s'étrangla et se mit à tousser. Son amoureux se leva et se mit à lui donner des tapes dans le dos. Marta continua de tousser. Ma mère lui dit : mange une bouchée de pain. Un filet de bave coulait de la bouche de Marta et tombait dans son assiette. Marta toussait et son visage était de plus en plus rouge. Elle cessa de tousser un instant, la tête basse. Mon père lui demanda si elle se sentait mieux, mais elle ne répondit pas. Son amoureux la tenait par le bras, son autre main était posée sur son épaule et il ne savait que dire. Mon père maugréa : ce poisson ne vaut rien, ce ne sont que des arêtes. Ma sœur se remit à tousser, et, quand elle parvint à cracher l'arête, son assiette était pleine de salive sanglante qui flottait sur l'huile. Tandis que Marta reprenait son souffle, mon père éleva la voix pour dire : je l'avais bien dit, que ce poisson est une saleté, quel argent gaspillé, c'est de l'escroquerie. Et il laissa tomber ses couverts dans son assiette. En criant, il demanda à ma mère : qu'est-ce qui t'a pris de gaspiller l'argent en achetant cette saleté ? Ma mère ne répondit pas. Mon père répéta : escroquerie, saleté. Ma mère resta silencieuse. Mon père la saisit par le bras, la secoua et lui cria : tu n'entends pas ce que je dis ? Ma mère le regarda avec des yeux sérieux. D'un seul mouvement, mon père prit son assiette et la brisa sur le sol. En criant, il dit : ne me regarde pas comme ça, tu m'entends ? Ce fut ce dimanche que mon père cessa d'avoir honte de l'amoureux de Marta. Quand Marta l'accompagna à la porte

Kilomètre six

à l'heure de lui dire au revoir, on entendait les cris de mon père dans la cuisine et Marta pleurait de honte.

les rues que j'avais notées sur une planchette et j'arrivai chez elle. Je frappai, j'attendis, sans penser à rien. Le poids de ma caisse à outils inclinait mon corps de côté. Puis, les pas de la dame approchant derrière la porte : son sourire. En entrant dans le couloir, je laissai derrière moi le grand soleil qui emplissait tout le matin, qui inondait les rues, que les hommes et les femmes portaient sur le visage en marchant sur les trottoirs, le grand soleil qui éclairait leurs certitudes et avivait leurs espoirs. Il s'était adouci pour suivre les pas sans hâte de la dame dans le couloir, qui passait devant les portes de pièces aux meubles anciens, où des vies entières s'étaient écoulées et où, en cet instant, il y avait un silence bien ordonné par les cuivres, l'argenterie et les cristaux. Nous arrivâmes à travers Stockholm. A quelque distance de moi, j'aperçois le début d'un pont. L'air : cet air chaud : est maintenant tout à fait immobile. Le soleil occupe l'air. En m'approchant du pont, je voudrais courir plus vite. J'entends derrière moi la foulée d'un coureur, j'accélère mon allure. Je regarde le pont qui est là, devant moi, je cours plus vite et, quand je ralentis, je n'entends plus personne me poursuivre. Le pont est de plus en plus proche, et je peux distinguer les gens qui se tiennent à son entrée. J'ai envie d'approcher de l'eau, car il me semble que là, je sentirai un air plus frais. Je pose un pied sur le pont : sur ce pont. Je passe devant des gens qui m'encouragent. Des voix à l'intérieur de cris. Ici : le premier pont de cette ville découpée en morceaux reliés par des ponts. Ici, l'air n'est pas plus frais qu'à Lisbonne. Le soleil me brûle la peau, brûle la graisse spéciale qui me recouvre la peau. J'entends derrière moi les pas rapides d'un autre coureur. J'entends les mêmes voix des mêmes gens qui m'encouragent. Et je cours

à un salon immense : hautes fenêtres derrière des rideaux qui tombaient jusqu'à terre, tapis étendus sur le sol en bois ciré, fauteuils recouverts de tissus brodés de cornes d'abondance, un lustre pendu au plafond au-dessus d'une lourde table en acajou. La dame me désigna un piano dans un coin du salon. Ce n'était pas nécessaire. C'était un piano à queue. Imposant, ancien. Je m'approchai, l'observai, l'admirai. Aucun doute que la dame l'avait toujours connu là, à cette place depuis sa naissance : comme l'avaient connu ses parents et ses grands-parents, et ses arrière-grands-parents : et qu'il resterait à sa place jusqu'au dernier de ses jours, et encore longtemps après. Le regard de toutes les générations auxquelles il avait survécu aurait dû suffire à l'user ; mais c'était un piano solide, solennel, éternel comme un vieux chêne. Je posai ma caisse à outils, m'assis sur le tabouret et, par gestes légers de mes doigts, je soulevai le couvercle du clavier, ôtai la bande d'étoffe qui protégeait les touches et, après les avoir regardées, après avoir senti la perfection de leur surface, j'appuyai sur chacune d'elles. Je n'eus pas besoin de regarder derrière moi pour savoir que la dame m'avait laissé seul. Je connaissais trop bien la solitude. Le problème venait de la pédale douce. J'étais penché sur l'intérieur de l'instrument quand je sentis son entrée dans la pièce. Ses pas sur le tapis étaient très silencieux. Sa présence était comme une clarté qui, par délicatesse, ne se répandait qu'à distance et me touchait la peau en y posant des marques à la fois fragiles et définitives. Je lui dis bonjour. Son regard étonné me répondit par un murmure presque impossible à distinguer. Dans son corps, il y avait un frémissement qui, si on l'avait regardée avec distraction, serait passé inaperçu. Ses doigts se contractaient et s'allongeaient. Son visage, peut-être curieux, peut-être soucieux, semblait vouloir s'approcher : il tentait de regarder à l'intérieur du piano et, quand je le surprenais, elle regardait timidement vers moi. Dès cet instant, je sus que le piano était une extension de son corps. Comme pour se libérer d'une asphyxie, elle avait besoin de jouer. Debout, timide, elle sentait chaque contact, si léger fût-il, que j'avais avec le piano. Aussi décidai-je de lui expliquer quel était le problème et ce que je devais faire. Souriante, la dame entra. Elle se plaça entre elle et moi. Sans cesser de sourire, elle dit : je vois que vous avez fait la connaissance de ma petite-fille. Derrière, son visage à elle, pâle, serein, timide, continuait

le plus vite que je peux, comme si je fuyais ce qui m'effraie le plus, comme s'il était possible de fuir ce que je porte au-dedans de ma peau et qui m'accompagne en tous lieux, je cours

à me regarder. Ses cheveux longs et lisses, à la coiffure précise. Ses lèvres sans le moindre point pour abîmer leur perfection. La dame me demanda ce qui n'allait pas avec le piano. Je cessai d'entendre ma voix tandis que je prononçais des paroles superflues, et, par-dessus l'épaule de la dame, je ne fis que la regarder, je ne fis qu'imaginer le monde de paix qui existait le plus vite que je peux, comme si je pouvais me laisser moi-même en arrière, comme si je pouvais courir si vite qu'en un instant je me délivrerais de moi et me laisserais en arrière, comme si j'avançais en avant de mon corps et me purifiais grâce à la vitesse, je cours

Kilomètre sept

le plus vite que je peux, je cours

à l'intérieur de ses yeux. Quand je me penchai de nouveau sur le piano et appuyai sur la pédale, il y eut un moment de silence et toutes les deux sortirent. La voix de la dame : laissons-le donc travailler. Durant le reste de la matinée, je fus incapable d'éteindre son visage dans ma mémoire, je ne voulus pas comprendre la raison de ce visage net et unique dans ma mémoire. J'en vins à croire que c'était dommage pour elle d'aimer tellement jouer, d'en avoir tant besoin et de ne pas pouvoir. L'heure du déjeuner approchait et la dame entra dans le salon alors que déjà je rangeais mes outils. Je lui expliquai que j'avais à faire à mon atelier cet après-midi et que je reviendrais le lendemain matin avec quelques pièces dont j'avais besoin. La dame me sourit. Je lui dis : demain matin, le piano devrait être prêt. Elle continua de me sourire. Dans la rue, je scrutai toutes les fenêtres en espérant voir son visage derrière les rideaux. Je m'arrêtai sur le trottoir, feignant de regarder ma montre, mais je ne la vis pas. Je passai l'après-midi entier à penser à elle. J'entrai dans le cimetière de pianos pour y prendre les pièces dont j'avais besoin, et pensai à elle. Après mon travail, quand je partis m'entraîner, je ne pensai qu'à elle.

pendant ou après le repas. Simão vivait d'en-cas et, quand il rentrait à la maison, il allait tout droit dans sa chambre. Mon père le suivait du regard, comme s'il était en colère et attendait un geste pour se quereller avec lui, et en même temps comme s'il voulait s'assurer qu'il était capable de traverser la cuisine en silence, sans regarder personne. Et Simão traversait la cuisine en silence, sans regarder personne. Quand il passait et refermait la porte, mon père disait : c'est un malappris. Je dormais dans la même chambre que Simão et, quand il entrait, ses yeux étaient les seuls points qui brillaient dans l'obscurité. Sa voix était calme et douce. C'était la voix de mon frère. Il me demandait : est-ce qu'il y a encore quelque chose à manger dans la cuisine ? Je n'avais pas besoin de répondre. Je retournais sur mes pas et, si mon père était déjà allé se coucher, je demandais à ma mère quelque chose à manger pour Simão. La lampe à pétrole transformait les mouvements de ma mère en ombres. J'attendais un instant et elle me mettait dans les mains un plateau chargé de copieuses rations couvertes par des serviettes. Mais si mon père était encore debout, c'était moi qui, discrètement, garnissais un quignon de pain avec ce que je trouvais.

pas même impossible. La vérité, comme le silence, existe seulement où je ne suis pas. Le silence existe derrière les mots qui s'animent à l'intérieur de moi-même, se combattent, se détruisent et, dans cette lutte, ouvrent en moi des déchirures de sang. Quand je pense, le silence existe hors de ce que je pense. Quand je cesse de penser et fixe mon attention sur, par exemple, une maison en ruine, du vent agite les pierres abandonnées de la maison, du vent apporte des sons du lointain et, à ce moment, dans mes pensées existe le silence. Intouché et intouchable. Quand je reviens à mes pensées, le silence recule jusqu'à cette maison morte. C'est là aussi, dans cette absence de moi, qu'existe la vérité.

en nous donnant la main. Pour la première fois, nous marchâmes tout le long du trajet en silence. Elle ne me raconta pas d'anecdotes de l'hôpital. Ce fut comme si ce jour-là personne ne s'était cassé une jambe, personne n'était mort ni devenu fou. Je ne lui fis aucune demande, mais je sentis le manque de sa voix dans chacune des rues. Ce fut comme si les rues elles-mêmes : les maisons, les gens qui nous croisaient : étaient différentes sans sa voix. Quand nous arrivâmes à sa porte, elle me regarda avec des yeux couverts d'ombres. Elle me demanda : est-ce que je te plais encore ? J'allais lui répondre avec un baiser, mais elle s'éloigna et demanda de nouveau : est-ce que je te plais encore ? J'attendis, comme sans savoir que dire parce que je n'avais rien à dire, et, quand j'approchai mes lèvres des siennes, elle ne se déroba plus. Ce fut ce soir-là que nous traversâmes la ville en nous tenant par la main, que nous gagnâmes l'atelier, entrâmes dans le cimetière de pianos et fîmes l'amour pour la première fois. Nous n'entrâmes pas chez elle à cause de sa marraine. Ni chez moi, parce que, en dépit de ma solitude, c'était encore trop la maison de mon père, de ma mère, de mes frère et sœurs. Elle le sera toujours. Aussi entrâmes-nous dans le cimetière de pianos. Puis, sans rien dire, nous traversâmes de nouveau la ville, dans le jour qui naissait lentement au-dessus de nous. Lisbonne : les rues

était immense derrière les rideaux : la grandeur du monde. Quand Hermes eut fini de téter, Marta le posa contre son épaule et lui tapota doucement le dos avec le bout de ses doigts. Ni ma mère, ni Maria, ni Elisa, ni Ana ne prononcèrent une parole. Dans ce silence de petits coups très doux dans le dos d'Hermes nourrisson, ce fut Marta qui demanda des nouvelles de Simão.

a six ans de plus que moi, mais, parfois, c'est comme si nous avions le même âge. D'autres fois, c'est comme si c'était moi le frère aîné. On était à deux jours du voyage qui m'a conduit jusqu'ici. Je voulais lui dire au revoir. En sortant de l'atelier, je courus vers le Rossio, puis me suspendis au tramway qui menait à la maison où Simão louait une chambre. Je montai les marches de bois : son de mon poids à chacun de mes pas. Je frappai à la porte : craquements larges et incertains venant vers moi. La porte me fut ouverte par une femme au pourtour de la bouche sali de taches de graisse, aux yeux noirs. Je demandai mon frère. Elle me répondit qu'elle ne le connaissait pas. Je lui expliquai que mon frère louait une chambre dans la maison. Elle me répéta qu'elle ne le connaissait pas. Soudain, sans qu'on l'eût appelée, ne laissant voir que sa tête en haut de l'escalier en colimaçon, la voisine du dessus dit que Simão était parti et n'habitait plus la maison. Ensuite, elle répondit non à toutes les questions que je lui posai. En pensant à mon frère, en l'imaginant et en m'effrayant, je rentrai en courant. Il faisait nuit quand je passai par la rue de ma sœur Maria. Je regardai les fenêtres : des ombres pointaient leurs doigts, des silhouettes peut-être trop proches et peut-être trop brusques. Je ne sais si je distinguai les voix de ma sœur ou de son mari qui criaient

Kilomètre huit

furent plus longues quand, après l'avoir quittée, je m'en retournai chez moi. Si à l'occasion j'y avais pensé, j'aurais tout de suite compris que ce n'était pas ma volonté seule qui me poussait à la voir, me poussait à la désirer, mais aussi mon manque de volonté, mon indécision. Même quand elle gardait le silence, je regardais son visage et pouvais entendre sa voix. Le son de velours, apaisant, réconfortant, sincère, vivant de sa voix trouvait moyen d'entrer à l'intérieur de mon temps, à l'intérieur de moi-même. Et, ce faisant, le corps de cette voix rencontrait le terrible espace d'une personne vide, toute vide : un passé couvert de doutes, un présent vague, un futur encore inexistant. Et le peu que j'étais me paraissait n'être rien : des kilomètres et des minutes : mes jambes qui tentaient de détruire le monde comme mes bras n'en étaient pas capables. Aussi sa voix grandissait-elle dans

la maison de l'accordeur. J'apportais les pièces dont j'avais besoin dans ma caisse à outils. Chacun de mes pas entraînait le bruit des pièces et des outils qui s'entrechoquaient dans la petite caisse en bois : un son étouffé dont, parfois, j'imaginais qu'il était le son de mon cœur battant. Le matin lavait la ville : même les ordures abandonnées au coin des rues, même les herbes qui poussaient au ras des murs, même les cailloux répandus par terre. Quand je frappai, ce fut la dame qui m'ouvrit. Son sourire ne cachait pas des pensées sombres. Je lui souris et la suivis dans le couloir. Je regardais dans toutes les pièces, parce que je la cherchais. Je me serais satisfait d'un de ses vêtements posé sur un dossier, de la feuille d'une plante encore émue par son passage, mais ne trouvai que les espaces vides où par moments elle pouvait avoir été, où son visage, surgissant par miracle, pouvait se matérialiser. Nous arrivâmes au salon. J'arrivai près du piano. Seul, je posai ma main sur le vernis du piano, et ce fut comme si nous conversions tous deux, comme si nous avions le même âge et regardions le monde de loin. Je l'ouvris : et mes outils dans mes mains me semblèrent se trouver là pour renverser le mécanisme du matin, comme si je le comprenais et pouvais le réparer. Mais le matin, indifférent, continua de s'écouler et, quand la dame entra, guidant l'accordeur par le bras, je crus presque que je ne la reverrais jamais. J'avais vu son visage la veille et ne le reverrais jamais. En même temps que je sentais quelque chose de glacé et d'ardent, comme la peine, je me sentais ridicule parce qu'elle ne sentait même pas mon peu d'importance, parce qu'elle existait en un lieu où je n'aurais jamais accès, et m'ignorait : c'était tout : m'ignorait. Je prononçai une phrase, parce que je savais qu'ainsi l'accordeur pourrait suivre le son de mes paroles, pourrait saisir la corde de mes mots et se rapprocher de moi. La dame répondit une phrase et sortit. Quand nous fûmes seuls, l'accordeur : aveugle de naissance : un bébé aveugle : me demanda : qu'est-ce que tu as ? Je répondis : rien. Je ne pus le tromper que parce qu'à cet instant elle entra dans le salon. Ce fut moi qui dis à l'accordeur : c'est la petite-fille de la dame. Tournant la tête n'importe où, l'accordeur sourit et dit un mot courtois. Puis il se mit à appuyer sur chaque touche et à serrer les cordes. Elle avait le menton baissé sur la poitrine, mais levait les yeux pour me regarder. Mon regard était immobile à l'intérieur de ses yeux. La distance de trois pas entre nos corps ne nous séparait pas. Ni elle ni moi ne respirions. A chaque note, l'accordeur sentait du bout de ses doigts la vibration des cordes. Tout le mécanisme : ressorts, courroies, leviers : n'existait pas entre ses deux extrémités : la touche et la corde : le son. Et les notes se dressaient comme des piliers autour du salon. Et les instants fragiles où l'accordeur maniait sa petite clef d'argent et resserrait ou distendait les cordes : la pointe de la clef d'argent : verre brisé touché par le vent : et les cordes qui s'allongeaient : gémissements muets traversant l'air comme un fil de brise. Dans nos regards unis, un autre temps passait, un autre temps lui aussi traversé par ces notes et par ce silence. L'accordeur glissa la clef d'argent dans la poche de sa veste, s'éloigna du piano et

ne me quitte pas

dit : c'est terminé. Alors ses pieds la rendirent légère, indépendants de son corps, et, sans toucher le sol, ils la conduisirent au piano. A ce moment, elle ne voyait plus rien. Elle s'assit sur le tabouret, rejeta ses cheveux derrière ses épaules, et ils tombèrent dans son dos. Un instant de silence absolu. Puis elle leva vers moi son visage pâle et ses doigts pressèrent les touches. Elle souriait ; et sous sa musique, l'air du salon fut traversé de lignes droites invisibles : une construction de lumière. Ces notes étaient aussi son corps. C'étaient des points de sa peau qui n'existaient qu'un instant, qui restaient dans la mémoire et puis se défaisaient, se transformaient en air, en vie vivante. Même quand mon père fermait toutes les fenêtres de la menuiserie et s'asseyait pour jouer les pianos qu'il venait de réparer, et même dans mes rêves, jamais je n'avais entendu telle musique. C'était comme si les formes invisibles de ces sons entraient dans les jointures de tous les meubles, des objets, des corps, c'était comme s'ils entraient dans les jointures de toute la maison et divisaient la silhouette de chaque chose en ses éléments nets. C'était comme si tout l'air du monde entrait par points étincelants, et par instants révélaient les formes secrètes de l'air. Ses yeux ne cessaient de me voir. Frêle, son corps se balançait sur le tabouret en se rapprochant et en s'éloignant du clavier. Les mouvements de ses bras

Kilomètre neuf

étaient sûrs et élégants, tels des oiseaux qui se seraient posés sur l'étang d'un jardin : ses poignets fins, et lisses, et blancs, ses poignets de porcelaine. Et son visage : l'intérieur de ses yeux : était un ciel où existaient de nouveaux sens : une vie nouvelle, créée dans ses mains, plus que perpétuelle : et l'on pouvait croire en tout, car il n'y avait que des certitudes dans l'intensité de ses yeux et dans la musique qui me traversait. Dans un coin, s'efforçant de ne s'appuyer à rien, l'accordeur n'avait pas de visage. La musique du piano avait transformé sa peau ridée, ses lèvres abîmées, ses yeux aveugles en une tache unique. L'accordeur n'existait pas. Elle et moi, nous nous regardions et ce que nous éprouvions emplissait le salon et aurait pu emplir le monde. Quand elle tourna le visage, je me sentis perdu jusqu'à l'instant où, par-dessus mon épaule, je rencontrai le sourire de la dame qui venait d'entrer.

contre les portes. Après la naissance d'Hermes, après la mort de mon père, ma mère s'installa chez Maria, mais seulement pour quelques mois. Quand Hermes commença de donner plus de travail, vers le début de l'été, ma mère se transporta chez Marta et ce fut à cette époque que, lentement, elle se réveilla. Par moments, sa voix cessa d'être basse. A d'autres, elle riait de tendresse à quelque chose qu'Hermes venait de faire. Marta allait, venait dans la maison : elle occupait tout le couloir avec son corps : et ma mère s'intéressait peu à peu à certains détails : les couverts rangés dans le tiroir, les punaises enfoncées pour tenir les calendriers, la terre différente où Marta avait habité. Certaines fins d'après-midi, le mari de Marta survenait à l'improviste et exigeait de manger. Dans la soirée, elles s'asseyaient à trois pour parler, peut-être, de quelque chose qui s'était passé : Marta sur une banquette, qui respirait lourdement, souffrant de la chaleur étouffante des nuits d'août ; ma mère, vêtue de noir, une tache qui parlait, tranquille ; Elisa, sur une couverture en patchwork, éclairée par les caprices de la lampe à pétrole, jouant avec une poupée en chiffon. Sur ces soirées se répandait, comme une brise, le bien-être de savoir Hermes endormi parmi les ombres de sa chambre, serein et sauf, un bébé en train de grandir. Ces mêmes soirs, chez Maria, le temps peu de jours. Je m'arrêtais devant sa maison et je ne savais que faire. Quand j'avais de la chance, je m'adossais au mur et, comme un souvenir, je réussissais à entendre un peu de la musique qu'elle jouait. Je savais que dans le salon, cette musique était comme un cyclone. Mais où je me trouvais, c'était comme une brise, un voile porté par la brise, quelque chose qui flottait et se mêlait aux voix des passants, aux sonnailles des chevaux qui traînaient des fiacres, au moteur d'une automobile qui roulait parfois dans la rue. Un de ces après-midi, je décidai de frapper à la porte. Je ne savais pas ce que je dirais : j'ai oublié un outil, comment allez-vous, j'ai négligé de vérifier quelque chose dans le piano : et pourtant, je décidai de frapper. Je ne pensais à rien en m'avançant sur le trottoir, en montant le perron et

était beaucoup plus lent. Toutes les rues de Benfica s'arrêtaient. Ce fut un de ces soirs : en août : après un dîner de soupe : que le mari de Maria brisa pour la première fois toutes les assiettes de la table, donna un coup de pied dans une chaise et poussa Maria contre le mur. Maria passa la nuit dans la cuisine, assise sur une chaise, s'endormant par instants, éveillée le reste du temps, à pleurer assez haut pour que son mari l'entendît et assez bas pour ne pas réveiller Ana. Le lendemain matin, il se leva et, la trouvant dans la cuisine, l'étreignit et se mit à pleurer lui aussi, lui demanda pardon, lui demanda pardon, s'humilia, lui affirma que plus jamais cela n'arriverait, lui jura que plus jamais cela n'arriverait, et lui dit qu'il l'aimait, et lui dit qu'il l'aimait plus que sa propre vie. Elle l'embrassa en retour et le crut.

en frappant à la porte. Ce fut la dame qui ouvrit. Elle me sourit et, alors que je m'apprêtais à dire une des phrases que j'avais inventées, elle se mit à marcher devant moi et, de nouveau, je la suivis par le long couloir. Quand nous arrivâmes au salon, elle était assise au piano, immatérielle. Je m'étonnai un instant quand la dame quitta la pièce, mais cet instant passa très vite, car je m'élançai vers elle : son visage sérieux et blanc, ses cheveux longs et très lisses : et je la serrai dans mes bras. Elle me serra dans les siens. J'eus la certitude qu'elle me serrait dans les siens. Elle se leva et je sentis son corps tomber tout entier dans mes bras. Ensuite, elle marcha, silencieuse, vers les portes, et les ferma. Nous fîmes l'amour sur le sol, sur les tapis, éclairés par la clarté qui se jetait sur nous des fenêtres et qui avait envie de nous tuer.

Kilomètre dix

dans mes jambes, comme des flammes entourant ma peau. Dans mes bras, aussi. C'est ainsi qu'existe une étoile au ciel qui brille le jour : une étoile lointaine, solitaire, unique : un monde couvert de feu. J'existe ici. Elle existe là-haut et me regarde, et m'accompagne, et m'enveloppe dans un incendie. J'avance par les rues de Stockholm exactement comme si j'avançais dans un tunnel menant vers le soleil.

un ballon de chiffon. Ma mère lui disait : tu n'es pas encore assez grand pour aller jouer dans la rue. Mais Simão avait douze ans. Quand le maçon n'avait pas de travail pour lui, il le renvoyait à la maison. Ce n'était pas fréquent, mais ce n'était pas rare. Parfois, le maçon nous prévenait la veille. Ces matins-là, je m'efforçais de ne pas le réveiller quand je me levais pour aller à l'école. Parfois, le maçon lui disait qu'il n'avait pas besoin de lui seulement quand Simão arrivait avec ses bottes couvertes de ciment séché, ses vêtements de travail et la gamelle pour le déjeuner que notre mère lui avait préparée. Ces matins-là, il rentrait à la maison et n'arrivait pas à se rendormir. Il allait dans la cuisine, mais était toujours dans le chemin de nos sœurs ou de notre mère. Il s'asseyait sur une chaise et, quand on l'en faisait descendre, il se retrouvait dans le chemin de l'une d'elles ; alors, il s'appuyait à un placard qui, découvrait-il, était dans le chemin d'une autre, qui le chassait ; alors il allait autre part, dans le chemin d'une autre, qui le chassait aussi. C'était alors qu'il descendait deux ou trois rues et atteignait le terrain vague entre deux potagers où les garçons se rassemblaient pour jouer au ballon. Sur ce terrain, l'herbe ne poussait pas parce qu'il y avait tous les jours des douzaines de garçons qui se rassemblaient là pour courir derrière un ballon de chiffon. C'étaient des garçons libres, qui n'allaient pas à l'école ou qui n'avaient ni père ni mère. Sur ce terrain de poussière en été et de boue en hiver ne poussaient que des pierres. Les buts étaient mesurés par quelques pas de pieds nus et marqués par de petits tas de pierres. Presque au milieu du terrain, il y avait un olivier qui survivait année après année aux mauvais traitements des garçons qui lui arrachaient des branches et qui, en courant derrière le ballon, faisaient des feintes autour de lui et parfois se cognaient à son tronc et tombaient en arrière. Quand Simão arrivait, il enlevait ses bottes de travail, qu'il ne voulait pas abîmer en les heurtant contre des pierres. Il les déposait avec soin derrière un des buts, puis il entrait sur le terrain et en chassait un des plus petits pour se mêler à la partie. Tournant la tête de tous les côtés, suivant toujours la balle de son œil gauche, Simão courait, environné par une nuée de garçons qui ne lui arrivaient pas plus haut que la poitrine et donnaient des coups de pied dans toutes les directions. Ce fut un de ces jours-là que Simão, en sortant par la porte du jardin, laissa la chienne lui passer entre les jambes. D'ordinaire, la chienne avait le droit de sortir, de se promener où elle voulait, puis, fatiguée, elle attendait ; elle se couchait sur le trottoir et attendait le retour de quelqu'un. Cette fois, ce fut différent. A la fin de l'après-midi, quand il revint tout en sueur, Simão ne s'étonna pas de ne pas trouver la chienne. Il n'y pensa même pas. Personne n'y aurait pensé si, quelques instants après, Maria n'était entrée par le portail en pleurant et n'eût disparu par la porte de la cuisine. J'étais assis sur le petit lavoir, à raconter à Simão des histoires de l'école, et quand Maria passa, en courant et en pleurant, ni lui ni moi ne comprîmes. Maria revint dans le jardin accompagnée de notre mère, marchant dans notre direction. Maria s'efforçait de ne plus pleurer. Notre mère semblait fâchée. Ses yeux paraissaient fâchés. Mais sa voix ne l'était qu'à peine quand elle demanda à Simão : c'est toi qui as laissé la chienne sortir ? Maria était allée faire une course à l'épicerie quand elle avait vu la chienne contre le bord d'un trottoir, écrasée par une auto : son poil ensanglanté, sa langue sèche, ses yeux fermés et tristes. Simão n'eut pas le temps de parler, il n'eut pas de mots à dire. Notre mère, avant de saisir Maria par la main et de regagner la cuisine, lui dit : quand ton père rentrera, tu vas voir. A mon côté, Simão pâlit. Notre mère ressortit par la porte de la cuisine, lui donna un sac en toile et l'envoya chercher la chienne. Quand il eut posé le sac avec la forme de la chienne sur la terre du jardin : les taches de sang épais, l'arc de l'échine qui connaissait la toile : Simão marcha tout seul dans la maison, comme s'il inventait des solutions et que toutes s'avéraient impossibles. En début de soirée, notre père entra dans la cuisine et, dès que notre mère lui eut tout raconté, il sortit dans le jardin à la recherche de Simão. Il n'eut pas à chercher beaucoup. Il le trouva caché dans un coin de la basse-cour, les mains sur le visage, mais sans cacher la terreur dans ses yeux. Notre père ôta sa ceinture, et, contre le mur sale de la basse-cour, il le frappa partout où la ceinture s'abattait.

Kilomètre onze

contre le vent. Je passais par les rues en courant et, au fur et à mesure, c'était toute la ville, c'étaient les maisons, les visages, qui prenaient des teintes de nuit. Pendant la journée, distrait par ma scie, mes outils ou par ce que j'avais à faire, il m'était facile de diriger mes pensées. Si je commençais à penser et m'apitoyais sur moi-même, je me concentrais sur le travail devant moi : une fenêtre inachevée, peut-être, ou la base d'un pied de table : alors, je savais que très vite, sans que j'eusse d'effort à faire, une autre pensée me viendrait, plus agréable, qui m'occuperait ou me bercerait. Mais quand j'allais m'entraîner, je passais par les rues en courant et nul n'aurait pu imaginer le monde de paroles que je portais avec moi. Courir : être absolument seul. Je le sais depuis le début : dans la solitude, il m'est impossible d'échapper à moi-même. Dès les premiers pas, des murs noirs se lèvent tout autour de moi. Inoffensif, le monde s'éloigne. Pendant que je cours, je suis arrêté en moi-même, et j'attends. Je suis enfin à ma propre merci. Les premiers temps, j'avais treize ans et je courais en quête d'un silence et d'une paix dont j'estimais qu'ils ne m'appartenaient pas. Je ne savais pas encore qu'ils n'étaient que le reflet de la paix que j'avais en moi. Plus tard, la vie s'est compliquée, mais il était déjà trop tard pour que je pusse m'arrêter. Courir faisait partie de moi, comme mon nom. Ce fut alors que j'appris à courir contre les mots à l'intérieur de moi, de la même façon que j'appris à courir contre

quand nous sommes ensemble

le vent. Je passais par les rues en courant et, en m'éloignant de la menuiserie, j'achevais parfois le reste d'une pensée qui était brisée par un mot, et ce mot en entraînait d'autres : un premier pas, un autre, un autre, et tous les pas qui se suivaient, tous les pas indistincts entre eux. C'était un mot trop rapide pour que je pusse percevoir d'où il venait, mais un mot essentiel pourtant, car par lui je commençais à me rappeler les soirs : sa voix, et, au fond, la façade immense de l'hôpital. Un jour, de plus en plus lointain, mon père était mort dans cet hôpital. Et, tandis qu'elle parlait, il y avait nous, nous qui marchions en nous tenant par la main à l'intérieur de sa voix. Et puis, un autre mot soudain me rappelait les après-midi où je me présentais chez elle. La dame qui m'ouvrait la porte : et moi qui la suivais au long du long couloir : et la musique du piano sur tout : sur son visage : sur sa peau. Et il y avait un moment où la voix se mêlait au visage : elle et elle. La voix dans l'obscurité du cimetière de pianos, le visage, sérieux, sur les tapis du salon. Mes doigts glissés dans les cheveux bouclés ou caressant les cheveux longs et lisses. Ma main qui serrait sa main. Mes mains la prenant par la taille. Et je ne résistais pas aux pensées qui m'affligeaient le plus. Jamais je ne pensais aux deux en même temps, mais elles se mêlaient en moi. Je passais par les rues en courant et personne n'aurait pu savoir qu'en moi s'agitaient des lames.

ne parvenait pas à rester en place. Ma mère allait et venait, s'occupant de quelque chose, elle la croisait, ne lui disait rien. Maria non plus ne lui disait rien, elle ne disait rien à personne. Soucieuse d'un cheveu, soucieuse d'un grain de poussière. Maria voulait que tout fût parfait. C'était dimanche, et la fin de l'hiver. Marta aidait sa mère. Simão était loin. J'étais assis près de la cheminée. Maria portait sa plus belle robe, un gilet de laine et un collier de fantaisie. Notre père, assis à table : les bras bien posés sur la table. Il attendait en silence : un verre et une bouteille. On frappa à la porte. Maria, soudain, se tourna de tous côtés. Ce fut ma mère qui lui dit, indifférente : va ouvrir, qu'est-ce que tu attends ? Au bout d'un instant de sons muets : la serrure, des pas incertains : et le silence : silence : Maria revint dans la cuisine suivie de son amoureux. Mon père l'avait déjà vu le matin où il s'était présenté à l'atelier pour demander la permission de fréquenter Maria. Il le salua d'une voix normale. L'amoureux de Maria, nerveux, salua tout le monde et s'appuya à un placard. Maria resta près de lui. Il y eut un instant de mutisme gêné. Maria était beaucoup plus grande que son amoureux, mais, à côté de lui, elle se rapetissait, elle voûtait les épaules pour être de la même taille. Lui s'allongeait, bombait le torse et levait le menton. L'amoureux de Maria, qui portait son meilleur costume, se mit à parler du temps qu'il faisait et à s'adresser à mon père en prononçant son nom complet : monsieur Francisco Lázaro. Mon père lui répondit et ajouta quelque chose. L'amoureux de Maria acquiesça et ajouta quelque chose. Mon père lui répondit. Et ainsi, ils continuèrent. Sur le visage de Maria, il y avait un sourire mêlé d'attention sérieuse, comme si la conversation de son père et de son amoureux l'intéressait, lui importait, comme si tout ce qu'ils disaient était une certitude.

nos corps. Dans la pénombre du cimetière de pianos, dans l'obscurité presque absolue, je distinguais son corps : silhouette, ombre : couché sur un piano à queue : ses jambes nues, sa robe relevée presque jusqu'à la taille, ses mains abandonnées des deux côtés de sa tête, son visage : ses cheveux défaits sur le vernis noir du piano et ses yeux, ouverts, brillants, qui me voyaient. En desserrant ma ceinture, en déboutonnant mon pantalon, je fixais son visage, et, dans le silence de mes gestes, dans la nuit, je parvenais à me rappeler sa voix. Je m'appuyais de tout mon poids sur mes genoux, presque enfoncés dans la surface du piano, et je sentais l'intérieur de ses jambes contre mes jambes. Je savais où trouver ses lèvres et je savais les baiser. Nos têtes fuyaient l'une de l'autre : se cherchaient. L'une contre l'autre, nos bouches se déchiraient. Mes mains se fermaient de toute leur force contre les paumes de ses mains. Et mes lèvres glissaient lentement sur son cou, quand ce qui me tentait était de plonger mes dents dans sa peau. Peut-être fut-ce à ce moment que mes mains descendirent le long de ses épaules et que, par-dessus sa robe, je sentis une autre fois, encore une autre fois la forme de ses seins. Je sentais ses mains dans mon dos, sur ma chemise, qui m'attiraient à elle : la force de ses doigts qui s'enfonçaient : des serres d'oiseau plantées dans la terre. Je soulevai davantage sa robe et mes mains étreignirent sa taille, comme si sa peau était un incendie, comme si sa peau était un incendie, comme si sa peau était un incendie. Elle brûlait. Nous cessâmes de respirer en même temps quand, dans un instant qui fut peut-être éternel, un instant éternel, j'entrai en elle. Alors, le poids de mon corps se serra contre son corps. Je la serrai entre mes bras, sous moi, et moi en elle, et elle à l'intérieur était un incendie, était un incendie, était un incendie. Elle brûlait.

peuvent penser que c'est pour longtemps. Ici, je me laisse aller. Muet, sans les perdre de vue. Quand je rentrerai, il faudra que j'embrasse le ventre de ma femme, il faudra que je l'étreigne doucement et que je lui raconte ensuite : je courais seul devant les autres et, sur un pont, j'en ai laissé passer deux, seulement pour leur faire croire qu'ils pouvaient gagner, je les ai laissés courir devant moi pendant une demi-douzaine de kilomètres, j'ai attendu qu'ils se fatiguent, après quoi j'ai repris la tête. Il faudra que je le raconte à tout le monde. Mes sœurs, mes beaux-frères, mes neveux, tous réunis autour de moi ; et devant leur silence, il faudra que je leur raconte la même histoire. Puis que je la raconte à mon frère : il faudra qu'il m'accompagne à l'atelier, et puis à la taverne. Quand nous entrerons, les hommes se lèveront de leurs chaises, soulèveront leurs coudes du comptoir pour venir me féliciter. Salut, champion ! Il y aura un ou deux hommes qui nous offriront à boire ; et puis, quand tout le monde se taira, quand les regards des hommes suivront chacun de mes mots, il faudra que je leur raconte comment je courais en tête, comment j'ai laissé passer deux coureurs, puis, quand personne ne s'y attendait, comment je les ai dépassés et semés. Les visages barbouillés et édentés

l'heure avait changé, la nuit tombait plus tôt. Maria allait et venait dans la cuisine, elle volait.

Dans les ombres de la lampe à pétrole, quand Maria abandonnait une chose pour en faire une autre, il n'y avait ni espace ni temps entre un point et un autre. C'était trop rapide. Maria était à l'évier. Maria s'asseyait à table. Maria soulevait Ana. Quand son mari entra, les mouvements de Maria ralentirent : ce fut comme si une chape était tombée sur la maison. Quand son mari entra dans la cuisine, Maria l'attendait, les mains croisées sur le ventre, souriante. Ana s'élança vers les jambes de son père. Il la souleva dans les airs, en riant, puis la reposa sur le sol. La table était prête et il s'assit à sa place. Maria posa la soupière au milieu de la table. Et elle se mit à manger, en attendant que son mari mange à son tour. Après les fruits : un long moment : la pelure d'une pomme qui s'allongeait et s'enroulait : Maria enleva les assiettes. Le moment qu'elle avait attendu toute la journée. Elle s'approcha de son mari par-derrière, en tenant un papier jauni par la lumière. Toujours souriante, Maria lui dit que, ce matin au marché, elle avait acheté ce feuillet avec un poème. Son mari la querella, lui dit qu'elle ne devait pas gaspiller de l'argent en achetant des bêtises, qu'elle s'intéressait seulement à des bêtises, que c'était toujours la même chose, et il se tut. Alors, toujours souriante, elle s'assit, s'approcha de la lampe et lui lut :

à l'heure de mettre la table, nous étions cinq :
mon père, ma mère, mes sœurs

il lui prit le papier des mains, et, sans cesser de la regarder dans les yeux, le froissa

et moi, puis ma plus grande sœur
s'est mariée, puis ma petite sœur

puis il l'ouvrit, le regarda avec mépris et leva les yeux vers elle avec encore plus de mépris

s'est mariée, puis mon père est mort, aujourd'hui
à l'heure de mettre la table, nous sommes cinq,

furieux, il déchira le papier en morceaux incertains. Puis il déchira les morceaux en morceaux, de plus en plus petits, jusqu'à ne plus pouvoir les déchirer davantage

moins ma plus grande sœur qui habite
dans sa maison, moins ma petite sœur

en regardant Maria comme s'il était prêt à la tuer

qui habite dans sa maison, moins mon
père, moins ma mère veuve. Chacun d'eux

il lança les bouts de papier en l'air, bouscula sa chaise, la poussa contre la table et resta silencieux, respirant par le nez, en regardant Maria comme s'il était prêt à la tuer

est une place vide à cette table où
je mange seul, mais ils seront toujours là

comme s'il était prêt à la tuer

à l'heure de mettre la table, nous serons toujours cinq.
tant que l'un de nous sera vivant, nous serons toujours cinq.

quand Maria se leva, elle prit Ana dans ses bras et sortit pour la mettre au lit.

Kilomètre treize

le son du vent passe par mes oreilles, comme le rugissement de l'univers. Peut-être comme le son d'un passage au-dedans du temps, d'une traversée du temps avec tout mon corps : mes bras, mes jambes traversant le temps, ma poitrine traversant le temps, mon visage emportant toute l'éternité en lui.

ni dans la rue. Marta n'aimait pas aller à l'épicerie, car les gens s'arrêtaient pour la regarder. Ils la saluaient, mais ensuite ils restaient immobiles pour la regarder. Marta ne voulait pas y penser, mais elle savait. Ma mère ne disait rien. C'était le soir, quand elles s'asseyaient pour bavarder, que ma mère regardait son visage : enthousiaste, languissant, dévoué, nostalgique, irrité, amusé parfois : et voyait son visage quand elle était petite. Ma mère regardait son visage et voyait tous ses âges. Et c'était ainsi qu'elle la voyait aussi le matin, quand Marta lui tendait le panier, le porte-monnaie et lui disait ce qu'il fallait. Ma mère rencontrait toujours les mêmes femmes à l'épicerie. Elles avaient toujours les mêmes conversations. Ma mère les saluait, leur répondait, mais ne comprenait pas grand-chose à ce qu'elles disaient, parce qu'elles parlaient toujours de gens qu'elle ne connaissait pas. Ce matin-là, alors qu'elle attendait son tour, alors que l'épicière faisait une addition sur une feuille de papier brun, une des femmes parla à ma mère. Elle ne la connaissait pas, elle ne savait pas qui était la personne dont cette femme lui parlait. L'épicière faisait une addition sur une feuille de papier brun : la pointe du crayon qui s'usait contre le papier, le comptoir de marbre en dessous du papier, les grains de gros sel répandus sur le comptoir. Quand ma mère dit à la femme qu'elle ne savait pas de qui elle parlait, celle-ci, comme si rien n'était plus naturel, prononçant bien chaque syllabe, lui dit : l'amie de votre gendre. Comme si de rien n'était : l'amie de votre gendre. Ce soir-là, quand elles s'assirent pour bavarder, ma mère regarda le visage de Marta et vit tous ses âges. En son for intérieur par la lumière plus claire. Je ne sais quelle pouvait être l'image que la dame voyait sur mon visage, mais, chaque fois qu'elle m'ouvrait, que ce fût le matin ou la fin de l'après-midi, elle me souriait toujours. Ensuite, le long chemin du couloir, et, dans le salon, elle, assise au piano. Les portes fermées. Longtemps, après avoir fait l'amour, nous restions étendus sur le tapis. Côte à côte, lointains par le silence, proche de nous savoir mêmes. Je baissais les paupières, et, quand je les relevais, elle était assise au piano et commençait à jouer. Ses mains étaient exactement comme des papillons mourant sur le clavier. Chaque note qu'elle jouait était fragile quand elle s'allumait sur tel ou tel point de ma peau. Dans ce temps léger et vague, des mois passèrent, des années passèrent. Presque deux ans. Le soir, dans une autre existence, je me rendais à l'hôpital. Je l'attendais, nous nous donnions la main. Parfois, nous traversions la ville et nous allions au cimetière de pianos. D'autres jours, le matin ou en fin d'après-midi, quand j'en avais envie, je me rendais chez la dame : puis le couloir, et le salon. Certaines semaines, je pensais que c'était la meilleure des vies, je pensais que j'avais de la chance et ne pensais à aucune des choses auxquelles il me déplaisait de penser. D'autres semaines, je sentais que cette situation ne pouvait pas continuer. Je devais décider, je devais décider, mais n'y parvenais pas.

Même à moi, je dissimulais la certitude que le temps prendrait une décision. Aussi, quand c'était le jour et que je restais étendu sur le tapis, ne me rappelais-je pas le cimetière de pianos. De même, quand j'entrais et sortais du cimetière de pianos, je ne me rappelais pas le temps que je passais couché sur le tapis.

aujourd'hui et pour toujours. Il n'y a aucune différence entre ce qui s'est passé et ce que j'ai déformé par mon imagination, à répétition, à répétition, au cours des années. Il n'y a aucune différence entre les images ternies dont j'ai gardé souvenir et les paroles crues, cruelles dont je crois garder souvenir, mais qui ne sont que des reflets construits par mon sens de la faute. Le temps, tel un mur, une tour, tel n'importe quel édifice, abolit toute différence entre vérité et mensonge. Le temps entremêle la vérité et le mensonge. Ce qui s'est vraiment passé s'entremêle à ce que je voudrais s'être passé, ce qu'on m'a dit s'être passé. Ma mémoire n'est pas mienne. Ma mémoire, c'est moi déformé par le temps et mélangé avec moi-même : avec ma peur et mon sens de la faute, et avec mon repentir. Quand je me souviens que j'avais quatre ans, que je jouais dans le jardin, je ne sais où s'achèvent les images vues par mes yeux de quatre ans que j'ai gardées jusqu'à ce jour et où commencent les images que j'ai inventées chaque fois que j'ai voulu me souvenir de cet après-midi. Un après-midi qui passait entre les branches des pêchers. La lumière, disposée sur la terre, était comme des motifs de dentelle, comme un couvre-lit de dentelle qui aurait figuré des branches de pêcher et des feuilles tremblantes. Par-delà le feuillage enchevêtré des arbres, il devait y avoir le ciel et des oiseaux, car c'était un calme après-midi de mai. Ma mère était dans la cuisine. Parfois, je voyais son visage qui me regardait à travers la vitre. Mes sœurs étaient peut-être dans leurs chambres, ou en quelque lieu inconnu de moi. J'avais quatre ans et bien des choses m'étaient encore inconnues. J'étais assis

Kilomètre quatorze

par terre dans le jardin. J'assemblais de petites planches : des restes de bois que mon père rapportait de la menuiserie, dont je faisais des maisonnettes. La chienne passait lentement, ses yeux bruns perdus sur le sol. Sous un oranger, à demi enterré, il y avait un long fil de fer rouillé. Et je crois parvenir à me rappeler le moment où mon corps de quatre ans se leva pour arracher de terre, avec mes deux mains, ce long fil de fer. Je revois cet instant, mais aussi indistinct qu'en ce moment, sur les côtés, les feuillages des arbres et les branches emmêlées qui se succèdent à mon passage. Comme une image de couleurs liquides qui se dissolvent les unes sur les autres. Ce jour-là, je me suis rassis près des planchettes amassées : les maisons que j'avais construites. Je tenais le fil de fer et commençai à lui donner toutes sortes de formes inhabiles. Sur mes mains, il y avait des traces de terre et de rouille. J'ai entendu s'ouvrir la porte sur la rue. C'était mon frère, souriant. Ses vêtements couverts de sciure, car il était l'apprenti de notre père et revenait de travailler. Il me dit quelques mots, avant de remarquer que je tenais le fil de fer. Les parterres que ma mère soignait avec son sarcloir fleurissaient derrière lui. Simão avait dix ans, c'était un grand garçon. Parfois, il mettait ses mains dans ses poches et riait. Quand je me souviens de lui dans les jours qui passèrent avant cet après-midi-là, la première image qui surgit en moi est Simão les mains dans les poches, qui rit. Sa chemise tombait hors de son pantalon. Quand il me vit avec le fil de fer, il marcha vers moi en trois pas rapides. Alors, tout se passa très vite, mais à présent, en souvenir, tout se passa très lentement. Les mains de Simão étaient plus grandes que les miennes et voulaient me prendre le fil. Je ne sais quels mots il choisit pour me dire que je ne devais pas jouer avec un fil de fer, car, avant même de comprendre, peut-être par réflexe, peut-être parce qu'à ce moment il me sembla devoir en être ainsi, peut-être parce que je croyais savoir aussi ce que je devais faire, peut-être sans raison, peut-être sans raison, je ne lâchai pas le fil tout de suite. Je continuai de le tenir à deux mains. Je sentais la force de mon frère, qui tirait sur le fil rouillé, mais je le serrais de toutes mes forces dans la paume de mes mains. Et tout se passa très vite, je sais, ce ne fut qu'un instant, mais en ce moment il me semble que ce fut une heure immobile. Tous les mouvements se divisent. Et tous sont très lents, très lents. La pointe du fil se dressa vers le visage de mon frère. Comme s'il existait une ligne bien droite pour lui indiquer le chemin. La pointe rouillée du fil de fer se dressa. Son visage. D'un seul mouvement, la pointe du fil toucha la partie blanche et humide de son œil droit, s'y appuya un peu, puis s'enfonça, définitive, en déchirant. Mon frère lâcha le fil, il détourna le visage et porta ses deux mains à son œil. Alors se fit un silence absolu. J'avais quatre ans et je savais qu'il était arrivé une chose terrible. Mon frère se tenait le côté du visage et poussait des plaintes de douleur comme je n'en avais jamais entendu. Ce n'étaient pas des cris. C'étaient les sons d'une douleur qui le détruisait lentement. J'avais quatre ans et je tenais encore le fil de fer. Ce fut alors que notre mère nous vit tous deux par la fenêtre. Ce moment s'acheva quand elle sortit en courant vers nous, et demandant : qu'est-ce qui s'est passé, qu'est-ce qui s'est passé ? Je ne parvenais à rien dire. Mon frère se tenait le côté du visage et, derrière ses mains, naissaient des fils de sang qui lui coulaient sur la joue, sur le bras et sur le cou. C'étaient des fils de sang très vif qui lui coulaient sur les poignets, couraient sur la peau lisse et claire de l'intérieur de ses bras, dégouttaient du creux de son coude. Ma mère, sans comprendre encore, s'approcha de lui et lui dit : du calme, du calme. Sans comprendre encore et parlant d'une voix sereine de mère, elle lui dit : laisse-moi voir ce que tu as. Simão, qui voulait encore croire possible que ne fût pas advenu ce qui était advenu, écarta ses mains lentement. Dans son visage ensanglanté, ma mère et moi vîmes alors que le côté droit contenait un trou de sang, avec la peau blanche et vide de l'œil, le dessin circulaire et aplati de l'iris, et qu'avec tout ce sang coulait sur son visage la matière épaisse et visqueuse comme un blanc d'œuf qui était un moment plus tôt à l'intérieur de son œil. Du côté gauche, son autre œil, désolé et innocent, attendait la réaction de ma mère. J'avais quatre ans et je tenais encore le fil de fer. Je le lâchai seulement quand ma mère ne put retenir le cri douloureux qui la déchira. De nouveau, mon frère se tint le côté du visage. Par la porte de la cuisine, mes sœurs surgirent en courant. Puis des voisins entrèrent dans le jardin par la porte donnant sur la rue. Ma mère criait de toute la force de sa gorge. Quelqu'un alla chercher mon père à l'atelier. Quelqu'un me saisit par la taille, me souleva de terre et m'emmena dans la cuisine.

Parmi les corps des gens qui soutenaient ma mère, mes sœurs qui se tenaient l'une à l'autre et pleuraient, les gens qui entouraient mon frère avec des serviettes propres et vite tachées de sang, j'avais quatre ans et j'étais dévoré par une peur pareille à des lames. Bientôt, mon père entra dans la cuisine. Personne n'aurait pu l'arrêter. On n'entendait que sa respiration. Il passa parmi les gens, prit mon frère par un bras et, avec d'autres hommes qui étaient là et les suivirent, il l'emmena à l'hôpital. Quand ils partirent, le soir était tombé. Et aussitôt la porte refermée, ne resta plus dans la maison que la désolation de ma mère et de mes sœurs, accompagnée des voix traînantes des voisines qui tentaient de les consoler. Ce fut une de ces voisines qui, parmi les ombres des autres, frotta une allumette et alluma la lampe à pétrole sur la table. Dès lors, tandis que les sanglots de ma mère et de mes sœurs s'espaçaient, les voisines s'en allèrent une à une après avoir dit au revoir. Nous restâmes seuls dans la cuisine : le dallage du sol, la table, les sièges en bois. A travers la lumière et les ombres de la lampe, ma mère et mes sœurs gardaient les yeux ouverts sur une image qu'elles seules pouvaient voir. Un temps froid passa, de gémissements et de lames. A la fin de la soirée, mon père et Simão revinrent, en silence. Mon frère avait le côté droit de la tête enveloppé dans un bandage qui lui couvrait l'œil. Personne ne dit rien et nous allâmes nous coucher. Cette nuit fut comme les nuits de nombreux mois qui s'ensuivirent. Un poids profond en nous nous attirait vers notre intérieur le plus noir. Des mois passèrent. Mon frère

Kilomètre quinze

ne retourna jamais travailler avec mon père à l'atelier. Quand on lui eut retiré son bandage, il porta pendant des semaines un bandeau de cuir qu'on lui avait donné à l'hôpital. Un jour, il apparut avec son œil bien propre et découvert. La paupière tendue et blanche sur l'orbite vide. A l'hôpital, le médecin lui avait dit qu'il pourrait faire tout ce qu'il faisait auparavant ; mais quand Simão parlait de retourner à l'atelier poursuivre son apprentissage, mon père parlait de beaucoup d'autres choses et, toujours par d'autres mots, disait que cela n'arriverait pas. Il lui demandait d'attendre encore un peu, puis il changeait de sujet. Un soir, au dîner : il n'avait pas encore douze ans : mon frère résolut de nous dire qu'il avait trouvé du travail auprès d'un artisan maçon. Ce fut la première fois où mon père le battit depuis l'après-midi où il avait perdu son œil. Ensuite, il se fâcha contre lui à maintes reprises et le battit à maintes reprises. Au long de toutes ces années, jamais il ne se fâcha contre moi et jamais il ne me battit. Je compris toujours clairement que mon père se fâchait contre Simão et le battait parce que c'était sa manière de lutter contre la tristesse, contre la peine qu'il sentait depuis que mon frère était borgne. C'était ainsi qu'il le punissait. Je compris toujours tout aussi clairement que, s'il ne se fâchait pas contre moi et s'il ne me battait pas, c'était pour la même raison. C'était ainsi qu'il me punissait.

car je ne veux pas regarder les coureurs autour de moi. Je sais que chez eux, il y a des gens qui parlent d'autres langues et qui les attendent comme on m'attend chez moi. Ils ont des noms et ils ont des enfances. Sans tourner la tête vers eux, je vois leurs silhouettes brouillées aux marges de mon regard. Dans ce mélange de taches de couleur, je distingue qu'eux non plus ne regardent personne. Tout en courant ici, dans les rues de Stockholm, nous courons au-dedans de nous. Quand nous arriverons au but, la distance et le poids de ce marathon intérieur seront aussi importants que les kilomètres de ces rues et la chaleur de ce soleil. Chaque fois que je lève un pied pour parcourir une enjambée, mon autre pied s'accroche au sol. Si le monde s'arrêtait dans l'instant où mon pied se lève pour avancer dans la course et où mon autre pied, absent, s'accroche au sol, des racines pourraient pousser à partir de ce pied immobile qui me maintient en équilibre. Ces racines pourraient s'enfoncer dans les interstices de terre entre les pavés de la rue. Mais je ne laisse pas le monde s'arrêter. Après un pas, un autre, un autre

deuxième fois. Quand elle arriva, elle me donna un baiser rapide sur la joue et ne me dit rien. Elle me prit par la main. Nous marchâmes en silence tout le long du trajet entre l'hôpital et chez elle. C'était un soir du milieu de décembre. Il faisait froid et un vent froid soufflait sur nous, qui agitait l'éclat des flaques d'eau. La nuit était noire. Ma main entourait ses doigts et, à certains moments, les serrait. Je ne fus pas gêné de son silence, car je portais beaucoup de mots en moi. Des mots et des phrases entières, qui glissaient au-dedans de moi. Ce fut quand nous arrivâmes à sa porte que je me sentis étonné. J'approchai mon visage pour l'embrasser, et elle éloigna le sien. Je souris, car je pensais qu'elle jouait. J'approchai de nouveau mon visage, mais de nouveau elle éloigna le sien. Elle garda les yeux baissés. Je lui pris les mains et j'attendis. La nuit existait. Dans les rues, pas de passants, pas d'automobiles ou de fiacres. Au ciel, des étoiles gelées. Elle leva lentement son visage : ses cheveux ondulés, sa tête, ses yeux qui me fixaient des profondeurs de la nuit, et son visage tout entier. Et ses lèvres : ce fut alors que ses lèvres se murent et dirent : nous allons avoir un enfant. Et ses mains se séparèrent des miennes, et elle ouvrit la porte, entra dans la maison, et referma la porte. Le monde était plus net, et, en même temps, plus flou. Je sentis une main sur mon épaule. Je me tournai : le visage borgne et sale de mon frère.

Nous nous sommes mariés seuls.

Deux samedis plus tôt, nous avons marché ensemble jusqu'au centre-ville. Nous ne nous tenions pas par la main, mais nos sourires n'étaient que l'un pour l'autre. Nous sommes entrés dans un magasin dont les vitrines montraient des mannequins habillés à la dernière mode. Elle ne s'est guère attardée avant de désigner un rouleau de tissu : fin de saison et derniers mètres. Tandis que nous échangions des sourires, que nous croyions en nous de plus en plus, une vendeuse a mesuré le métrage sur le comptoir.

Ce fut sur ce tissu, ni trop sobre ni extravagant, que la couturière fit des marques à la craie, avant de le couper, de le coudre, et, avec savoir-faire, d'en confectionner une robe comme ma femme l'avait souhaitée. Et ce fut cette robe qu'elle mit pour la première fois le lundi matin où nous nous mariâmes.

Tout était préparé, nous arrivions avec les papiers à la main, mais nous entrâmes dans le bureau d'état civil sans rien savoir. Ce fut moi qui m'approchai du guichet, et, quand un monsieur passa en portant une pile de papiers contre sa poitrine, ce fut moi qui lui dis bonjour. Il ne répondit pas et fit des allées et venues, indifférent, fâché contre le monde et contre toutes les archives. Nous le suivîmes du regard dans les minutes qui passèrent sur les aiguilles de la pendule accrochée au mur.

A l'instant qui lui convint, le monsieur de l'état civil marcha dans notre direction, lissa sa moustache du bout de ses doigts, s'arrêta derrière le guichet, et, ennuyé, l'air de poser une question, dit :

« Maintenant, si vous voulez bien... »

Je lui tendis les papiers et lui expliquai que nous venions nous marier.

Il prit les papiers, chaussa ses lunettes et resta un moment à lire les imprimés qu'un autre monsieur, à ce même guichet, m'avait remis un mois auparavant. Sans rien dire, il leva légèrement le visage et nous regarda par-dessus ses lunettes. Il ouvrit, referma, ouvrit et referma les autres documents. Puis, sans rien dire, il souleva le panneau mobile qui donnait accès à l'autre côté du guichet. Nous le suivîmes entre des bureaux vides, des piles de papiers, des placards remplis de dossiers, jusqu'à une pièce blanche et nue. Il s'assit derrière une table, toussa deux fois et ouvrit un registre qui couvrait presque toute la table. Nous nous assîmes sur deux chaises en gros bois.

Sans jamais lever vers nous son visage, le monsieur de l'état civil nous lut quelques phrases à la hâte, sans prononcer les mots jusqu'au bout : en mélangeant les mots : un bourdonnement de mots. Lors des brèves pauses qu'il fit, je dis oui en entendant mon nom complet, et peu après elle dit oui. Le monsieur de l'état civil respira profondément et souffla, le temps que je pris pour tirer de ma poche l'alliance et la passer à son doigt. Nous nous regardâmes et nous nous sourîmes, tandis qu'il achevait les phrases qu'il devait nous dire. Puis il retourna le livre vers nous :

« Signez ici. »

Je signai et elle signa. Et ce fut alors seulement que le monsieur de l'état civil remarqua que nous n'avions pas de témoins.

« Vous n'avez pas de témoins ? »

Sans attendre la réponse, il se leva et traversa la pièce à petits pas rapides. Il revint avec un gros livre portant au dos la lettre B. Il l'ouvrit à une page et me choisit deux témoins. Il l'ouvrit à une autre page et choisit deux témoins à ma femme. Puis il copia les noms sur la page de l'autre livre : Bartolomeu, Belarmina, Baltazar, Belmira. En changeant chaque fois d'écriture, il signa sous chacun des noms.

Nous sortîmes, légers.

Un début de soirée. Juillet. Les bruits de la petite ville où Marta est allée habiter. Les charrettes qui passent sur la route en terre battue. Les hommes et les femmes qui se disent bonsoir. Les vieux oliviers qui se courbent sous l'air frais. Le portail en fer du jardin de Marta. Les vêtements étendus sur un fil. Les pigeons, leurs derniers cercles de la journée dans le ciel. Et ma femme, qui entre dans la maison de Marta par la porte de la cuisine. Le début de soirée. Les chiens, qui aboient dans le jardin.

« Oh, c'est grand-mère ! » dit Hermes dans la salle de couture. Et il s'arrête, reste la bouche ouverte en attendant quelques instants la confirmation de sa sœur. Ses yeux restent ardents. Sans rien dire, mais comme si elle brisait le silence, sa sœur le regarde : sourit : comme si elle disait oui.

Hermes se met à courir par toutes les portes ouvertes jusqu'à la cuisine. Elisa, plus grande et qui en sait plus long, marche à sa suite. Elisa prend son temps : s'attarde peut-être un instant : le temps de presque rien : mais quand elle entre, Hermes, déjà, est dans les bras de sa grand-mère.

« Du calme, tu vas renverser grand-mère », dit Marta, la bouche pleine de pain, parlant comme si elle ne comprenait pas l'enthousiasme d'Hermes, comme si elle n'entendait pas sa mère décrire son voyage en train, comme si elle ne voyait pas les chiens entrer dans la cuisine en agitant la queue et entourer ma femme.

Elisa accueille sa grand-mère avec des manières d'enfant déjà grandie. Ma femme repose Hermes sur le sol, le laisse jouer avec les chiens. Elisa, calme, met ses mains sur ses hanches et s'appuie au tiroir des couverts.

Un autre jour, Marta aurait réprimandé Elisa parce qu'elle ne l'aide pas, parce qu'elle s'appuie au tiroir des couverts en mettant ses mains sur ses hanches, mais la nuit est déjà tombée, on est vendredi : en juillet : et ma femme vient d'arriver. Le corps de Marta est énorme. C'est dans le sourire timide qu'elle garde sur le visage quand elle ne regarde rien, dans les mouvements presque agiles avec lesquels elle fait sortir les chiens dans le jardin, dans la manière douce dont elle prononce certains mots, qu'on perçoit que Marta est heureuse que sa mère soit arrivée.

Elle étend la nappe sur la table. Ma femme voudrait l'aider, mais notre fille l'en empêche, et, quand ma femme s'approche du placard aux assiettes, Marta place son corps devant elle. Sans qu'il soit besoin de rien demander, Elisa commence à disposer les couverts à côté des assiettes invisibles.

Ma femme n'est pas venue rendre visite à Marta : ni à Elisa, ni à Hermes : depuis plus d'un mois.

Peu après le jour où Hermes est né et où je suis mort, ma femme est allée chez Marta pour l'aider à s'occuper de son bébé. Hermes, contre la poitrine de sa mère, était un enfant aux yeux grands ouverts, enveloppé de chair : de peau : un petit enfant entouré des bras énormes de Marta, haussant la tête, les yeux grands ouverts. A cette époque, ma femme a vu Hermes apprendre à trottiner dans la cuisine, apprendre à faire des caprices derrière des portes fermées. Parfois, Marta perdait patience. Trop lourde pour pouvoir accompagner son fils, elle perdait patience. Alors, ma femme était vraiment grand-mère : mère secrète : et se sentait vivante.

Peu après le jour où Íris est née, ma femme est retournée dans la maison de Maria. Elle ne revenait que de temps à autre chez Marta, mais le petit Hermes n'oubliait pas sa grand-mère. Quand Marta le laissait parler au téléphone, il lui disait :

« Ma petite grand-mère, est-ce que tu viens bientôt ? »

Et ma femme, chez Maria, s'attendrissait. Elle raccrochait et avait de la peine que Marta ne vécût plus à Benfica.

Il y avait des mois qui passaient trop vite. Des mois qui se perdaient comme des capuchons de stylo. Les rares fois où Marta venait à Lisbonne, elle montait l'escalier de la maison de sa sœur, très lentement, avec l'aide de ma femme, s'arrêtant toutes les cinq ou six marches pour souffler. Quand, enfin, elle entrait dans l'appartement, elle s'asseyait sur une chaise et souriait beaucoup.

Ma femme prenait le train pour la petite ville de Marta deux ou trois jours avant ces voyages, et profitait de la camionnette pour regagner Lisbonne. Dans cette camionnette bleue que le mari de Marta avait achetée peu après le déménagement, elle se mettait du côté de la fenêtre. Hermes et Elisa s'asseyaient entre elle et leur père qui conduisait, de mauvaise humeur. C'était toujours l'été, ou c'était toujours le printemps, ou c'étaient toujours des jours où l'on avait la certitude qu'il ne pleuvrait pas, car Marta était assise sur une chaise à bras à l'arrière de la camionnette. Une fois seulement, il se mit à pleuvoir pendant le voyage. Ils firent halte au bord de la route et on lui donna toutes les vestes. Marta mit celle d'Hermes sur sa tête, attacha les manches sous la peau qui lui pendait du menton et se couvrit comme elle put avec les autres vestes ; mais, quand ils arrivèrent, elle était triste et complètement trempée.

Le mari de Marta lui a promis de l'amener à Lisbonne le dimanche suivant. Ils prendront des restes de bois à l'atelier pour le brûler l'hiver, ils rendront visite à Maria. Marta lui apportera des bottes de choux du potager, des branches du persil qu'elle a semé dans une bassine, des saucisses pimentées qu'elle achète à l'épicerie. Sa sœur lui dira : ce n'était pas la peine, et Marta, sur sa chaise, sourira, sourira beaucoup.

Quand ils ont fini de manger, c'est ma femme la plus rapide. Elle se lève et commence d'empiler les assiettes sales. Marta proteste, mais ma femme est la plus rapide. L'assiette du mari de Marta est restée propre, sa chaise vide et appuyée contre la table. Quand ma femme tend la main pour enlever son assiette, Marta lui dit :

« Laisse. Il ne va sûrement pas tarder. »

Et elles parlent du temps où Hermes était bébé, où les soirées étaient plus longues. Elles parlent de Francisco. De la femme de Francisco et de l'enfant qui va naître. Marta est sûre que ce sera une fille. Quand Elisa commence à fermer les yeux et à laisser tomber sa tête, ma femme regarde la pendule sur le mur et voit qu'il est déjà tard. Hermes continue à jouer, mais ma femme se lève et le prend par la main :

« Viens. Il est temps d'aller dormir. »

Marta dit qu'elle va rester pour attendre encore un peu son mari.

« Il ne va sûrement pas tarder. »

Ma femme quitte la pièce avec Hermes et Elisa. Restent les pensées de Marta. Restent ses pas, balancés de côté et d'autre, comme si elle chancelait. Dans toute la maison : à l'intérieur des murs : c'est le silence. Un moment, Marta pose son poing sur le plateau de la table, elle appuie une partie de son poids sur ce bras et regarde en l'air, en pensant à Francisco : elle sourit. Lentement, la nuit entre dans la maison : les champs au loin piquetés de grillons, un chien qui aboie, une auto qui passe parfois. Le corps de Marta, massif, vêtu d'une blouse bleue, n'est qu'un volume de chair qui traverse la cuisine, se baisse pour ouvrir la porte du placard et en tirer une boîte de biscuits.

Elle reste assise, la boîte posée au bout de son ventre, sur ses genoux. Son bras droit répète le geste de prendre des biscuits dans la boîte et de les porter à sa bouche. Par moments, elle se rappelle et par moments elle oublie son mari qui n'est pas arrivé. Elle pense à Francisco, elle pense à l'enfant qui va naître, elle pense à Francisco quand il était petit, elle pense à Francisco plein de rêves, elle pense et l'imagine à Stockholm, qui s'étonne du monde et qui croit. Il y a de la lumière autour de ses pensées. Il y a une lampe au plafond. Il y a le bruit des biscuits qu'elle mâche.

Le bruit, toujours plus lent, des biscuits qu'elle mâche. Les yeux de Marta qui se ferment. Sa tête qui tombe lentement en arrière. Elle ouvre les yeux, redresse la tête, avale le reste du biscuit qu'elle a dans la bouche, passe sa langue sur ses dents, puis ses forces la quittent de nouveau. Et de nouveau, ses yeux se ferment. Sa tête retombe en arrière.

Le corps de ma fille, éclairé, gisant sur la chaise, est sans forme. Son torse, couvert de miettes, qui respire, est une masse où l'on ne distingue pas le début de la poitrine ni le début du ventre. Elle a un bras contre le corps : la main posée sur les genoux, près de la boîte de biscuits : et elle a l'autre bras tendu : la main ouverte et arrêtée dans le geste de donner : la paume de la main, le dos arrondi de la main, les doigts fins, le bout des doigts fin. Dans sa tête inclinée en arrière, dans son cou plié : son visage : il y a la peau, la bouche ouverte et le visage d'une petite fille qui venait en courant vers moi, qui avait une voix de petite fille et qui riait parce que le monde était si simple, si simple. Le monde était si simple.

Des heures passent sur le corps éclairé de ma fille, sur l'assiette posée sur la table, sur les couverts immobiles. C'est le milieu de la nuit. Au loin existent des rues sombres et désertes, des villes, des maisons noires et vides. Le mari de ma fille ouvre la porte, et, sur sa peau, s'attardent le parfum et la chaleur d'une autre peau. C'est un homme soudain seul. Il regarde vers ma fille et il n'est pas heureux. Il a pitié d'elle, pitié de lui-même, pitié de tout ce qu'il pourrait nommer. Il ferme la porte avec précaution, éteint la lumière, traverse la cuisine à pas de loup. Restent les heures, qui s'étendent remplies de nuit. Reste le temps : le temps : qui passe sans exister.

Et le jour naît. La lumière presque nette atteint le corps de Marta, couvre sa respiration. De petits sons se posent sur le silence. Soudain, les chiens se mettent à aboyer dans le jardin. Marta ouvre les yeux. Elle s'aperçoit qu'elle s'est réveillée. Elle redresse son corps sur la chaise. Fait un mouvement des épaules pour bien replacer ses os dans sa chair endolorie. Puis se tourne vers la fenêtre et, sans comprendre, voit les visages de Maria, d'Íris et d'Ana de l'autre côté de la vitre. Elle ne comprend pas qu'elles puissent se trouver là. Sans se fier à son regard, elle ferme très fort les paupières, s'éveille davantage, rouvre les yeux et voit de nouveau les visages de sa sœur et de ses nièces de l'autre côté de la fenêtre. Alors seulement, sans savoir que penser, elle se lève et se hâte d'aller leur ouvrir la porte.

Nos filles étaient sorties et je les avais obligées à emmener Francisco avec elles. Elles étaient sorties voir les rues, les jardins. Elles étaient sorties pour se promener, pour être des filles. La clarté du samedi traversait les vitres des fenêtres et remplissait la cuisine d'air trouble, qui se mêlait aux paroles, se respirait et rendait fou. Il y avait une raison, il y avait une raison, mais à présent, j'ai beau fouiller dans ma mémoire, je ne me la rappelle plus.

Je la saisis par son gilet en laine, je la soulevai de sa chaise, elle me regardait avec des yeux de défi, mes doigts disparaissaient dans la laine du gilet, mes mains serrées, la laine du gilet où étaient plongés mes doigts, elle, qui me regardait avec des yeux de défi, comme si elle me méprisait en silence, comme si elle me disait que je n'étais rien, que je n'étais rien, que je ne valais rien de rien, je la tirai par son gilet, je la retournai, son corps fit des pas, fit volte-face devant moi, rien que son regard de défi, et pas un mot, pas un murmure, et tout le mépris, et je sentais l'air m'entrer par le nez, un air plus épais que l'air, je sentais mes lèvres serrées, fondues l'une dans l'autre, je sentais que je pouvais tirer son corps, pousser son corps tout entier avec un seul bras, mais je la lâchai, et le gilet de laine garda la forme de mes mains, elle essaya d'en effacer les traces, mais il était abîmé pour toujours, il portait les trous de mes doigts et la laine était distendue, rien ne pourrait plus le faire redevenir comme avant, elle s'assit et resta là, regardant de l'autre côté, et le mépris, tout le mépris, comme si elle me disait que je n'étais rien, que je n'étais rien, que je ne valais rien de rien, et je lui saisis la tête à deux mains, l'obligeai à me regarder, je sentais son cou résister et je voyais ses yeux refuser de pleurer, les larmes, mais les larmes vainquirent sa volonté. Je la lâchai.

Simão, petit garçon et homme, à quelques mois de perdre son œil droit, avait deux yeux vifs et me regardait par la porte entrouverte du couloir.

Quand je sortais de l'atelier, que je laissais mon oncle à la taverne et marchais seul jusqu'à chez moi, c'était encore le jour, c'était un souffle qui venait de quelque lieu de fraîcheur et qui passait sur mon visage couvert de poussière, c'était la paix, la conciliation, c'était un silence transparent qui tombait sur les derniers sons de l'après-midi. La ville entière commençait de se reposer. Au cours de ce bref chemin, je savais exactement ce que je trouverais en montant les marches et en ouvrant la porte : le visage de ma femme, coloré, qui me souriait : des mèches de cheveux qui tombaient sur son front, passaient sur son regard et lui touchaient les joues : et le corps de ma femme debout au milieu de la cuisine : son ventre qui grossissait de semaine en semaine. Je m'approchais et nous nous embrassions, et je lui posais ma main sur le ventre. J'en épousais la forme ronde avec la paume de ma main.

Cet après-midi-là, je montai les marches et j'ouvris la porte, et elle m'attendait déjà. Elle ne souriait pas, car elle tenait à deux mains une boîte à chaussures et cela semblait une affaire sérieuse. Avant même de parler, elle me tendit la boîte. Elle était lourde. Alors seulement, elle demanda :

« Tu l'as déjà vue ? »

Ma femme avait entrepris de ranger et nettoyer la maison avant même notre mariage. Elle avait quitté la pension de sa marraine en emportant une seule valise, avec un regard plein de peine, car elle pensait ne plus jamais la revoir. Nous passâmes ce jour embrassés, et nous dormîmes embrassés. Quand je me réveillai le lendemain matin, elle avait déjà noué un fichu derrière sa tête et époussetait les étagères auxquelles personne n'avait touché depuis la mort de ma mère. Pendant deux mois, il en fut ainsi tous les jours. Le placard grillagé de la cuisine, où se trouvaient des casseroles couvertes de toiles d'araignée, retrouva l'aspect du bois et on put à nouveau distinguer les casseroles en aluminium des casseroles émaillées ; les monceaux de poussière qui noircissaient les coins de chaque pièce disparurent peu à peu ; la faïence des assiettes accrochées au mur se remit à briller sous la lumière des dimanches ; dans le fond de la penderie, les vêtements de ma mère, couverts de poils de chats qui entraient par le jardin, retrouvèrent leur couleur. Les mois suivants, elle lava, étendit au soleil, recousit le linge plié dans l'armoire de la chambre ou les tiroirs de la commode, où il y avait de vieux nids de rats et des squelettes de rats desséchés ; elle gratta au couteau le sol de la cuisine pour en décoller des croûtes de pain, des arêtes de maquereau, des os d'entrecôte ; elle balaya les plafonds ; elle déboucha les tuyaux ; elle fit tremper les rideaux trois jours avant de les laver dans le petit lavoir ; et elle frotta les murs avec une brosse dure qu'elle plongeait dans un seau presque plein d'eau et de savon. Quand son ventre commença d'être trop lourd : des douleurs dans les reins, les épaules : il ne restait à nettoyer que le grenier. Il fallait dresser une échelle et entrer par la trappe dans le plafond de la chambre. La première fois qu'elle monta, en se tenant bien fort aux montants de l'échelle, les deux bras bien tendus à cause de son ventre, elle ne put poser le pied dans le grenier. Toute sa surface, jusqu'aux poutres, jusqu'aux tuiles, était encombrée d'objets empilés, cassés, inutiles, enfouis sous la poussière. Mais tous les jours, peu à peu, lentement, ma femme, dans le grenier, courbée sous la pente du toit, en transpirant, retirait des chaises auxquelles manquait un pied, des bassines fendues, des cartons, et tout un bric-à-brac qu'elle brûlait au milieu du jardin ou arrangeait en piles que, le jour suivant, j'emportais à un dépôt d'ordures. C'était dans le grenier presque vide que ma femme avait découvert la boîte à chaussures qu'elle me tendait.

Je la posai sur la table. Le visage de ma femme attendait une réaction. Du bout des doigts, j'enlevai le couvercle. Je mis ma main dans la boîte et la retirai pleine de médailles. C'étaient des médailles en cuivre, accrochées à des rubans déteints, enchevêtrés, usés : des langues de chiffon sans couleur. C'étaient des médailles avec des images de petits hommes qui couraient à l'intérieur de cercles en feuilles de laurier, sculptées avec minutie. Au revers, des lettres étaient gravées, qui disaient : marathon, 1re place. Plus tard, je devais en trouver quelques-unes mentionnant une deuxième ou une troisième place. Je n'avais pas de réponse. Je relevai les yeux vers le visage de ma femme, et, sans rien dire, lui fis comprendre que je ne savais pas non plus ce que c'était que ces médailles, ce qu'elles faisaient au grenier. Ce soir-là, au dîner et après le dîner, et quand nous fûmes couchés, nous tentâmes d'inventer des explications à la présence de la boîte remplie de toutes ces médailles : peut-être que, peut-être que, peut-être que. Dans les moments de silence, je tentais de me rappeler quelque chose que ma mère m'aurait dit, quelque chose que j'aurais vu et qui pût m'aider à comprendre. Mais rien dans mes souvenirs ni rien dans nos inventions ne semblait expliquer la présence de cette boîte remplie de victoires dans des marathons.

« Il y a sûrement une explication simple. »

Dans l'obscurité, couché dans mon lit, je décidai que j'irais questionner mon oncle. Il devait savoir quelque chose. Il avait des histoires à raconter. Il y avait sûrement une explication simple. Je m'endormis reposé.

Au matin, je me mis en marche avec la boîte sous le bras. Du temps passa où je sciai des planches seul, où je plantai des clous seul et où je pus penser sans être interrompu. Au milieu de la matinée, mon oncle se présenta à la porte de l'atelier et, de loin, enthousiaste et pourtant sans vouloir parler, il m'appela avec un geste. Quand j'eus posé mes outils, il disparut ; je marchai vite pour le suivre et, en sortant de l'atelier, je le vis entrer dans le cimetière de pianos.

De profil dans l'encadrement de la porte, Marta occupe l'entrée. Maria pose Íris sur le sol du jardin. Dans le matin, dans la lumière, on remarque déjà les points invisibles où la chaleur va croître. Ana et Íris se font plus petites et passent par le mince espace entre Marta et le chambranle. Elles entrent dans la cuisine, cherchent Elisa et Hermes, les cherchent dans le couloir, dans la salle de couture, et, devant le silence, reviennent en se taisant, plus lentement, dans la cuisine. Maria baisse le visage et son visage est peiné ; elle marche vers sa sœur, les deux entrent dans la cuisine.

Ma femme apparaît, dépeignée, en chemise de nuit. Elle s'étonne de voir Maria, mais n'a le temps de rien dire, car Ana et Íris l'entourent, l'attirent à elles et lui donnent des baisers. Quand elles cessent, Maria est assise sur une chaise sans parvenir à pleurer et Marta, debout, est à côté d'elle, la main posée sur son épaule. Ma femme s'approche d'elles. Maria, les mains sur les cuisses, son regard triste sur ses mains, parle d'une voix faible :

« Cette fois, c'est fini. Cette fois, je n'y retourne plus. »

Ma femme et Marta ont déjà entendu ces mots à maintes reprises. Le matin gagne de la force à la fenêtre. Marta essaie de consoler sa sœur en lui caressant l'épaule. C'est ma femme qui lui pose des questions. Maria répond de la même voix faible. Dans un coin, Ana et Íris, seules, poursuivent une conversation qui n'est qu'à elle en un lieu sans personne. Ma femme : son visage inquiet : écoute Maria et continue de lui poser des questions :

« Alors, et les voisins ? »

Maria continue de répondre :

« Ça m'est bien égal, les voisins... Cette fois, c'est fini. Pour de bon. Cette fois, je n'y retourne plus. »

La soupière en faïence qui ornait le centre de la table de la cuisine, c'étaient Maria et sa mère qui l'avaient achetée à la foire qui se tenait pour la fête de la Lumière. C'était l'après-midi, un dimanche, en septembre. Il y avait des années que ma femme achetait des choses pour le trousseau de Maria. A tous ses anniversaires et à tous les Noëls, Maria recevait des cadeaux pour son trousseau : des séries de draps, de serviettes. Parfois, le samedi, en fin de matinée, ma femme rentrait du marché et, parmi ses sacs de feuilles de laitue, de carottes, de poisson aux écailles collées au papier, elle rapportait des casseroles, une chocolatière, des gobelets en aluminium.

Elle faisait ces achats avec l'argent qu'elle économisait. Elle achetait des verres et des couverts, des salières et des poivriers, des huiliers et des vinaigriers, des saucières et des ronds de serviette.

Cet après-midi-là, Marta était déjà mariée et habitait encore la maison près de la menuiserie. C'était la fête de la Lumière, et ma femme et Maria se promenaient à la foire, dans la clarté d'un après-midi de septembre. Elles souriaient, examinaient des objets qu'elles ne comptaient pas acheter et demandaient :

« C'est combien ? »

Elles parcoururent l'allée des chaussures et des vêtements pour observer les modes nouvelles. Maria portait un sac en bandoulière. Ma femme, un sac en similicuir à son bras. Elles s'arrêtèrent à côté d'un manège pour acheter des beignets, et, tandis qu'elles mangeaient, avec de la graisse et du sucre qui leur entouraient la bouche, elles regardaient les enfants s'amuser et écoutaient la musique stridente que les haut-parleurs distordaient.

Elles passèrent devant des marchands de chaises et de paniers d'osier. Ma femme saisit une cuiller en bois et demanda :

« C'est combien ? »

Puis elles arrivèrent à un éventaire qui proposait toutes sortes d'objets en faïence. Il y avait des chiens dalmatiens en faïence, aux taches peintes, assis, avec des yeux tendres. On avait envie de caresser leur tête froide en céramique. Il y avait une fontaine en faïence avec des lumières de différentes couleurs et un mécanisme qui faisait couler de l'eau en permanence. Il y avait des assiettes à accrocher au mur pour décorer les pièces et des assiettes pour manger. Il y avait des plats. Et il y avait des soupières.

Le regard de Maria fut aussitôt attiré par cette soupière. Elle souleva le couvercle pour voir à l'intérieur et pour tenir la louche en faïence, qui avait un manche sculpté de fleurs. La poignée du couvercle avait la forme de trois roses à pétales de céramique. Les poignées de la soupière étaient aussi en forme de roses. En plusieurs endroits de la soupière et du plat sur lequel elle était posée, de petites roses et des roses en bouton étaient sculptées et peintes avec minutie.

Maria regarda ma femme comme si elle n'avait pas le courage de demander. Ma femme la regarda, se tourna vers le marchand et demanda :

« C'est combien ? »

Puis elle lui demanda s'il voulait bien baisser le prix, il dit qu'il ne pouvait pas, elle insista davantage, il finit par le baisser et elle tira son porte-monnaie de son sac.

L'homme prit un moment pour emballer chaque partie de la soupière dans du papier journal, tout en disant :

« Vous faites une affaire. »

Les réverbères s'allumaient déjà, mais ce n'était pas encore le soir. La fin de l'après-midi était le ciel qui assombrissait son bleu. Le marchand prenait plaisir à emballer le plat servant de socle à la soupière dans une feuille de journal, puis dans un sac en plastique. Il prenait plaisir à répéter des phrases qu'il avait déjà dites mille fois. Ma fille souriait, ma femme répondait par des paroles ordinaires dont elle avait l'expérience.

C'était cette soupière que le mari de Maria avait saisie à deux mains, en soulevant le plat jusqu'à hauteur de sa poitrine, puis jetée sur le sol, jetée de toutes ses forces, dans un instant de silence absolu. Les morceaux de la soupière s'étaient éparpillés, inutiles, sur toute l'étendue du sol de la cuisine ; éparpillés aussi les boutons, les épingles, les bouts de crayon, les fragments de jouets et tous les objets sans usage que l'on gardait à l'intérieur.

J'entrai dans le cimetière de pianos. Je marchai dans la poussière pour rejoindre mon oncle, au fond, incliné par-dessus un petit piano droit, regardant quelque chose qui se trouvait de l'autre côté. Je m'approchai, et il tourna vers moi son œil gauche plein d'enthousiasme, en me désignant ce qu'il observait un instant plus tôt. A l'intérieur d'un quart-de-queue sans couvercle et sans pieds, posé là sur le sol, une chienne était allongée, avec un regard résigné et tendre et quatre chiots qui venaient de naître.

« Ils sont nés cette nuit », dit mon oncle à voix basse.

Sur le mécanisme du piano : ses cordes tendues : il y avait un vieux manteau déchiré, entortillé, couvert de poils de chien. Et, sur ce manteau, le corps de la chienne entourée de ses petits. Ils n'étaient pas plus gros que des rats, ils avaient les yeux fermés, collés, les oreilles courtes, et ils bougeaient lentement, sans savoir où ils allaient. Ils faisaient un bruit constant de petits geignements très fins. Ils ouvraient la bouche, tendaient leurs langues minuscules. Ils ouvraient la bouche et, parfois, se pendaient aux gros tétins de leur mère. Quand ils s'éloignaient d'elle : en roulant ou en chancelant sur leurs petites pattes : la chienne les saisissait avec sa gueule et les ramenait près d'elle.

Avec un sourire, mon oncle observait la chienne et ses chiots. Quand quelque chose se passait, quand elle en choisissait un et se mettait à le lécher, mon oncle souriait d'un sourire plus large. En retournant vers l'atelier, nous n'eûmes rien à nous dire. Nous n'eûmes que des pensées.

Penché sur mon établi, je continuai de travailler et c'est seulement après que je me rappelai. J'interrompis une histoire que mon oncle racontait et n'écoutait pas lui-même, j'ouvris la boîte à chaussures et le priai de s'approcher. Je n'eus pas besoin de lui poser de questions. Etonné et soudain triste, il prit dans ses mains quelques-unes des médailles.

Ce matin-là, je sus que mon père était mort loin de ma mère, d'épuisement, le jour même où j'étais né.

A entendre mon oncle, en somme, mon père m'était encore plus inconnu. Il ressuscitait dans des mots que la lumière traversait, et l'odeur du bois, et tout ce que j'ignorais sur moi-même.

Après avoir passé des journées à fabriquer des portes et des fenêtres, et des bancs, et des tables, et à rêver de pianos, mon père fermait la menuiserie et courait par les rues de Lisbonne, contre les rues de Lisbonne, il courait et déchirait les rues de Lisbonne. Ensuite, il prenait part aux courses du dimanche. Il prenait un train à la gare Santa Apolônia, et voyageait seul, en seconde classe, dans les environs de la capitale, ou bien courait à un rythme serein vers tel ou tel de ses quartiers. Les jours de marathon, quand mon père arrivait, les autres concurrents le regardaient de loin. Dans leurs regards, il pouvait y avoir de la crainte ou du dédain ; en vérité, il y avait de la crainte et, pour cette raison, ils feignaient le dédain. Mon père les ignorait, il ne vivait que dans sa propre lumière. Avant le début de la course, on l'appelait par son nom. Quand il passait, les gens disaient :

« Regardez, c'est Lázaro. »

Quand il se mettait à courir, les gens criaient :

« Allez, Lázaro ! »

Comme s'il les entendait, il courait les kilomètres qui se marquaient sur son visage. Près du but, des coureurs le suivaient qui, dans leurs derniers efforts, pouvaient le saisir par sa chemisette, pouvaient lui donner des coups dans le dos, pouvaient même le renverser, mais il arrivait toujours le premier, et, boîtant quelquefois, ou avec les paumes des mains écorchées, ou avec des fils de sang qui lui coulaient des genoux, il était glorieux et infini. Quand il recevait sa médaille, il baissait la tête. Les gens l'applaudissaient, l'admiraient et disaient son nom. Jamais on n'oubliait son nom.

Vint le jour où mon père courut parmi les meilleurs du monde. Il avait pris le bateau pour Stockholm, et tout ce qui l'environnait était nouveau. La mer était comme il imaginait la mort ou l'amour total. Mon père avait beaucoup d'espoir. Ce jour-là, il courut par les rues, contre les rues, jusqu'au moment où il commença de perdre des places, d'être distancé, de courir sans ordre, les bras et les jambes confus. Il tomba au bout de trente kilomètres. Des gens l'entourèrent, qui ne le connaissaient pas. On l'emmena à l'hôpital. Et il mourut. Il cessa de respirer et de penser. Mais sans cesser d'être mon père.

Ce fut le jour où je naquis.

Mon oncle me dit qu'à l'annonce de la nouvelle il y eut des gens pour croire qu'il avait trouvé la mort en la fuyant, et d'autres pour croire qu'il avait fui la mort en la cherchant.

Je ne comprenais pas pour quelle raison ma mère ne m'avait jamais raconté tout cela : au long des années, des étés, des hivers, toutes les fois où nous étions assis à la table de la cuisine, à manger des moitiés de gâteau et à boire du thé, toutes les fois où je m'étais assis par terre dans le jardin pendant qu'elle lavait le linge dans le petit lavoir, où nous étions assis près de la cheminée, ou sur les marches du jardin : je ne comprenais pas d'où j'étais né. Cette noire ignorance s'était répandue à l'intérieur de mes années, elle avait avancé, couru, jusqu'à me toucher là, en cet instant, immobile devant mon oncle et devant cette boîte pleine de médailles.

La lumière, l'odeur du bois et mon oncle, presque sans voix, sa voix presque comme un souffle, qui soudain me parla de ma tante :

« C'est elle qui pourrait t'en dire plus. »

Quand ma mère me parlait de mes tantes, c'étaient des paroles légères dans sa voix, des paroles comme des brises. Outre son frère, mon oncle, mon père avait eu deux sœurs. La cadette était morte de manière tragique, si tragique et si sombre qu'on n'osait pas en parler, que le seul fait d'y penser exigeait qu'on baissât les yeux et qu'on soulignât le silence, comme si sa mort était la faute de tous. L'aînée n'habitait pas Lisbonne. Quand mes tantes m'avaient connu, j'étais encore tout petit, je venais à peine de naître. Depuis la mort de la cadette, l'aînée n'était jamais revenue à Lisbonne.

Mon oncle, comme dans un souffle, me parla soudain de ma tante. M'expliqua qu'elle avait gardé des coupures de journaux. Qu'elle se souvenait de tout.

Et à partir de ce moment : tandis que je mesurais des planches, que mon oncle vernissait des portes et racontait des histoires sans fin : la seule chose à laquelle je parvenais à penser était que je devais, qu'il me fallait me rendre chez ma tante, pour lui parler et l'écouter.

C'est Simão qui a commencé ce jeu, Simão qui l'a inventé. Marta vivait encore à Benfica. Elisa était petite. Simão ouvrait les bras et lui disait :

« Serre-moi aussi fort que tu m'aimes ! »

Elisa souriait des yeux, puis se mettait à courir et allait à l'autre bout de la pièce, les bras ouverts, loin de Simão. Alors, il faisait semblant de pleurer, avec des pleurs feints d'enfant, et il faisait semblant de se frotter les yeux. Quand Elisa jugeait qu'il avait assez pleuré, elle allait se jeter dans ses bras et le serrait de toutes ses forces. Simão sentait la petite poitrine d'Elisa contre la sienne, et elle le serrait en faisant un bruit d'effort avec sa gorge. Enfin, elle s'arrêtait et Simão lui donnait des baisers bruyants sur les joues.

Je savais que Simão rendait visite à Maria. Je n'en parlais pas, mais je le savais. Et qu'il jouait au même jeu avec Ana. Et Francisco s'est mis à y jouer avec Hermes, et ensuite avec Íris. Quand Francisco entre chez Maria, il cherche Íris, ouvre les bras, et lui dit :

« Serre-moi aussi fort que tu m'aimes ! »

Dans la cuisine, après le déjeuner, Maria reste assise à table. Elle a le regard perdu. Parfois, elle sursaute à l'intérieur, car elle croit que le téléphone va sonner. Elle croit que son mari va l'appeler pour demander pardon, pour la faire revenir : je t'en prie, rentre à la maison, je t'en prie. D'autres fois, elle lève le visage et regarde de tous côtés, car elle croit que le téléphone a sonné. Mais en voyant sa sœur indifférente, qui passe des plats sous le robinet, en voyant que sa mère continue de ranger les restes du déjeuner dans le four, le regard de Maria se perd et elle retourne à ses pensées tristes.

Dans le couloir, l'après-midi commence à passer sur les choses. Nul n'est là pour les voir ou les entendre ; aussi leur silence n'est-il pas réel. Peut-être un grain de poussière est-il tombé sur la table en dessous du miroir. Peut-être le miroir ne reflète-t-il rien. Peut-être le temps s'est-il arrêté.

Dans la salle de couture, à quatre pattes sur la moquette, Íris, avec sa main bandée, saisit par la taille une poupée maigre. Ses doigts lui entourent la taille. Elle incline la poupée d'un côté, puis de l'autre, les deux petits pieds en plastique touchent le sol en alternance : tic, tic, tic. En se dandinant, la poupée avance sur le motif de la moquette.

Assis à l'autre bout, recroquevillé par terre, Hermes saisit une petite voiture de pompiers.

La voix d'Íris, petite, fine : voix d'enfant imitant une voix d'enfant : la voix de la poupée :

« Bonjour, voisin ! Qu'est-ce que vous faites ? »

La voiture de pompiers, dans la main d'Hermes, a la voix la plus grosse qu'il parvient à se donner :

« Bonjour. Je me repose. Je viens d'éteindre un incendie.

— Ah ? C'est bien, un incendie... Et où est votre maman ?

— Maman est à son travail. Elle doit rentrer à dix heures.

— A son travail ? Mais elle m'a dit qu'elle rentrait à trente-deux heures. »

Hermes ouvre de grands yeux, il ouvre grande la bouche et fait semblant d'être étonné, choqué.

« A trente-deux heures ?

— Ah, non. Excusez-moi, monsieur. Ma maman rentre à soixante-quarante heures. »

Comme abasourdi, Hermes ouvre encore plus grands les yeux et la bouche. Du fond de sa surprise, il dit :

« A soixante-quarante heures ? »

Pendant un instant, Íris ne dit rien. Elle attend. Ses épaules menues tremblent de rire. Ana et Elisa savent qu'elles sont plus grandes et poursuivent leur conversation, assises sur de petites chaises, sous la clarté de la fenêtre. Hermes se lève, tire sa sœur par le bras :

« Elle m'a dit que sa mère rentre à soixante-quarante heures... »

Íris rit toute seule. Ana et Elisa la regardent et sourient. Ana dit :

« Oh... »

Íris, riant toujours, dit :

« Elle rentre à mille heures ! »

Ana se met à rire aussi, puis regarde vers Elisa et se tapote la tempe avec l'index. La porte s'ouvre soudain et ma femme, sans entrer, appelle Íris pour la sieste. Hermes se fâche. Il veut que sa cousine continue à jouer avec lui. Ma femme le gronde, et il va se mettre à pleurer, il est tout près de pleurer, puis il prend sa voiture de pompiers et la jette de toutes ses forces par terre.

Íris a presque trois ans. Elle s'approche de lui, met un doigt sur ses lèvres et, très sérieuse, pour que lui seul l'entende, elle lui dit :

« Ne pleure pas. Je vais faire la sieste avec grand-mère, mais je reviens hier. Tu es content ? Je serai là à soixante-quarante heures. »

Et elle lui fait un baiser sur la joue.

Ma femme parlait du bébé et des coups de pied qu'il donnait entre le cinquième et le septième mois :

« Il y avait des nuits où je ne pouvais pas dormir. »

Mais voilà que depuis un mois il restait absolument tranquille.

« Je finis par être angoissée. »

Moi, cependant, je ne pensais qu'aux paroles de mon oncle. Je pensais à ma tante aînée, à tout ce que ses yeux avaient vu. Je pensais à ma tante cadette, morte, et à tout ce que ses yeux avaient oublié. Je pensais à mon père et à tout ce que j'ignorais de lui. Je pensais à mon père, à mon oncle, à mes tantes, vivants et ensemble dans une même pièce, sans savoir qu'un jour adviendrait le futur.

A Pâques, nous allions toujours pique-niquer à Monsanto. A la maison, ma femme faisait frire des cubes de viande et remplissait une boîte avec du riz. Elle emportait des pommes de terre cuites. Elle emportait des tomates et des feuilles de laitue pour faire une salade. J'arrangeais tout cela dans la camionnette, avec une bouteille d'eau gazeuse, une autre d'orangeade et un carafon de vin, et je plaçais les couvertures par-dessus.

Avec patience, nous nous casions tous à l'intérieur. Marta était encore mince et se mettait sur les genoux de Maria. Ensuite, c'était ma femme qui montait et se serrait entre Simão et Francisco. Ensuite, moi, qui conduisais les coudes près du corps. Au bout de quelques années, Simão prenait la bicyclette qu'il s'était achetée avec l'argent qu'il gagnait en travaillant pour l'artisan maçon. Il partait avant nous et nous le dépassions en chemin. En le voyant de dos, ma femme s'attristait, car elle pensait qu'en n'ayant qu'un œil Simão risquait davantage de tomber et de se rompre le cou. Quand nous le dépassions, nos filles, l'une sur les genoux de l'autre, se penchaient à la fenêtre ouverte et agitaient les bras en criant.

Nous emportions toujours la corde dont je me servais pour porter des châssis de portes et de fenêtres et tout ce que je livrais. En arrivant, je l'attachais à la branche la plus forte d'un arbre, toujours le même, et j'improvisais une balançoire. Ma femme étendait les couvertures sur le sol. Nous mangions des cubes de viande dans des assiettes émaillées à motif de fleurs, et nous étions ensemble. Il y avait un instant où, tous en même temps, nous accordions du prix à être ensemble.

Quand nous avions fini de manger, nos enfants se dispersaient. Simão était toujours le premier à se lever. Marta s'occupait toujours de Francisco. Presque toujours, Maria se cachait pour lire des romans d'amour. Je m'allongeais sur une couverture, sous un pin. Je fermais les yeux. Ma femme, après avoir rangé assiettes et couverts, venait s'asseoir près de moi, en tendant le cou pour voir les enfants.

Un de ces après-midi, je m'étais endormi quand je fus réveillé par une plainte stridente. Maria s'approchait en poussant la bicyclette de Simão. Elle pleurait. Les oiseaux dans les arbres se turent. Marta cessa de pousser Francisco sur la balançoire. Ma femme se leva :

« Eh bien, demanda-t-elle, qu'est-ce qui s'est passé ? »

Maria ne cessait pas de pleurer. De plus près, on voyait qu'elle avait le visage et le bras éraflés. Elle s'approcha, lentement, car elle avait peur. J'étais assis sous le pin et je lui demandai d'une voix forte :

« Comment es-tu tombée ? »

Elle trembla sous ma voix.

« Simão ne m'a pas dit que sa bicyclette n'avait pas de freins... »

Je me levai brusquement. J'arrachai une branche de pin au-dessus de moi et je me mis à sa recherche.

Peu de lumière sur les visages. Il était plus tôt que mon heure ordinaire pour m'asseoir dans la cuisine, mais j'étais déjà assis et je buvais du café. Ma femme, tout en s'affairant, tenait son ventre à deux mains, me regardait et comprenait. Ensuite, dans les rues, c'était encore la pénombre de l'aube. Il faisait plus froid qu'à l'heure ordinaire où je partais pour l'atelier, mais je marchais à grands pas, et je pensais, et ne remarquais rien. Sur les trottoirs, il y avait des gens vagues, distants, qui allaient leur chemin. Quand j'arrivai à la gare, quand j'achetai mon billet, quand j'attendis le train et y montai, quand je m'assis pour regarder le paysage filant à la fenêtre, je ne cessai d'imaginer tout ce que je ne savais pas.

Vint le moment concret et véritable où je me trouvai immobile devant la maison de ma tante : l'adresse inscrite par mon oncle sur un morceau de papier et, sur un autre papier, parmi de vieilles enveloppes, dans le tiroir où vieillissaient tous les documents de ma mère, les restes écrits de sa vie. Je poussai la grille de fer, j'entrai et m'arrêtai devant la porte : moment concret, véritable : et je frappai trois fois. J'attendis. Les oiseaux posés sur les fils électriques. J'attendis. Et frappai de nouveau trois fois. La porte me fut ouverte par une femme chétive, avec des yeux effrayés. Je sus plus tard que c'était ma cousine.

Je lui dis mon nom, qui j'étais. Elle s'écarta pour me faire entrer. Nous avançâmes dans un couloir qui s'obscurcissait. Un miroir était accroché au mur, au-dessus d'une table. Depuis longtemps, il ne reflétait que des ombres. En nous approchant du bout du couloir, une odeur répugnante devenait de plus en plus forte. C'était une odeur qui venait des murs, du sol, du plafond ; elle était dans tous les objets, car elle emplissait l'air et le rendait solide. Quand nous entrâmes dans la chambre, ma cousine s'abstint de briser le silence, s'arrêta et me regarda. Ma tante était assise sur le lit. Son corps était énorme, énorme. Elle était appuyée à des coussins. Les draps, entortillés au bout du lit. Elle me souriait avec quatre ou cinq dents, gâtées et recouvertes d'une pâte d'aliments. Sur ses joues rondes en chair bouffie se ramifiaient de fins réseaux de veines. Ses yeux brillaient. Son ventre était un volume lourd, haut, renflé, qui débordait sur les côtés. Il continuait sa poitrine. Ses jambes épaisses, écartées, n'avaient pas la forme de jambes ; en haut, deux cuisses géantes et collées l'une contre l'autre. Ses bras étaient deux arcs de chair, gros aux épaules, gros aux poignets, terminés par deux grosses mains, terminées par les pointes fines de ses doigts.

J'allais me présenter quand sa voix irrégulière, faible et forte, m'interrompit :

« Je le sais bien, qui tu es. »

Et elle me tendit les bras. Je m'avançai sur le tapis. Je me penchai à contrecœur et approchai mon visage du sien. Quand je l'embrassai sur les joues, je sentis ses bras me saisir. Elle me serra contre sa joue rugueuse et tiède, ses cheveux durs et dépeignés. L'odeur qui emplissait la chambre, qui naissait des plis de sa peau, était un mélange de nourriture chaude : de soupe : et de sueur. Elle était un corps étendu depuis des années sur les mêmes draps : une tache brune autour de ce corps. Dans une chemise de nuit gigantesque : des mètres et des mètres de fin tissu : couverte de taches au-dessous du menton : d'huile, de graisse, de sauce. Quand ses bras me lâchèrent enfin, je fis deux pas en arrière en gardant le même visage.

Ses yeux brillaient. Je répondis à ses questions. Je lui annonçai que dans quelques semaines naîtrait mon premier enfant. Son sourire s'élargit sur son visage. Elle me félicita, me dit que ce serait une fille. Elle était tout à fait certaine que ce serait une fille. Ensuite, je lui parlai de la menuiserie et de Benfica. Immobile, elle regardait l'espace vide devant elle comme si, dans l'air invisible, elle pouvait voir les images de ce que je lui décrivais. Au bout d'un moment, ce fut elle qui me parla de la menuiserie et de Benfica. Du temps où elle était enfant, où elle allait porter son repas à son père, entrait dans la menuiserie et s'asseyait à son côté dans le cimetière de pianos. Et jeune fille, ensuite, quand elle s'appuyait au rebord de la fenêtre et, tandis que les gens rentraient de leur travail, elle attendait son amoureux. Après quoi, elle avait vécu près de la menuiserie : elle était mariée alors, sa première fille était née : la femme avec nous dans la pièce, qui baissait les yeux vers le sol, peut-être parce qu'elle avait entendu ces histoires à maintes reprises. Elle s'appelait Elisa.

Je profitai d'un instant de silence pour aborder le sujet de mon père. L'expression de ma tante resta inaltérée. Le temps. Je lui contai que, depuis quelques jours à peine, je savais que mon père était coureur de marathon. Elle ne s'en étonna pas, continua de m'écouter et, quand j'eus achevé, se tourna vers ma cousine et lui dit d'un ton naturel :

« Elisa, va me chercher le tiroir de l'armoire du salon. »

Ensemble, nous attendîmes que s'éloignent les pas de ma cousine, le bruit du tiroir qui s'ouvrait dans une autre pièce, le temps. Et le regard de ma tante fixé sur moi. Et mon regard qui ne savait où se poser : la montagne d'assiettes sales sur la table de chevet, le bassin hygiénique sur un siège, les mouches dont le vol dessinait des angles au-dessus du lit. Ma cousine revint dans la chambre, tenant le tiroir entre ses mains et sa poitrine. Elle passa devant moi. C'était un tiroir empli de papiers. Elle le posa sur le ventre de ma tante. Celle-ci en souleva des feuillets noircis d'écriture, des cartes postales, puis une liasse de papiers pliés, attachés ensemble par une ficelle. Elle tira longuement sur les bouts de la ficelle. Puis me tendit une coupure de journal jaunie. Je m'approchai du lit, pris la coupure à deux mains et commençai de lire.

Mon père. Mort trop tôt et trop loin. Mort épuisé le jour de ma naissance. Le temps. Quand je lui rendis la coupure, ma tante m'examinait. Après un moment d'attente, elle m'en montra plusieurs autres. D'avant le jour de ma naissance : elles racontaient des courses dont mon père sortait vainqueur. Vainqueur, comme il se devait. En grande forme, en ces temps-là. Un exemple pour tous les aspirants marathoniens. Ma tante replia les coupures en respectant les plis, les rangea et, ce faisant, se mit à parler de mon père. Son visage voulut dessiner un sourire, un sourire qui n'advint pas et qui resta en équilibre entre l'inexistence et la presque-existence. Et dans sa voix, mon père était humain et revivait, c'était un homme, ou un garçon. Il me dépassait parfois dans la rue, et je pouvais le remarquer, le regarder, imaginer quelles étaient ses forces et ses faiblesses. Puis, le silence. La lumière qui traversait les rideaux tachés d'humidité. Les ongles de ma tante qui grattaient le fond du tiroir. Elle tint devant elle une photographie. Elle la regarda un moment, lui souriant comme on sourit à une personne, et me la tendit. Je reçus la photographie dans la paume de ma main : son poids. Et je ne sais quel âge j'eus au moment où je vis pour la première fois le visage de mon père :

Le temps. Je tenais l'image de son visage qui me regardait, et, durant des élans qui me piquaient la peau comme des aiguilles, je croyais qu'il pouvait me voir. Mon père mort était plus jeune que moi, et me regardait. Durant des élans, peau, aiguilles, je ne savais si c'était moi qui regardais mon père en un temps mort ou si c'était mon père, vivant, qui regardait et, pour la première fois, me voyait.

Ma tante insista pour me donner la photographie. Je refusai et voulus la lui rendre. Elle insista davantage. C'était comme si la photo me brûlait les doigts. Je tentai de prendre sa main pour l'y remettre, mais elle s'écartait avec des gestes brusques. Lentement, je reposai la photo dans le tiroir. Sur les lettres et les papiers, mon père continuait à me regarder.

Du bout des doigts, ma tante choisit parmi les feuillets et les enveloppes et prit une autre photo. En la voyant, son visage s'attrista. Elle se rappelait cette histoire trop triste pour être racontée. Elle me tendit la photo : sa sœur défunte, me dit-elle, mon autre tante.

Je la lui rendis. Elle la prit et la remit dans le tiroir sans la regarder de nouveau. Son silence était vrai.

Quand je voulus prendre congé, ma tante me demanda de rester un peu plus longtemps. Je dis que je devais partir. Alors, elle prononça deux petits mots parmi d'autres : ce lit. Et ces mots furent perpétuels. Ma cousine Elisa ne dit rien, mais leva la tête. Je laissai ma tante rester le centre de cette chambre et je partis, en pensant que plus jamais je ne la reverrais. A la porte, je dis au revoir à ma cousine avec un regard profond dans ses yeux effrayés et je pensai que plus jamais je ne la reverrais. Et plus jamais je ne les ai revues.

Je marchai jusqu'à la gare. Durant tout le voyage et, plus tard, durant toutes les rues qui me reconduisaient chez moi, je me rappelai mon père : la forme de son visage, ce que son visage pensait : et je me rappelai ma tante : couchée, sans rien attendre : et je me rappelai ma cousine qui prenait soin de sa mère : effrayée seule, sans rien attendre.

Je rentrai chez moi et y trouvai des voisines qui allaient de côté et d'autre. Ma femme était sur le point d'accoucher. J'écartai des chaises et poussai des veuves, et j'entrai dans notre chambre. Ma femme cessa de se tordre sur le lit. Le visage inondé de sueur, comme s'il reflétait un brasier, elle me regarda et me sourit exactement comme je lui souriais.

Les samedis, le soir tarde plus à tomber. Le mari de Marta entre dans la maison. C'est le commencement du soir. Il s'assied à sa place à table, se prend la tête entre les mains et les mouvements de Marta s'accélèrent. Ma femme lui dit bonsoir d'une voix éteinte. Maria ne bouge pas.

Aussi vite qu'elle le peut, un pied alternant avec l'autre en toute hâte et son corps voltigeant lentement, Marta compte les assiettes et commence à mettre la table. Assise, Maria est sa propre forme en pierre et pense que son mari va profiter de l'heure du dîner pour téléphoner, lui demander de rentrer, lui dire qu'elle lui manque. Ma femme est penchée sur le fourneau. Je connais son visage. Le mari de Marta, assis à table, est trop lointain, il n'a laissé parmi les autres que son corps et son silence. Par la porte du couloir, Marta crie aux enfants de venir manger.

Ma femme s'éloigne du fourneau, tenant un poêlon qu'elle pose au milieu de la table. Lentement, le mari de Marta remplit son assiette et commence à manger. Il existe dans la pièce un calendrier sur le mur, une coupe à fruits avec des pêches trop mûres, une lampe allumée au plafond. Marta s'impatiente, car les enfants n'arrivent pas. Ma femme remplit l'assiette de Maria et, sans mot, l'encourage à manger. Marta va appeler les enfants dans la salle de couture.

Quand elle ouvre la porte, tous les quatre sont assis sur le tapis. Íris parle à sa sœur :

« Maintenant, tu aurais grandi et tu serais une dame », dit-elle.

Marta, les joues rouges, élève la voix, mais seule Elisa la regarde. Marta ordonne qu'on range les jouets et qu'on vienne manger tout de suite. En se tournant vers Hermes, elle dit :

« Dépêche-toi ! Ton père a déjà commencé. »

L'air de ronchonner encore, Marta regagne la cuisine. Ma femme pose le pain sur la table. Dans la pièce, un silence de petits sons qui existe, et l'âge qui existe, et la lumière qui existe. Les enfants n'arrivent pas, et Marta demande à sa mère d'aller les chercher.

Ma femme entre à son tour dans la salle de couture. Puis elle tourne autour de ses petits-enfants et les prend un par un sous les bras. Íris proteste, sourcils froncés. Ma femme les presse encore. Ils avancent dans le couloir, Elisa marchant la première. Derrière les autres, Íris traîne, poussée dans le dos par ma femme. Ils entrent dans la cuisine. Le mari de Marta a fini, il est ressorti. Maria n'a pas encore touché à ses couverts.

C'était presque la fin de l'été, Marta n'avait que quelques mois. Ma femme lui donnait le sein. Marta fermait les yeux, elle était innocente. J'étais à l'autre bout de la cuisine, à les regarder. C'était presque la fin de l'été, et je vivais, vivais si fort, j'étais complètement vivant, mais mon cœur était séparé de moi, mon cœur donnait le sein, il était innocent, à l'autre bout de la cuisine.

Maria prononce deux phrases. En renonçant à attendre le coup de téléphone de son mari, ses bras ont cessé de lui peser et elle a pu enfin respirer. En son for intérieur, elle se répète sa certitude que son mari téléphonera demain. Ou peut-être choisira-t-il le moment où elle arrivera à son travail, veut-il lui demander pardon face à face, la regarder dans les yeux pour lui montrer qu'il est sincère. Maria s'en convainc et, plus légère, sans la contrainte d'attendre, elle prononce deux phrases.

Marta s'approche et lui répond, et ma femme lève la tête. Il est l'heure. Toutes trois se dirigent vers la salle de couture. Elles n'ont pas le temps de penser, mais une sérénité s'est posée sur leur visage. Ce n'est pas la même sérénité dans l'expression de chacune, mais elle est authentique pour toutes les trois : la même vérité dans des illusions différentes. Elles entrent dans la pièce. Quand les enfants les voient, ils savent déjà que c'est l'heure de dormir. La fin du samedi est un sentiment tiède que les enfants savent accepter.

Elisa est la première à se lever de la moquette. Sans phrases ou mots criés, Ana, et Íris, et Hermes se lèvent à leur tour. Ils sortent derrière ma femme. Sur le sol de la chambre, entre les deux lits, ma femme arrangera une couche de fortune avec des couvertures pliées et des draps pour qu'Hermes puisse dormir. Ana et Íris dormiront ensemble dans son lit à lui.

Marta et Maria, les deux sœurs, ramassent les jouets éparpillés dans la salle de couture. Elles rangent les derniers restes du jour. Marta se baisse avec difficulté, pose sa main gauche sur son genou et tend son autre main en un arc vers le sol. Des couvertures sont empilées sur le siège devant la machine à coudre. Ce sont ces couvertures, pliées, que mes filles étendront comme des matelas. Au-dessus des couvertures, des draps pliés et des coussins. Quand elles auront terminé les lits, Marta s'en ira dans sa chambre et se préparera à dormir. Son mari ne sera pas rentré, mais Marta saura que c'est samedi et que ce n'est pas la peine de l'attendre. Elle pensera à d'autres choses. Dans la salle de couture, la tête sur les coussins, le corps couvert par les draps, Maria et sa mère continueront à respirer : le silence, l'obscurité et leurs respirations. Ma femme pensera à Francisco. Maria pensera à son mari et elle aura la certitude que demain il viendra lui demander pardon, qu'il viendra lui dire je t'en prie, je t'en prie, rentre à la maison. Ma femme s'endormira au bout de quelques minutes. Maria s'endormira plus tard. Sur le sol obscurci de la salle de couture, elle ne saura pas distinguer s'il s'est passé des instants ou des heures depuis qu'elle s'est étendue.

J'étais couché dans ma chambre, sans dormir et sans veiller. J'étais couché dans ma chambre : fenêtres fermées, obscurité. J'avais les draps sur la tête, mais je ne les sentais pas. Je ne respirais que l'odeur pourrie de la maladie. J'existais dans un monde fait de douleur sans espoir : douleur constante d'os pliés, d'os séparés de la chair ; et nul espoir qu'un jour je remarcherais dans les rues, insoucieux, léger, inconscient. Ma femme, sans ombre, se déplaçait dans la cuisine ; elle faisait bouillir de l'eau quand elle ne savait que faire.

Je retenais ma voix en moi, je la capturais dans ma douleur noire. Je trompais tout mon corps. Je résistais à des douleurs fortes comme la mort avant de crier. J'appelais le nom de ma femme. C'était le matin ou l'après-midi. Des morceaux de ma voix traversaient la porte de la chambre, tombaient sur le sol du couloir et quelques-uns parvenaient à la cuisine. Maria passait les journées avec ma femme. Toutes deux entraient dans la chambre. Pendue au milieu du plafond, la lampe allumait sa lumière jaune : les filaments incandescents, le dessin d'un cœur de braise. Les premiers mois, ma femme essayait de suivre les horaires de médication. Mais plus tard, en silence, le docteur lui avait dit qu'elle pouvait me donner mes médicaments quand je les demandais, ils ne me feraient pas de mal.

Maria rentrait chez elle quand Francisco revenait de l'atelier. Elle s'en allait par les rues, tenant d'une main Ana qui marchait à petits pas courts et de l'autre main un panier qui contenait un dîner déjà prêt. Le matin et l'après-midi se dissipaient le long de son chemin, mais jamais ne disparaissaient, non, jamais ne disparaissaient. A chaque moment, le poids d'une main fermée lui pressait le cœur. Même quand elle pensait à autre chose, même quand elle oubliait presque, il y avait toujours le poids d'une main fermée qui lui pressait le cœur.

Ce fut par une de ces fins d'après-midi. Le soir commençait à tomber. Maria entra chez elle et lâcha la main d'Ana. Son mari était rentré, il était appuyé à l'évier, et, quand Ana s'approcha en courant, il ne se baissa pas pour l'embrasser, pour lui sourire, lui parler avec la voix qu'on a pour parler aux enfants. Maria entra dans la cuisine, elle lui dit une syllabe, mais il ne lui répondit pas, ne la regarda même pas, ne lui demanda pas de mes nouvelles. Ils restèrent en silence. Maria prit dans le panier qu'elle apportait une casserole : le couvercle était attaché avec une ficelle. Son mari, lui, restait appuyé à l'évier, enfermé dans des pensées impossibles qui lui couvraient le visage. Ana posa la poupée qu'elle tenait dans ses bras et s'assit au pied d'une chaise. Le temps semblait pareil à celui d'autres jours.

Coupant le temps, le mari de Maria traversa la cuisine et lui donna un coup avec son coude.

« Tu m'as fait mal...

— Est-ce que je l'ai fait exprès ? » répliqua-t-il d'un ton hargneux.

Maria allait lui répondre sur le même ton, mais lui, qui était plus petit, se planta devant elle en levant le menton, lèvres serrées, regard en feu. Après un silence, Maria s'attrista et dit :

« Tu ne m'aimes plus. »

Le mari répéta cette phrase plusieurs fois, pour la tourner en ridicule, jusqu'à ce qu'elle ne fût plus que des mots assemblés, mais plus une phrase. Elle continua de le regarder avec la même tristesse. Il éleva plus fort la voix :

« Ne me regarde pas comme ça ! Je sais d'où elles te viennent, ces idées... »

Et, comme s'il bredouillait, nerveux, comme s'il s'arrêtait au milieu de ce qu'il disait, mais ne voulait renoncer à poursuivre, il prit Maria par le poignet, il lui serra fort le poignet et se mit à parler comme pour lui-même, en phrases qu'il interrompait, et reprenait, et continuait, et interrompait.

Il tira Maria par le. Poignet, l'entraîna par le couloir et ils entrèrent dans la chambre où ils dormaient toutes. Les nuits et montra. Du doigt l'étagère remplie des romans. D'amour que Maria. Gardait depuis l'adolescence. Et qu'elle rangeait par. Ordre alphabétique, et de toutes les histoires. Qu'elle connaissait par cœur et qu'elle aurait pu raconter. Avec tous les détails et. Il agita le doigt vers l'étagère pleine et. Propre et sans poussière. Et dit :

« La faute. C'est la faute à. Toutes ces conneries. Oui, c'est la faute. A toutes ces conneries. »

Et, nerveux. S'embrouillant dans les. Mots. Et comme s'il. Bredouillait. Il lança son bras vers l'étagère et fit tomber. Tous les romans d'amour sur. Le couvre-lit et comme. S'il était fou, comme s'il était. Fou. Il se mit à les déchirer avec. Les deux mains tout en répétant :

« Toutes ces conneries. La faute à toutes. Ces conneries. »

Sur le lit, une montagne de pages déchirées, de couvertures déchirées, de titres : rêves de, passion mariage au, printemps les flammes du cœur plus, fort que les préjugés victoire, du destin amoureuse d'un homme, vrai jeune fille et déjà femme aimer pour la première, fois l'inco, nnu irrésistible fleu, rs trop tardives au-de, là du désir sou, rire c, rue, l au, ror, e, des é, mo, t, ion, s.

Et le mari de Maria, pour finir, baissa les bras. Sa respiration rapide emplissait et vidait sa poitrine.

Et, à travers les larmes qui pendaient aux cils de Maria, la montagne de papiers déchirés sur le couvre-lit : de Sabrina déchirées, de Bianca déchirées, de Julia déchirées : était un tas informe et brillant.

Et, appuyée au chambranle, sa poupée au bout de son bras, Ana voyait, voyait cela. Et ses yeux étaient immenses.

Mon oncle disait toutes les paroles qui lui passaient par la tête. C'était le matin. Mon oncle interrompit un mot après la première syllabe quand une de mes voisines entra soudain en courant :

« Pa... »

Je posai mes outils sur mon établi, donnai les clefs de la menuiserie à mon oncle et passai devant la voisine. Le chemin jusqu'à la maison fut rapide, fut lent. La porte était entrebâillée. Dans un coin de la cuisine, Marta, petite, était assise sur une chaise, sérieuse, ses pieds ne touchant pas le sol, et une femme s'occupait d'elle. Les autres femmes se croisaient, se confondaient, s'embarrassaient. Je traversai leurs ombres : les pas de mes chaussures enfoncés dans le sol. Les murs de la chambre étaient le contraire de champs vastes et pérennes, le contraire d'un paysage. Ma femme, les yeux fermés. Elle ouvrit les yeux quand ma main toucha ses cheveux, les referma quand les douleurs la reprirent. Je tentai d'entrer dans ce monde sous ses paupières. Je l'embrassai sur le front. Un temps passa, fait de douleurs qui s'éloignaient pour des moments toujours plus brefs et revenaient toujours plus fortes. Toutes les femmes l'entouraient. Elle commença de pousser, et les femmes l'encouragèrent. Je lui tenais la main et je sentais toute sa force. Son visage rosit, puis rougit. Son visage, fort et fragile. Tout l'univers se distendait, la vie entière, près d'éclater. Comme un élastique qu'on tend et qu'on tend et qui, en cédant, vous claque au visage. Alors, le visage des femmes fut éclairé par un miracle. La sage-femme glissa deux doigts contre le palais de l'enfant et, d'un coup, le tira vers elle. Et dans ses bras, il y eut une fillette, salie de sang, jolie, attachée au cordon. Elle la déposa dans les bras de ma femme. Ensemble, inséparables, nous la regardâmes et soudain les larmes explosèrent sur nos visages. Maria venait de naître. Et quelque chose d'immense naissait aussi en notre cœur.

Ma femme : à son réveil un dimanche matin, elle se rappelle que je suis mort un dimanche. L'hôpital. Le téléphone dans la maison de Maria. Autrefois, les dimanches matin étaient le moment où nous nous réveillions ensemble, où nous nous levions ensemble. Il y avait du soleil sur tous les dimanches matin. Nos enfants. Plus loin encore dans le temps, les dimanches matin, c'était quand la marraine ouvrait toutes les fenêtres de la pension, c'était le soleil.

Marta : le dimanche matin, c'est la première qui entre dans la cuisine : chemise de nuit, pantoufles : elle prépare le petit déjeuner pour que ses enfants sentent que le monde est sûr. Son mari n'a pas dormi à la maison. Autrefois, quand elle vivait encore à Benfica, Elisa, toute petite, entrait dans leur chambre et sautait sur le lit, elle trébuchait sur leurs corps, elle se couchait entre eux et, ensemble, ils riaient, riaient parce que c'était dimanche. Plus loin encore dans le temps, Marta était adolescente, elle aidait sa mère à préparer le déjeuner et riait aussi, riait, parce que c'était dimanche.

Maria : il y a des dimanches matin, comme celui-ci, où elle sent une douleur fine au-dedans d'elle-même, comme le froid, et où elle ne parvient pas à sourire ; et il y a des dimanches matin où elle croit en une certitude solaire qui la remplit. Ces dimanches-là, elle mêle tous ses âges. Elle est enfant et joue avec Simão dans le jardin, elle est adolescente et lit des romans d'amour, elle est presque femme et rêve au jour de son mariage. Aujourd'hui, tout ce qu'elle pense est que son mari va téléphoner, qu'il lui demandera pardon, et elle sent au-dedans d'elle-même une douleur fine, comme le froid.

Elisa : les dimanches matin sont déjà beaucoup de choses. Quand elle était petite, dans la maison de Benfica, elle marchait pieds nus dans le couloir et montait sur le lit de ses parents. Sa mère lui disait de rester tranquille, et en même temps elle la chatouillait. Elisa riait beaucoup et couchait sur les draps son petit corps blanc et maigre, avec beaucoup de côtes propres aux chatouilles. Maintenant qu'elle a grandi, elle ne monte plus sur le lit de ses parents. Elle se lève quand Hermes commence à la tirer par le bras. Hermes, qui veut jouer. Quand elle entre dans la cuisine, sa mère lui demande si elle a fait ses devoirs.

Ana : les dimanches matin sont un sujet auquel elle pense. Ana pense à ce qu'elle sent. Elle pense : maintenant. Et sent que ce maintenant, mystérieux et concret, est maintenant. Plus tard, le temps lui fera oublier ce qu'elle sent. Plus tard, dans quelques années, elle s'étonnera qu'on puisse considérer les dimanches matin comme un sujet méritant qu'on y pense, et *a fortiori* qu'on en parle. Elle n'en parlera jamais. Et nul ne lui en parlera. Elle n'y pensera jamais. Maintenant, c'est à cela qu'elle pense.

Hermes : il commence à découvrir les dimanches matin comme il commence à tout découvrir. Il ne se rappelle pas beaucoup de dimanches matin. Il se rappelle les jours où ni sa mère ni son père ne vont travailler. Il se rappelle les jours où Elisa ne va pas à l'école. Hermes connaît le mot dimanche. C'est un mot. Il y a d'autres mots comme celui-là. Il y a le mot donc, il y a le mot seize. Dimanche, comme donc, comme seize, sont des mots qu'Elisa et sa mère emploient. Hermes ne sait pas bien, ne sait même pas du tout ce que ces mots signifient. Il sait que ce sont des mots. Cela lui suffit. Les dimanches matin, Hermes va réveiller Elisa. Il lui demande de jouer. Mais Elisa va faire ses devoirs et Hermes va jouer tout seul dans le jardin.

Íris : Íris est heureuse. Quand on est dimanche matin, Íris se réveille et la maison est pleine. Pas seulement sa grand-mère qui insiste pour qu'elle mange, pas seulement sa mère qui doit partir pour son travail et qui veut qu'Ana se dépêche. Il y a aussi son père, et il y a beaucoup de temps. Íris se promène dans la maison en pyjama. Elle fait la conversation à son père, à sa mère, à sa grand-mère. Elle entre dans le salon, s'approche d'Ana et, soudain, la tire par le bras et l'embrasse sur la joue. Un instant, Ana sourit, se mord la langue et lui fait une caresse maladroite. Puis elle continue, concentrée, ses occupations. Íris va prendre le carton aux jouets, le soulève et le renverse sur le sol.

C'est seulement beaucoup plus tard que je notai que quelque chose avait changé sur le visage de mon oncle. C'est seulement beaucoup plus tard que je compris qu'à partir d'un certain moment tous ses gestes et toutes ses paroles étaient les bribes d'un adieu.

Mes filles étaient encore petites. Dans quelques mois naîtrait Simão. Quand ma femme allait à l'épicerie ou au marché, elle emmenait Marta en la tenant par la main, elle poussait la voiture d'enfant avec Maria qui voyait tout et portait Simão dans son ventre rebondi. Toutes les voisines qu'elle rencontrait lui faisaient part de leurs pressentiments. Beaucoup disaient qu'elle aurait une fille, beaucoup, qu'elle aurait un garçon. Immobile dans l'atelier, mon oncle était très sérieux : son œil gauche ouvert, l'absence de son œil droit cachée par sa paupière blanche, lisse et comme confondue avec la peau de son visage : et il me disait : ce sera un garçon. Il me disait sa certitude que nous aurions un garçon. Et il me suivait de son œil qui voyait et de son œil aveugle pour s'assurer que je n'en doutais pas.

Je ne doutais de rien. Je n'avais ni silence ni paix pour des idées secrètes. Deux fillettes m'attendaient quand je rentrais à la maison, et bientôt un autre enfant, fille ou garçon, pleurerait la nuit et aurait besoin de tout ce que je pourrais lui donner. Voilà ce que je pensais. Je voulais achever le travail qui nous arrivait tous les jours, car je voulais travailler davantage. La vie commençait à chaque heure et il n'y avait pas de limites à la résistance de mon corps. Je ne sentais pas les échardes dans la paume de mes mains, comme je ne remarquais pas que, le matin, mon oncle arrivait avant moi à l'atelier, comme je ne me fâchais pas quand il disparaissait deux heures durant et revenait avec un sourire. Je ne lui disais rien. En mon for intérieur, je supposais qu'il allait à la taverne.

Il n'allait pas à la taverne. C'est seulement beaucoup plus tard que je compris que durant ces heures, mon oncle allait dans le cimetière de pianos.

Ma femme et Marta et Maria et Elisa et Ana et Hermes et Íris se sont réveillés tous en même temps, mais ils sont restés couchés, chacun se croyant le premier réveillé. Des minutes se sont écoulées. Quand Íris s'est assise dans son lit, Hermes s'est assis aussitôt dans le sien. Ana et Elisa se sont levées aussi. Quand tous les quatre ont commencé à jouer avec les coussins, à sauter sur leurs lits et à crier, Marta s'est levée à son tour et, l'instant d'après, ses pantoufles se sont fait entendre sur le sol du couloir. Dans la salle de couture, ma femme s'est levée. Et sitôt après, Maria.

Puis, le matin a passé. C'est dimanche. Il reste une semaine avant que Francisco coure le marathon des Jeux Olympiques. Le mari de Marta vient d'entrer dans la cuisine, de la traverser en silence, de passer au salon et s'asseoir en silence. Marta le suit, et, au moment où il s'assied, son corps est debout devant lui : mains sur les hanches. Elle murmure qu'ils doivent partir pour Lisbonne après le déjeuner. Le mari dit qu'il ne peut pas. Marta essaie de se calmer, respire et murmure encore :

« Mais tu m'avais promis. »

Le mari répète qu'il ne peut pas. Marta, irritée, murmurant tout haut, dit que sa mère compte sur la camionnette pour rentrer, que sa sœur aussi y compte, lui répète qu'il a promis, lui parle du bois à rapporter pour l'hiver. Le mari répond qu'ils iront à la menuiserie le dimanche suivant, il le promet, dit que Maria pourra tenir compagnie à sa mère dans le train. Marta lui demande s'il a oublié que dimanche prochain, Francisco court le marathon des Jeux Olympiques. Elle se fâche plus fort, murmure de plus en plus haut, se fâche, se fâche plus fort.

Dans la cuisine, ma femme finit de préparer le déjeuner, puis elle éteint le fourneau ; Maria est assise en attendant que son mari lui téléphone et la voix de Marta, murmurée dans le salon, arrive comme des lames de couteau qui coupent l'air.

Mes filles et ma femme n'ont pas vu Simão depuis la première fin de semaine qu'Íris a passée à la maison, aussitôt après sa naissance.

Dimanche. Soleil. Les maris de mes filles ont failli laisser tomber Marta quand ils l'ont aidée à descendre de l'arrière de la camionnette. Maria les a vus de la fenêtre ; ma femme était sur le trottoir, avec Hermes dans ses bras et Elisa à côté d'elle, et ils ont tremblé de frayeur. Hermes s'est mis à pleurer. C'est Marta qui l'a consolé tandis qu'ils montaient les marches, en le tenant par la main, lentement. Hermes, tout petit, tout mince, tout fin, et Marta.

Quand les deux sœurs se sont revues, sur leur visage est apparu un sourire doux et gêné. Chacune dans les yeux de l'autre est redevenue fillette. Au milieu du salon de Maria, c'était comme si elles se retrouvaient dans leur chambre, chez nous, que de nouveau s'achevait un après-midi d'été et que leurs voix, de nouveau, se mélangeaient à des rêves. Deux fillettes soudain grandies. Marta portait sa plus belle robe, un gilet en laine et une broche brillante. Maria, la chemise de nuit qu'elle avait achetée avant d'aller à la maternité. Elles se sont embrassées très vite, avec des rires nerveux, et leurs corps se sont touchés gauchement, alors qu'elles auraient voulu s'étreindre et rester étreintes longtemps, très longtemps.

Ce jour-là, ma femme aussi a souri. Ana a couru à la rencontre d'Elisa : elles se sont prises par la main. Ana, enthousiaste et la voix très forte, voulait parler de sa petite sœur, mais sa mère lui a fait : chut ! Ensuite, elles ont marché à pas légers jusqu'à la porte de la chambre. Maria l'a ouverte avec lenteur, en évitant les bruits infimes des gonds et de la serrure. Derrière, ma femme retenait Elisa et Ana par les épaules. Derrière encore, Marta occupait tout l'espace. L'ombre, qui était la couleur de la chambre, les a recouvertes. Maria s'est arrêtée au chevet du berceau d'Íris et, fière et heureuse, a attendu que les autres s'approchent.

Le corps d'Íris, sous une couverture rose, était une forme bien dessinée, parfaite. Sur son visage endormi, on voyait ses petites lèvres, son nez de bébé et sa peau sereine. Elle avait une main ouverte, abandonnée près de la tête : les petits doigts d'une poupée. Elle avait la sérénité que seule permet l'innocence absolue, la pureté absolue.

Quand elles revinrent au salon, les petites

avaient envie de rire et de parler à voix haute, mais elles se retenaient et se mettaient une main sur la bouche. Les maris, assis, les jambes croisées, les regardèrent revenir. Hermes, sur le sol, agitait un papier. Ma femme, silencieuse et contente, est passée dans la cuisine pour préparer du thé.

Ils étaient tous assis à table, à parler, à boire du thé et à manger des tranches du gâteau que Marta avait apporté quand ils entendirent frapper à la porte. Maria voulut se lever, mais son corps était las et endolori. Marta voulut se lever, mais son corps était gigantesque et lourd. Ma femme se leva et marcha jusqu'à la porte. Elle pensait que c'était Francisco. Elle ouvrit. C'était Simão.

Son visage était bien lavé. Il entra sans savoir que faire de ses mains. Ma femme ne l'avait pas vu depuis le soir où était arrivé ce que nous ne pourrions jamais oublier. Quelques nouvelles de Simão lui arrivaient par Francisco, ou, avant cela, dans le temps où Marta vivait encore à Benfica, elle savait qu'il venait voir Elisa. Ma femme retint l'éclair dans sa gorge quand il lui dit :

« Maman. »

Simão portait une chemise bien lavée, avec des traces de taches anciennes et pâlies. Un pantalon en piètre état. Des chaussures qui firent deux pas gênés dans la pièce. Marta et Maria se levèrent pour l'accueillir avec la timidité d'être frère et sœurs, frère et sœurs, mais étrangers, presque étrangers maintenant.

Simão caressa la tête d'Elisa, mais elle tarda à le reconnaître. Maria, d'une voix qu'elle sut rendre naturelle, lui présenta Ana, qui regardait par terre. Simão sourit. Ensuite, il se baissa et tendit la main vers Hermes, mais celui-ci resta impassible, regardant fixement l'œil aveugle de son oncle. Maria lui demanda :

« Tu sais que je viens d'avoir une petite fille ?

— Oui, Francisco me l'a dit. »

La voix de Simão était douce. Maria proposa d'aller chercher sa fille.

« Laisse. Je ne veux pas déranger.

— Tu ne déranges pas du tout. C'est l'heure de la tétée. »

Il garda le silence. Les maris de mes filles avaient cessé de bavarder et regardaient Simão. Marta lui offrit du thé. Il refusa, en remerciant. Ma femme voulait le voir, rien que le voir, et compenser des années de manque, d'angoisse et de peine. Elle voulait, en un moment, récupérer son fils. Notre fils.

Maria revint dans la pièce avec Íris dans ses bras. Elisa et Ana entourèrent ses jambes. Marta s'appuya au plateau de la table, se leva et marcha vers elle, en disant des mots incomplets, avec des consonnes douces. Maria souriait de tout son visage et posa l'enfant dans ses bras. Marta, la regardant à peine, continua de lui parler de la même petite voix, se penchant en avant pour que chacun pût la voir. Puis elle mit l'enfant dans les bras de ma femme : son visage attendri : et puis, ce fut ma femme, en souligant son geste, qui la mit dans les bras de Simão. Si petite dans ses bras. Il sourit. Regarda autour de lui. Ses sœurs lui souriaient. Ma femme le regardait avec tendresse. Il baissa le visage pour baiser la joue d'Íris, mais la piqua avec sa barbe. Comme si on l'avait heurtée, Íris se mit à pleurer, inconsolable. Simão tenta de la calmer, mais elle pleurait de plus en plus fort. Alors, il la remit dans les bras de Maria, qui s'efforça aussi de la calmer, mais elle pleurait, pleurait et criait de plus en plus fort. Simão, honteux, enfonçait ses mains dans ses poches, puis les en retirait et les renfonçait aussitôt. Maria s'assit pour donner la tétée à Íris, mais elle n'en voulut pas, elle ne voulait que pleurer.

« Allons, c'est fini », répétait la voix de Maria.

Íris, enveloppée d'un châle, était un petit corps compact, une forme unique et solide qui criait. Ma femme et Marta essayaient de la calmer, mais elle pleurait et criait comme si elle déchirait sa voix dans l'air. Sa sœur et ses cousins la regardaient, étonnés. Simão voulut dire au revoir. Les cris d'Íris gagnaient en force, comme si elle n'avait pas besoin de respirer.

« Attends. Ne t'en va pas déjà », dit Maria pardessus les pleurs affligés, stridents de sa fille.

Mais Simão, honteux, dit au revoir en toute hâte et partit comme s'il fuyait.

Le jour de la naissance de Simão, un garçon se présenta à l'atelier, tout essoufflé, qui m'appela maître et me dit que je devais rentrer tout de suite chez moi. Je cessai de voir la planche à demi sciée qui était prise dans l'étau, je frottai mes mains à mon pantalon et m'approchai de mon oncle pour lui remettre les clefs. Il me retint par le bras et renvoya le garçon, en lui disant que j'arriverais dans quelques minutes. Je le regardai sans comprendre, mais je gardai le silence, car, pour la première fois, il y avait une paix sur son visage, il y avait un calme : son visage serein.

Les pas du garçon s'éloignèrent sur le sol de l'atelier, puis sur la terre battue de l'entrée, puis sur les pavés de la rue. Alors revinrent les bruits des oiseaux sur les poutres du toit. Revint l'éternité des grains de sciure voltigeant dans l'air, flottant et se posant sur toutes choses, sur notre peau. Mon oncle se mit à marcher vers le cimetière de pianos sans qu'il fût besoin de me dire de le suivre.

C'était le temps qui s'étendait devant nous. Au bout des couloirs de poussière, mon oncle s'arrêta devant un piano droit, plus propre que tous les autres. Je m'aperçus que ce piano brillait. La voix de mon oncle fut douce. Il me dit que ces derniers mois, il avait essayé de redonner vie à ce piano. Il avait cherché les pièces qui manquaient, remplacé les pièces cassées ou pourries. Sur son visage : la connaissance de la tristesse. Il avait essayé de réparer ce piano pour en faire cadeau à l'enfant qui allait naître, mais n'y était pas parvenu à temps. Il ne manquait pas grand-chose. Aussi me demanda-t-il de finir de le réparer. De chercher les dernières pièces. A ce moment, je ne comprenais pas clairement ce qu'il me disait, et c'est pourquoi je lui souris. Je lui souris. Posai une main sur son épaule en lui disant que nous réparerions ce piano ensemble. Mais il me fit promettre que je m'en occuperais, promettre que j'en ferais cadeau au nouveau-né. Je lui dis oui, bien sûr que oui, et je souris. Et je souris. Dans le silence qui suivit ces mots et ce sourire, je voulus lui donner les clefs de l'atelier, mais il me dit que lui aussi partait. Je pensais déjà à ma femme, à mon enfant en train de naître. Je sortis avec mon oncle, fermai l'atelier à clef, et, en courant, lui dis au revoir avec des bribes de mots.

Quand j'arrivai chez moi, quand j'entrai dans la chambre, ma femme avait déjà Simão dans les bras. Mes filles l'entouraient et je m'approchai du bonheur. Je pris le bonheur dans mes bras.

Le lendemain, mon oncle ne vint pas à l'atelier le matin, pas même en fin de matinée comme il arrivait quelquefois. Il ne vint pas de toute la semaine, ni le mois qui suivit, ni l'année qui suivit, ni plus jamais. Le temps passa. Et de toute ma vie, de tous les jours qui s'écoulèrent jusqu'à ce dimanche où je mourus dans un lit d'hôpital, jamais plus je ne le revis.

Le piano que je réparais était la part de moi qui l'attendait encore. Mais jamais je ne pus le remettre en état. La poussière le recouvrit et il redevint indistinct de tous les autres pianos qui, à côté de lui, étaient provisoirement morts.

Plus tard, je me rappelai les heures, je me rappelai la bonté que dessinait le visage borgne et sale de mon oncle, quand il me regardait ou bien quand il parlait, racontait : des histoires qui se détachaient de son corps, comme s'il n'y avait pas de fin aux histoires qu'on peut raconter. Plus tard, trop tard.

A l'avant de la camionnette, le mari de Marta conduit d'un air contrarié. Il ne parle pas, il n'écoute pas, regarde devant lui et conduit. A côté de lui, Maria et ma femme ont Íris et Hermes dans les bras. Derrière, enveloppées dans le bruit du moteur et dans le vent, Marta est assise sur sa chaise à bras et Ana et Elisa se tiennent au rebord. Devant, Hermes et Íris inventent des mots, quand on arrive à Lisbonne. Derrière, le vent donne des formes insolites aux chevelures ; il ne permet pas de parler, mais, parfois, Ana approche ses lèvres de l'oreille d'Elisa et prononce des phrases que personne n'entend ni ne se rappelle.

Marta s'efforce de voir toutes les rues avant d'arriver à la menuiserie. Elle tourne la tête de côté et d'autre. On arrive. Marta se lève de sa chaise et reste immobile, attendant que son mari entre dans la taverne et revienne avec quelques hommes. Mes petits-enfants attendent aussi, appuyés au mur. Maria et ma femme s'approchent des hommes, comme si leurs bras tendus et leur air inquiet servaient à quelque chose. Deux hommes prennent Marta sous les bras. Lentement. Lentement, son mari et un autre homme la tiennent par ses grosses hanches, et, avec la prudence due aux choses lourdes et fragiles, ils la posent sur le sol.

Le mari de Marta retourne avec les hommes à la taverne. Ma femme prend la clef et ouvre le portail. En entrant, les enfants courent sur la terre battue. Mes filles et ma femme ne courent pas, mais leurs visages rajeunissent, et, en entrant dans la menuiserie, elles aussi sont des enfants. Il y a des carrés de bois sur le sol, des morceaux de planches : tant de possibilités. Mon établi de menuisier est rangé comme Francisco l'a laissé. L'établi qui fut celui de mon oncle, où Simão travaille quand il arrive le matin et demande à Francisco du travail pour quelques jours, est recouvert d'outils éparpillés. Mes filles, comme ma femme, savent que rien de mal ne peut arriver dans cet atelier. Tandis qu'elles marchent, leurs voix sont simples et sans inquiétude. Ce sont des enfants. Maria ouvre la porte qui donne sur la cour et descend, suivie de Marta et de ma femme. Mes petits-enfants s'emparent de morceaux de bois et font des maisons, des épées. Íris quitte seule l'atelier, fait quelques pas dans l'entrée et franchit seule la porte du cimetière de pianos. Elisa, Ana et Hermes sont trop occupés pour la voir, ils pensent qu'elle est dans la cour avec sa grand-mère, sa mère et sa tante, qui observent de petites choses, des herbes qui poussent parmi les copeaux, et qui n'ont pas vu Íris, qui la croient dans l'atelier avec Elisa, Ana et Hermes.

Mais Íris marche dans le cimetière de pianos. Elle regarde de tous côtés. Distingue les frontières des ombres. Soulève les couvercles des claviers. Appuie sur des touches qui font des sons secs, de bois contre le bois. Elle s'assied sur le couvercle d'un piano demi-queue sans pieds, dans la poussière. Si petite. Elle lève les yeux vers moi et demande :

« A qui tu parles, dis ? »

Silence. Puis :

« Je parle à des gens qui lisent mes mots dans un livre.

— Peut-être que ma mère le lira, ce livre ?

— Oui, peut-être.

— Et ils s'appellent comment, les gens qui lisent le livre ?

— Ils ont beaucoup de noms. Chacun a un nom différent.

— Peut-être qu'il y a une dame qui s'appelle Íris ?

— Oui, c'est très possible. »

Silence.

« Comment tu t'appelles, monsieur ?

— Moi ? »

Silence.

« Je suis ton grand-père. »

Íris sourit. Sa voix :

« Grand-père... »

Je souris aussi.

« Ils sont comment, les gens qui lisent le livre ? C'est grand-mère, c'est ma tante ?

— Oui, mais aussi beaucoup d'autres.

— Mais ils sont où, les autres ?

— Eux seuls savent où ils sont. Il faudrait leur demander de regarder autour d'eux. Ou leur demander de fermer les yeux. »

Íris feme les siens et serre très foit les paupières.

« Tu vois ? Ces gens sont comme ça aussi. Ils ferment les yeux et continuent à exister. Ils ferment les yeux, se bouchent les oreilles et continuent à exister. »

Íris rouvre les yeux. Se lève. Cesse de me regarder. S'approche du clavier d'un piano. Avec sa main bandée, elle tend son petit index et appuie sur une touche. Puis sur une autre. On croirait que beaucoup de temps passe, mais il n'a passé qu'un instant. De nouveau, elle me regarde :

« Comment tu sais tout ça, grand-père ?

— J'ai fait partie de ces gens.

— Mais tu l'as déjà lu, ce livre qu'ils lisent ?

— Non. Tu sais, il n'est pas prêt. L'histoire n'est pas finie. Il manque encore beaucoup de mots. Mais, sur les pages blanches, il y a déjà une place pour ces mots. Seulement, on ne les a pas encore dits. Pas encore entendus.

— Alors, comment c'est possible, que tu aies fait partie de ces gens ? Tu as vécu la vie qu'ils vivent ?

— Personne ne peut vivre la vie des autres.

— Ce n'est pas vrai. Toi, tu n'as pas vécu seulement ta propre vie. Regarde grand-mère. Tu lui as fait du mal. Tu l'as vieillie avant toutes les femmes de son âge. Tu peux dire ce que tu veux : que la lumière te troublait les yeux, que tu n'y voyais pas, qu'une force guidait tes gestes, que tu ne la sentais pas : tu peux dire ce que tu veux, mais la vérité continuera d'exister : la vérité.

— Tu n'as pas encore trois ans, tu ne peux pas parler ainsi. Aucun enfant de trois ans ne parle ainsi.

— Je ne peux pas ? Je ne peux pas ? Tu en es sûr ? Toi, tu es mort. Tu devrais être le premier à te taire sur ce que je peux dire ou non. Maintenant, tu as peur de quoi ? Je ne crois pas que tu aies oublié tous ces matins où tu partais en laissant grand-mère perdre tout espoir du moindre geste de tendresse, ni tous ces soirs où tu rentrais tard avec l'odeur de la taverne collée à tes vêtements, à ta peau, ni toutes ces longues semaines où tu t'en allais le matin et rentrais à la nuit tombée, sans jamais t'occuper d'elle. Les paroles avant et après dîner de plus en plus courtes, de plus en plus courtes, jusqu'à ce qu'il n'en reste plus que la soupe dans ta cuiller et les ombres dans la cuisine : jusqu'à ce qu'il n'en reste rien. Et si la soupe était trop chaude, ou si la pluie tombait dehors, ou si tu étais contrarié, tu pouvais jeter l'assiette par terre, tu pouvais t'en prendre à grand-mère, la faire tomber, la faire pleurer, et faire comme si tu n'entendais pas, comme si ça ne te gênait pas, que sa tristesse était sans importance. Ça, tu ne veux pas l'entendre, mais il faut que tu l'entendes. Et maman ? Et tante Marta ? Tu leur as appris que leur père, leur seul père pouvait secouer leur mère par le bras, la regarder avec mépris et la pousser contre le mur.

— Je leur ai appris beaucoup d'autres choses. J'ai toujours aimé mes filles. J'ai toujours pensé à elles. J'ai toujours voulu qu'elles soient heureuses.

— Ce n'est pas beaucoup. Jamais tu ne les as réellement écoutées, réellement regardées. Tu avais peur. Et tu as encore peur. Le plus triste, ce n'est pas de mentir aux gens qui lisent le livre : ils ne t'ont pas connu et ne te connaîtront jamais. Le plus triste, c'est de te mentir à toi-même. C'est de voir l'oncle Francisco se préparer à courir le marathon aux Jeux Olympiques sans te souvenir que jamais, à aucun moment, tu ne lui as dit que tu étais fier de lui. Tout ce qu'il a réussi, il l'a fait sans toi, contre toi. Et l'oncle Simão ? Tu ne peux pas avoir oublié tout le mal que tu lui as fait. Tu ne l'as pas perdu le soir que jamais tu ne pourras oublier. Tu l'as perdu bien avant. Et moi aussi, et ma sœur, et Elisa, et Hermes. Tes erreurs sont toujours là.

— Je ne suis pas coupable de tout, si ?

— Moi, je n'ai pas encore trois ans, tu l'as déjà oublié ? Toi, tu étais le mari, et le père, et le grand-père.

— Oui, mais je n'étais pas que cela. J'étais aussi beaucoup d'autres choses.

— Tu étais ce que tu as toujours été, ce que tu es encore : un égoïste. »

Íris marche vers le piano où elle était assise un peu plus tôt et s'y assied de nouveau. Un instant de silence ramène la lumière de l'après-midi, dimanche, par la petite fenêtre sale. Alors, on entend Maria crier le nom de sa fille. En entendant sa mère l'appeler, Íris lève un doigt en l'air. On a remarqué son absence. Maintenant, elle doit partir. Elle me regarde, sourit, se lève, puis, à petits pas en biais, s'en va. Elle aura bientôt trois ans.

L'air du cimetière de pianos est propre.

Francisco m'arrivait à peine au-dessus du genou. Il allait et venait sans cesse dans la cuisine et le jardin. Ses petites jambes dans son petit pantalon ne s'arrêtaient jamais. Francisco était comme un poupon sérieux et réfléchi. Je l'appelais, et il ne venait pas. Marta, ou Maria, ou Simão l'appelaient, et il ne venait pas. Et il fallait toujours que quelqu'un fût derrière lui pour l'empêcher de se cogner aux portes, de monter sur les chaises, de renverser des casseroles. Ses cheveux poussaient, toujours dépeignés. Ses mains étaient petites quand elles saisissaient des croûtons de pain que sa mère lui donnait. Ses yeux étaient de la taille de tout ce qu'ils voyaient. Sa mère l'appelait. Il courait vers elle et tendait les bras pour qu'elle le prenne dans les siens.

Tout le monde, même Íris, est capable d'imaginer la fin de l'après-midi. Une brise, continue, passe maintenant sur la rue et fait briller des grains de terre comme des étoiles éparses. Elle fait briller des points dans les yeux de Maria. Ma femme et Marta secouent leurs vêtements pour en faire tomber la sciure. Une montagne de planches s'élève à l'arrière de la camionnette à côté de la chaise à bras. L'hiver venu, Marta les brûlera dans la cheminée. Les oiseaux se rassérènent dans les airs, comme les branches des arbres, comme les voix ou les pierres. Le temps est morne dans le regard de Maria. Son mari n'est pas venu, il ne vient pas lui demander pardon, il n'est pas venu, ne vient pas lui dire rentre à la maison, il ne vient pas, ne l'a pas dit, pas dit, pas dit. Hermes court autour de la camionnette. Mes petites-filles, délicates, se disent au revoir avec de petits gestes et des sourires tendres. Le mari de Marta sort de la taverne avec des hommes qui viennent l'aider. Ils rient et soulèvent Marta, deux pas en arrière, deux pas en avant, et la déposent sur le plateau de la camionnette.

Maintenant, Maria doit rentrer chez elle. Ma femme, Ana et Íris se tiennent à côté d'elle. La camionnette s'éloigne. Marta, assise sur la chaise à bras, fait des signes de la main. Hermes se penche à la fenêtre. La camionnette s'éloigne. Et disparaît. Seules, devant le portail de la menuiserie. Maria fait un premier pas. Elle doit rentrer chez elle. Elle marche la première. Derrière elle, ma femme tient par la main nos petites-filles. Chacun des pas de Maria est une déroute plus grande. L'après-midi s'éloigne, vaincu. Il reste juste une semaine pour que Francisco coure le marathon des Jeux Olympiques. C'est encore dimanche. En passant au bout de notre rue, ma femme tend le cou pour distinguer notre façade, l'espace désert devant elle, et imaginer l'intérieur. Maria sait que les rues du monde sont interminables : des veines qui s'étendent sur la surface du monde. Et on pourrait marcher de rue en rue toute sa vie, perdre la force de ses jambes, tomber à genoux et mourir, et se transformer lentement, avec la pluie, avec les ans, en ces pavés de la chaussée, se diluer parmi les pierres, comme la poussière, comme l'eau, disparaître.

Ana et Íris savent d'autres choses. Elles ne remarquent pas le sursaut qui fait trembler le corps de leur grand-mère, ma femme, quand elle aperçoit le gitan qui, deux jours plus tôt, a frappé à la porte pour lui rendre la blouse tombée du fil d'étendage. Il est appuyé au coin de la rue, le genou plié, la semelle de sa chaussure contre le mur. Il regarde, mais comme tête basse. Ses yeux entre son chapeau noir et sa barbe longue et blanche. Ses yeux enterrés dans sa peau toute de rides et de brûlures. Ma femme presse le pas, tire les deux fillettes par le bras. Et, derrière Maria, elles avancent par les rues. Ensemble, elles arrivent à la porte de l'immeuble. Le temps est morne. Ma femme, Maria et les enfants, avant d'entrer, croient connaître tout ce qui va se produire.

Kilomètre seize

le soleil dans un incendie. Courir parmi les flammes, traverser des ruines et se courber sur des flammes qui s'agitent, comme si elles dansaient, heureuses de détruire, et trouver, au centre de cet incendie, le soleil, unique empereur, immense, serein, assistant à la consommation de son œuvre, à la propagation inévitable du mal qu'il a créé, qu'il a voulu créer

en quête, en quête du vent. Car ma volonté a la grandeur d'une loi de la terre. Car ma force détermine le passage du temps. Je veux. Je peux pousser un cri à l'intérieur de moi, qui arrache les arbres à la racine, qui fasse exploser les veines de tous les corps, qui transperce le monde. Je peux courir à travers ce cri, à sa vitesse, contre tout ce qui s'élance pour m'arrêter, contre tout ce qui se lève sur mon chemin, contre moi-même. Je veux. Et je peux expulser le soleil de ma peau, le vaincre encore une fois et toujours. Car ma volonté me régénère, elle me fait naître, renaître. Car ma force est immortelle.

comme la nuit. Je n'eus besoin de rien dire à Simão, car, bien que nous ne nous fussions pas revus depuis des mois, et même si je ne savais rien : rien : rien de lui depuis des mois, je comprenais les regards. Nous marchâmes ainsi durant des rues désertes. C'était une certitude claire et confuse à la fois, nette, limpide et brouillée, évidente et incroyable, sûre, avérée et impossible. J'allais avoir un enfant. Elle et moi allions avoir un enfant. Tant à dire, tant à demander ; mais elle était rentrée chez elle et avait refermé la porte. Elle avait refermé la porte. Et moi, je marchais par des rues désertes, et mon frère m'accompagnait, et je pensais à tout ce que j'aurais pu dire, ce que j'aurais pu demander. Mais il n'y avait rien à dire, à demander. Au centre de la nuit, le froid entrait par les manches de ma veste, pénétrait sous mon gilet, ma chemise, au ras de ma peau. Nous arrivâmes à Benfica. Bientôt, nous serions chez moi. Simão s'arrêta et, avant de nous dire au revoir, il me demanda s'il pourrait travailler avec moi pendant quelques jours. Oui, bien sûr. Jamais je n'ai compris si Simão me faisait cette demande par besoin, parce qu'il lui fallait gagner un peu d'argent, ou parce qu'il sentait un manque : le manque d'être mon frère. Il m'expliqua où il habitait : la maison où il louait une chambre : et, avant de s'éloigner, quand je lui dis à demain, j'eus envie de l'embrasser, de lui dire que j'allais avoir un enfant et de pleurer : non de tristesse ou de bonheur, mais d'être moi-même un enfant à cet instant. Au lieu de quoi, je continuai de marcher vers chez moi, comme la nuit, comme les heures

à travers la chaleur de juillet, l'après-midi

à travers la froideur de décembre, la nuit

à travers la chaleur de juillet, l'après-midi : cet après-midi : je me rappelle les moments où je sortais de l'atelier au pas de course, seul, pour m'entraîner et être ici, seul, et où j'imaginais ce que je penserais quand je serais ici, sans croire que je me rappellerais ce que j'imaginais que je pourrais penser, et sans croire penser déjà aux choses auxquelles je pense.

j'avais pris une décision. Il n'y avait rien à décider, je ne pouvais changer ce qui était définitif, mais à peine eus-je laissé mes bras et mes jambes perdre leur force sur le lit, à peine laissai-je mon corps reposer et accepter la nuit que dans l'obscurité de la chambre, je me convainquis d'avoir pris une décision. J'allais avoir un enfant, et, pour cette raison, je serais une autre personne. Je ne savais pas, cependant, que le jour suivant serait si long, et au matin, quand j'arrivai au portail de la menuiserie et que je vis mon frère : la paupière blanche de son œil droit, ses lèvres gercées : je pus sourire avec sincérité. Après lui avoir expliqué le travail qu'il aurait à faire, je pris place à mon établi pour terminer celui que j'avais commencé la veille. Il y avait quelques semaines que la voix de mon frère n'avait pas résonné dans l'air de l'atelier. Quelques semaines que les grains de sciure : qui se soulevaient et qui voltigeaient comme un univers : n'étaient pas effleurés par la voix de mon frère. Et ce fut lentement, presque au milieu du matin, qu'il prononça quelques mots. De ces mots détachés : presque de leurs seules syllabes : grandirent des phrases. Et, empilées comme une tour confuse, grandirent des histoires. Et mon frère fut, lentement, le garçon qui me racontait des histoires sans fin. Mon frère était de retour. Mais moi, j'avais d'autres histoires, divisées en phrases et en mots, qui s'agitaient à l'intérieur de moi. Une angoisse. Quand arriva l'heure du déjeuner, j'annonçai à Simão que je le laissais seul. Beaucoup de gens dans les rues, trop de gens : des silhouettes. Puis j'arrivai chez elle et frappai à la porte. La dame : son sourire : le long couloir : et la musique du piano : et les tableaux sur les murs : et la porte du grand salon. La dame disparut derrière moi. J'ouvris la porte. Elle s'arrêta de jouer et me regarda. Sa peau était encore plus claire pour sertir le brillant de ses yeux. Ses cheveux lissent suivaient la ligne droite de son dos. Alors ses mains : mains blanches, fines : qui m'enlevaient mes vêtements tandis que les miennes enlevaient les siens. Mes mains glissant sur la surface de sa peau. Ses mains se serrant sur mon dos. Mes mains qui saisissaient ses bras, les entouraient. Les paumes de mes mains qui entouraient ses bras. Ses mains enfoncées dans ma nuque. Mes mains qui s'ouvraient, qui perdaient leur force et agrippaient l'air. Ses mains calmées sur le tapis. Le temps oublié de nos mains. Et ses mains vivantes, ses mains animales : des chats, des oiseaux, des bêtes vaillantes : sur les touches du piano. Et la musique étendue sur tout le salon, tout l'air, le monde entier et mon corps nu, dans la cambrure de mon corps sur le tapis : la musique se respirait. De nouveau, la réalité : les vêtements froids, étrangers à mon corps. Les rues : mon corps étranger à moi-même. L'après-midi s'écoula dans la voix monotone de mon frère, dans son enthousiasme monotone et dans le temps répété. Je fermai le portail de la menuiserie. Mon frère entra dans la taverne. J'étais prêt et je commençai à courir. Je courus comme si je voulais dépasser le vent, comme si j'y parvenais, comme si mon corps n'existait pas et n'était que ma volonté de courir : une volonté rapide, rapide entre les maisons qui se succédaient, de rue en rue, parmi toutes les choses que je ne voulais pas voir. J'arrivai chez moi. Me lavai. Traversai la ville. Et à l'entrée de l'hôpital, tandis que je l'attendais, j'affermissais ma décision en moi. Ici : les bruits de la nuit, les branches des arbres agitées sous l'imprécision nocturne du froid, les fenêtres éclairées de l'hôpital, et moi. Qui sous le froid, absolument, l'attendais, et j'affermissais

Kilomètre dix-sept

se faire tard. Un autre après-midi d'été s'achève. Marta est déjà une femme, elle a seize ans. Maria imite tous ses gestes avec gaucherie, elle a quatorze ans. Dans la cuisine, notre mère accomplit une tâche simple, superflue, et un autre après-midi d'été s'achève. La clarté qui entre par la fenêtre de la chambre, qui touche les plis des rideaux, est jaune et douce : du miel. Plus loin que la fenêtre, le soleil descend sur les maisons et, par moments, dévie ses angles incandescents. La clarté touche le visage de ma sœur Marta, assise sur le lit fait, et le visage de ma sœur Maria, assise sur le sol, en tailleur, dos contre le mur. Marta a un amoureux, mais personne ne le sait, personne ne peut le savoir, seulement Maria. Parfois, pendant le dîner, Marta et Maria se regardent : quelque chose leur rappelle leurs secrets. Maria rêve au jour où elle aussi aura un amoureux, rêve de lui. Un instant, comme un éclair, elle croit voir son visage : tous les détails, les yeux, les lèvres, les traits, si réels. Marta et Maria mêlent leur voix à des rêves. Marta raconte ce qu'elle sent, raconte mille fois ses petites rencontres avec son amoureux, et tout ce qu'elle croit, tout ce qu'elle comprend. Maria raconte les histoires qu'elle lit dans ses romans d'amour, elle raconte ses conclusions : si telle chose, dit-elle, n'était pas arrivée, ni telle autre, s'il n'avait pas été jaloux, si elle n'avait pas été trop orgueilleuse. Maria écoute sa sœur comme si enfin elle rencontrait une héroïne de roman d'amour. Marta écoute sa sœur en s'imaginant tourmentée par les dilemmes d'une héroïne de roman d'amour. Leurs voix sont féminines et lumineuses. L'après-midi s'achève lentement. Simão rentre du travail, passe devant moi et devant ma mère. Le temps est calme sur les choses et dans le mouvement du monde. Mon père rentrera plus tard. D'ici là, la chute du soir, comme une pluie de papiers déchirés qui tombent du ciel.

ma décision en moi. Autour de moi, des ombres. Elle apparut, venant des ombres. Quand je sentis sa présence, elle était déjà tout près, elle aurait presque pu me toucher en tendant un bras. Je fis trois pas et elle put me toucher en tendant un bras. Les mots que j'avais choisis, répétés et appris pour elle se perdirent, et je ne dis rien : comme si je ne savais pas d'autres mots, je restai à la regarder. Alors, sa voix, qui me sauva. Aucun précipice ne s'était ouvert jusqu'au centre du monde, aucune rivière ne s'était transformée en sang, la nuit ne s'était pas pétrifiée sur la ville. Sa voix, en mots simples, me dit que tout allait bien, que l'univers continuait, que je pouvais respirer. Et ce fut là, devant l'hôpital où mon père était mort, en cette nuit étrangement réelle, que je lui pris les mains et dis à ses yeux liquides : nous allons nous marier.

les uns près des autres. Des groupes de coureurs me dépassent. Je ne sais quel vent les porte. Le soleil me presse vers le sol. Le soleil me ploie le dos, le sol attire ma poitrine, mais je suis plus fort, plus fort, et plus grand que la fatigue. Il y a longtemps que je connais l'instant où le corps dit : arrête, arrête. Mes jambes ne s'arrêtent pas. Arrête, arrête. Mais je continue à balancer mes bras de part et d'autre de mon torse, comme si je donnais des coups de poing à l'air, comme si je luttais avec l'air et le rendais toujours plus faible, toujours plus proche de céder. Mon corps, plus lourd que le navire qui m'a amené de Lisbonne. Arrête, arrête, arrête. Je ne m'arrête pas. Des groupes de coureurs me dépassent, le vent les porte, mais je suis plus grand que la fatigue. Le soleil mis en échec me laissera le silence. La graisse qui couvre ma peau se rafraîchira de nouveau. Je cesserai d'entendre la voix qui se répète et se répète dans ma tête : le soleil. Je continuerai d'entendre la voix qui existe au centre de moi : ma volonté. Le soleil les tourmentera et j'emporterai la victoire, l'air redeviendra léger, je remercierai le vent sur mes joues qui les rafraîchira. Je n'ai jamais abandonné et je n'abandonnerai pas. Ma femme et mon enfant m'attendent. Mon enfant m'attendra pour naître. Quand il naîtra, j'aurai cette volonté à lui transmettre. Petit, son visage inimaginable me regardera et comprendra qu'il est né d'une force plus grande, plus incandescente, plus intense que le soleil. Il se sentira protégé dans mes bras : ces bras : ces mêmes bras qui en ce moment alternent devant ma poitrine et qui sont comme deux mondes : le jour, la nuit. Deux vies séparées par un instant qui n'existe pas. Deux vies qui alternent, se répètent et se succèdent, au-delà de toute chose, toujours, toujours

jamais, le soir où est arrivé ce que jamais nous ne pourrons oublier. J'avais dix ans et je savais que bientôt j'accompagnerais mon père le matin, à l'heure de partir pour la menuiserie. C'était un novembre où il pleuvait tous les jours. Un novembre sans différence entre les lundis et les mardis. Les mercredis, les jeudis et les vendredis étaient pareils. J'étais assis au bout de la table de la cuisine, j'avais un crayon à la main, un cahier ouvert devant moi et je faisais une preuve par neuf. Quand je me trompais, comme je n'avais pas de gomme, j'effaçais avec de la mie de pain. Ma mère me disait : ne gaspille pas le pain. Mes sœurs, quand elles passaient, se penchaient sur mon cahier et critiquaient mes pages sales : leurs nuages gris charbon. La nuit tombait tôt, et, quand Simão rentra, je pouvais imaginer la nuit opaque dans le jardin, sur les branches et les feuilles épaisses du citronnier. Simão sourit à nos sœurs et à notre mère. Simão aimait parler avec moi. Quand nous étions seuls, il passait des heures à me raconter tous les mots que sa tête pouvait penser, mais, devant notre mère et nos sœurs, il n'était capable que d'une voix honteuse. C'était sa façon de les adorer, de les regarder à distance, d'être heureux de leur bonheur, de cacher derrière son visage un sentiment absolu, comme s'il cachait une mine, un puits. Et devant notre père, pas même un sourire, pas même une expression imaginable. Rien que le silence. Profond et opaque, comme la nuit. Dans la cuisine, la vie allait son cours : ma mère et mes sœurs, bien organisées, finissaient de préparer le dîner : leurs pas autour de la table. Après s'être lavé les mains et le visage, Simão s'assit, montrant ses paumes à la lumière. La mèche de la lampe à pétrole et sa flamme dissolvaient les ombres des murs, les nettoyaient des coins les plus cachés. Maria commença de mettre la table. Personne ne s'étonna que Simão se fût assis. Sa place était à un bout de la table. Je terminai mes devoirs et allai m'asseoir à la mienne. Quand il ne resta plus qu'à poser la soupière au centre de la table, mes sœurs s'assirent à la leur. Comme si nos quatre regards étaient des rubans tendus vers son corps, nous suivîmes le chemin que fit notre mère avec la soupière, du fourneau jusqu'à la table. Marta nous servit tous. Ma mère alla chercher du pain, un couteau, faire d'autres choses, parce que, tout bien réfléchi, elle avait d'autres choses à faire. Marta, Maria, Simão et moi avions déjà commencé à manger au moment où nous entendîmes la porte sur la rue battre mollement et sans se fermer, puis claquer et se fermer. Nous sûmes que

Kilomètre dix-huit

notre père était rentré. Quand il parut dans la cuisine en heurtant un peu de l'épaule le chambranle de la porte, personne ne le regarda. Il revenait de la taverne. Quand il parla, nous reconnûmes la voix qu'il avait pour parler. C'était une voix modelée, arrondie, traînante par moments. Une voix qui s'attardait sur des syllabes aléatoires, comme s'il allait s'endormir au milieu d'un mot, comme s'il peinait à le terminer. Une voix qui passait du grave au plus grave. Dans cette voix, les paroles se serraient les unes contre les autres. Notre mère ne lui répondit pas. Marta, Maria,

Simão et moi continuâmes de manger. Le chandail de notre père était rêche, il piquait. Je connaissais bien son contact. Un chandail brun, taché, avec de petits trous dans la laine, les coudes usés, et couvert de poussière et de sciure et de copeaux. Notre père. Nous reconnûmes sa voix qui s'adressait à notre mère et à personne, qui protestait parce qu'on ne l'avait pas attendu pour dîner. Sous ses mots traînants, mal articulés, répétés, le silence. Au bout d'un moment, ma mère tira sa chaise, et, calme, comme avec un enfant, lui dit de s'asseoir. Notre père se passa la main dans les cheveux : poussière, sciure, copeaux : et grommela des mots indistincts, puis tourna la tête d'un côté : sa voix étouffée : et de l'autre, et il s'assit. Notre mère remplit son assiette de soupe et repartit vers l'endroit où elle avait des choses à faire. Il était sérieux, l'expression figée. Et soudain, il se réveilla. Saisit sa cuiller, et, en grommelant, l'agita en l'air. Pour finir, il la plongea dans sa soupe. La souleva, la replongea. La souleva de nouveau, ouvrit la bouche, mais la reposa. Mes sœurs, mon frère et moi continuions de manger. Notre père demanda à notre mère pourquoi nous ne l'avions pas attendu. Elle ne répondit pas. Il leva sa cuiller pleine, attendit un instant et la jeta dans son assiette. Et redemanda pourquoi nous ne l'avions pas attendu. Notre mère ne répondit pas. De plus en plus en colère, avec des yeux qui changeaient, il redemanda pourquoi nous ne l'avions pas attendu. Notre mère ne répondit pas. Soudain, il se leva et fit tomber sa chaise. Il fit deux pas vers notre mère et la saisit par le bras, en lui serrant le poignet. Il la fit tourner vers lui. Un mur d'enfer dans ses yeux. Il lui reposa la même question. Elle ne semblait pas très effrayée. Il lui reposa la même question. Un moment arrêté : leurs deux respirations. Et il la poussa dans le dos. Notre mère tomba à genoux sur le sol. Simão se leva de sa place. Notre père tourna son visage vers lui. Il le toucha de sa fureur. Puis tourna de nouveau le visage vers notre mère. L'approcha du sien. Et lui reposa la même question. Elle lui opposa de nouveau son silence. Notre père leva la main pour la frapper où sa main tomberait. Au visage, dans le dos. Son bras était en l'air quand il sentit une autre main qui lui saisissait le poignet. C'était Simão. Il serrait les lèvres et ses yeux brûlaient aussi. Comme incrédule dans sa haine, notre père se tourna vers lui. Sans que personne la remarquât, notre mère se releva et s'appuya contre le mur. Les regards de notre père et de Simão, l'un contre l'autre, étaient une barre de fer unique. Mais notre père n'avait peur de rien. Sa force était invincible. Il libéra son bras d'un coup. Mon frère continua de le fixer de son œil gauche, de lui lancer son défi. Simão était un homme de seize ans. Il n'avait peur de rien. Et durant un instant, notre père entendit des phrases entières dans ce regard, et il voulut leur imposer silence, il voulut les éteindre pour toujours dans ce regard borgne. La grosse paume de sa main traversa l'air. Un mouvement rapide de mon frère l'arrêta en lui empoignant le bras. Notre père ne voulait pas y croire. La force de notre père contre la force de Simão. Du sang qui courait dans les veines. Notre père. Fureur, rage, qui ne parvenaient à rien. Des deux mains, mon frère le poussa. Notre père tomba assis, humilié et incrédule. Il se releva, courut vers Simão qui le poussa de nouveau, et de nouveau il tomba. Il se releva, hors de lui, la voix entravée par ce qu'il ne pouvait dire, et cria : dehors, à la rue ! Et il montra la porte avec sa main tremblante, et le traita de tous les noms, et cria : dehors, à la rue ! Mon frère, par-dessus sa voix, cria : que plus jamais je ne te revoie ! Les mots perçaient nos poitrines, nous déchiraient la peau, nous traversaient les côtes et, comme des couteaux successifs, s'enfonçaient dans nos cœurs. Le visage de notre mère, suppliant. Les visages de mes sœurs, effrayés et affligés. Mon visage, invisible. Et la voix de Simão, la voix de notre père : des voix d'hommes. Simão qui criait : jamais je ne remettrai les pieds dans cette maudite maison ! Et notre père qui ne cessait de crier : à la rue ! Sans cesser : à la rue ! Et Simão, sans rien prendre, sans même enfiler sa veste, qui partait : la nuit : et claquait la porte. Notre mère, en silence, fit deux pas comme pour le suivre et s'arrêta au fracas de la porte. Nous restâmes silencieux sous la chape de malheur qui nous recouvrit soudain. Notre père perdit ses forces et se transforma en son ombre. Après ce soir-là, jamais Simão ne reparut à la maison, jamais plus il ne vit notre père.

Kilomètre dix-neuf

pardonne-moi, petite. S'il te plaît, pardonne-moi. Je sais que tes mains m'ont sauvé. Je peux encore me rappeler ta peau, et tout ton corps, et tes yeux qui me voyaient dans les ténèbres, tes yeux brillants. Je veux ta voix, petite, douce petite. Car nous pouvons rêver ensemble. Nous pouvons nous asseoir ensemble et partager une pensée. Pardonne-moi. Les jours sont redevenus grands comme au temps où nous traversions les jardins main dans la main. Il faut qu'il existe et toujours éclaire, le soleil qui nous éclairait. Pardonne-moi. Elle dure encore, la légèreté comme une lumière, une lumière qui nous emplissait. Je t'en supplie : pardonne-moi. A nouveau, nous sommes tout : à nouveau, nous avons foi. Le temps n'est pas passé. Les jours sont redevenus la surface où nous rêvons. Les après-midi

seuls. Nous nous sommes mariés sans témoins, puis nous avons marché par les rues en nous tenant par la main. Comme je voulais une vie seulement nôtre, j'avais remplacé certaines choses dans la maison. J'avais fait un nouveau lit. Acheté un matelas. Fait une table et quatre chaises. Et acheté un fourneau. Ma mère et mes sœurs n'ont appris notre mariage que deux jours plus tard, quand je le leur ai révélé. Ma mère a compris. Mes sœurs n'ont pas compris, mais elles ont oublié leur incompréhension au bout de quelques minutes. Elles ont voulu savoir comment elle était. Elles ont voulu la connaître. Et imaginer notre enfant. Elles ont souri. Cinq semaines avaient passé depuis le soir où elle m'avait annoncé qu'elle était enceinte. C'était un après-midi de dimanche, en janvier. Son ventre avait trois mois, c'était une petite élévation de la peau. Quand nous étions seuls, je caressais son ventre avec la paume de ma main. Ma mère est arrivée avec Íris dans ses bras, Maria tenait Ana par la main, Elisa tenait Hermes par la main, et Marta est venue seule. Elles sont arrivées chez nous, ont occupé toutes nos chaises. Quand nous avons commencé à parler, Ana et Hermes se sont mis à jouer dans un coin de la pièce. Ma mère était heureuse que la maison eût repris vie. Mes sœurs regardaient fixement ma femme. Elles tentaient de lui parler, mais elle avait peine à répondre. Ces heures

soleil qui nous aveugle. Je viens de traverser un pont et passe devant un coureur arrêté au bord de la route, les mains pressées sur ses genoux pliés, qui a perdu le contrôle de sa respiration. L'air, comme de la pierre, entre et sort de son corps, le monde entre et sort de son corps. Il a fermé les yeux, tout son visage est contracté. Non loin de là, des gens, sans s'approcher de lui, le regardent apeurés. Je ne m'arrête pas, je ne m'arrête pas. Le soleil m'enfonce des aiguilles dans les yeux : des aiguilles faites de rayons de lumière. Mais je continue à courir, toujours, toujours, je continue

ont passé lentement. Bien qu'elles ne l'aient pas dit, ma mère et mes sœurs ont été gênées de voir la maison presque vide. A partir de ce jour-là, quand je passais chez Maria, j'en repartais toujours avec quelque chose que ma mère avait caché et me donnait. Inutile d'en parler à ta sœur. Et elle me donnait des paquets de biscuits, des sacs de poires, des pots de confiture. Toutes sortes de choses, qu'elle cachait sous le lit en métal où elle dormait : le lit déplié le soir et replié le matin. Quand je prenais le train et rendais visite à Marta, je revenais chargé de choux, d'oranges, de persil, de lard et de saucisses. J'acceptais tout, mais non sans honte, car je sentais qu'elles avaient pitié de moi, qu'elles se disaient que je n'avais rien, que j'étais comme un jeune enfant sans possession et sans défense. Mais comme c'était plus facile, j'acceptais tout et je partais en hâte.

reflété sur les pavés du trottoir. Lisbonne est la limpidité à travers l'air. Lisbonne est la couleur tachée des murs. Lisbonne est la mousse nouvelle qui pousse sur la mousse sèche. Lisbonne est le dessin des craquelures, pareilles à des éclairs, qui courent au ras des murs. Lisbonne est l'imperfection sage. Lisbonne est le ciel reflété

sur les pavés du trottoir. Il faisait froid, c'était le début de la dernière semaine de janvier. Du givre couvrait les herbes : des lames : qui poussaient dans les interstices entre les pavés du trottoir. J'avais les oreilles glacées. Le nez glacé. Les mains glacées dans le fond de mes poches. Quand j'atteignis la rue de la menuiserie, je ne m'attendais pas à voir Simão. Mais, en haut de la rue, je regardai et, presque appuyée au portail, je vis une silhouette prise de mouvements brusques. A chaque pas, je la distinguai mieux. Quand il s'aperçut que je m'approchais, il resta immobile à m'attendre. Mon frère : son visage borgne. Je ne comprenais pas son sourire. Je comprenais la peau sale de son visage. Je ne comprenais pas son enthousiasme. Je comprenais ses cheveux en bataille, leurs mèches collées, solides et durcies par la gomina séchée. J'étais à deux pas de lui. Pas de salut : ni bonjour, ni un mot, ni même une syllabe. Je fis deux pas et, à côté de lui, tournai la clef pour ouvrir le portail. Nous traversâmes ensemble l'entrée en terre battue. Mon frère voulait me parler. Il avait une nouveauté qu'il ne parvenait pas à m'annoncer. J'étais habitué aux nouveautés de Simão, à ses enthousiasmes pour rien : aussi, dans l'atelier, quand nous nous arrêtâmes, fut-ce moi qui pris la parole et qui lui dis que je m'étais marié. Simão fit une mine qui voulait dire les phrases appropriées, attendit le temps d'une pause, puis, quand il lui sembla qu'assez de temps avait passé, il me dit qu'il avait trouvé

Kilomètre vingt

un piano à réparer. Ensuite, il attendit la réaction que je n'eus pas. Je respirai. Les mots me manquaient. Il m'expliqua alors qu'un des hommes de la taverne lui avait parlé d'un piano qu'il souhaitait vendre, dont personne ne jouait plus depuis de nombreuses années, qu'on oubliait sous une housse. Je lui demandai s'il pensait que nous n'avions pas déjà bien assez de vieux pianos, bien assez de pianos cassés que la poussière enfouissait dans le cimetière de pianos. Le visage de mon frère perdit son air enthousiaste. Mais, au bout d'un instant, il me dit que nous pourrions le réparer, le rendre comme neuf et le vendre. Je souris devant sa naïveté. Je savais que même si nous remettions ce piano en état, peut-être pourri, peut-être irréparable, jamais nous ne réussirions à le vendre. Mais j'eus pitié de son regard d'enfant et lui dis que, dès que nous pourrions, nous irions voir l'état de ce piano. Peut-être le lendemain, ou la semaine suivante, ou jamais. Je n'avais pas l'intention de tenir cette promesse, mais elle suffit pour que mon frère s'enthousiasmât à scier et poncer le bois, à recommencer ses histoires, sans fin, sans suite, incomplètes, incompréhensibles. Sans l'écouter, j'avais une seule pensée : qui emplissait tout le matin : tous les pouvoirs d'une seule pensée. L'heure du déjeuner était loin, mais je regardais la pendule, je regardais la pendule, et encore la pendule. Ses aiguilles étaient trop lentes. Quand je ne pus plus attendre, la fin du matin approchait. Je posai mes outils, dis à mon frère : à plus tard, vaguement, et quittai la menuiserie. Les rues. Benfica était les oiseaux qui decendaient du ciel pour se poser devant moi, puis reprendre leur envol à mon passage. Les gens désorientés. Benfica était les flaques d'eau qui me reflétaient par instants. Janvier. Benfica était le vent froid qui moulait mon corps. Je frappai à la porte. Combien de temps attendis-je ? La dame m'ouvrit avec le sourire qu'elle avait eu chaque fois, mais pour moi, en cette heure de la matinée finissante, c'était comme une autre dame, c'était comme un autre sourire. Je la suivis par le couloir. La double porte du salon. Les détails de tous les contours : les courbes, les droites, les angles : me paraissaient trop nets, paraissaient vouloir me parler, vouloir me dissuader. Par moments, je fermais les yeux, et à d'autres, je m'obligeais à garder les yeux ouverts. Ce fut ainsi que j'entrai dans le salon et la vis assise au piano. Les touches : les cordes : les notes : tout cela s'élançait vers moi et tout cela me transperçait. Des fils de sang coulaient de mes blessures comme des pistes, des traces laissées qui m'accusaient d'un crime que je n'avais pas encore commis, mais qui était inévitable. Je couvris mon incertitude d'un regard ferme, comme un masque de feinte résolution. Quand elle eut fini de jouer, derrière moi la dame avait déjà disparu. Quand elle eut fini de jouer et leva son regard vers moi, son visage se transforma, car elle comprit sur-le-champ. Alors, soudain, les mots que j'avais pensés et pensés toute la matinée à la menuiserie, puis le long du chemin, dans les rues, les mots avec lesquels je m'étais réveillé. Alors, soudain, à son visage, je ne sus dire que les mots bruts, les mots uniques et impossibles, abîmés d'avoir tant de fois été répétés dans ma tête, perpétuels, telles des épines, telles des lances, et faits de pierre, et faits de nuit, et faits d'hiver, ultimes à chaque syllabe, inévitables après les avoir prononcés, et séparant la chair des os, morts, morts, mourants et mortuaires, tuant, couvrant le monde entier des ténèbres absolues de leur mort. La dernière fois que nous nous voyions. Je lui dis que c'était la dernière fois que nous nous voyions. Son regard se blessa de peine. Le silence. Et après l'incrédulité, les larmes : clarté liquide, limpide, noyée. Elle marcha jusqu'à la fenêtre, me tourna le dos et resta immobile devant le reste froid et blanc du matin. Et tout son corps semblait se déverser sur le tapis. Je marchai jusqu'à elle. Et je posai mes mains sur ses épaules

la dernière fois ne viendra jamais

sans rien lui dire. J'espérai que mes mains, leur seul poids et leur seul contact, pussent lui dire tout ce qui était vrai et n'avait pas de nom. La dernière fois que nous nous voyions : chaque geste, chaque moment. Elle se retourna vers moi et nous nous regardâmes avec la force : un instant : de pouvoir croire qu'aucun dieu ne pourrait nous séparer. Mais aussitôt, dans une certitude qui s'enfonça entre nous, beaucoup plus grande qu'un instant, nous sûmes que nous allions nous séparer malgré tout. La dernière fois que nous nous voyions. Tout était dernier. Elle me tomba dans les bras. Je serrai son torse, l'écrasai contre le mien. Chacun de nous posa sa tête sur l'épaule de l'autre : nos joues qui se touchaient : nos larmes chaudes. Du temps passa. Nous nous éloignâmes pour nous regarder. Nous partageâmes un regard. J'ôtai ses vêtements. Otai les miens. Alors, nos corps. Et la lumière blanche sur nous. Mon corps contre le sien, mon corps qui battait, battait,

battait contre le sien, et le broyait. Mes doigts. Légers. Les points de la peau que mes doigts touchaient. Mes doigts, très doux. Et le choc répété de la chair. Les visages défigurés. La lumière, intense, de tous les côtés, permanente, constante, aveugle. Nous restâmes étendus sur le tapis, côte à côte : nos têtes sous le piano. Nous n'avions pas de mots. Nous avions le silence. Nous avions nos respirations et ce que nous voyions, subitement réel. Nous avions le temps qui nous ramenait à la vérité et à la tristesse. Sans qu'elle se levât, et marchât nue, et s'assît au piano. Elle resta étendue, sans force, sans vie : le regard défait. Je me levai. Me rhabillai avec lenteur. L'étoffe de mes vêtements n'étanchait pas les plaies de mon corps déchiré. La dernière fois que nous nous voyions. Je marchai vers la porte du salon, la laissant étendue sur le tapis, sans regarder derrière moi. Puis j'atteignis la porte et regardai derrière moi. Son visage crut que j'allais revenir, que je rebrousserais chemin jusqu'à ses bras, jusqu'à son corps nu et abandonné. Je ne rebroussai pas chemin. J'ouvris la porte et je courus par le labyrinthe rapide et impossible du couloir. J'ouvris la porte sur la rue et je courus, perdu, détruit, de rue en rue dans Benfica.

poids, les jambes, les bras, qui alternent. Ou peut-être est-ce le sang dans mon corps qui me semble lourd, et qui m'épuise. Ma chemisette et mon short se collent à la graisse. La sueur que je ne transpire pas bout sous ma peau. Peut-être est-ce la sueur qui me semble lourde, m'épuise. Les maisons sont de plus en plus loin. Les maisons que je longe. Et les gens aux fenêtres. Je ne regarde pas les coureurs qui me dépassent. Je regarde mes jambes : leur mouvement perpétuel. Et mes pieds qui touchent le sol, et me soulèvent, et me font avancer. Mes jambes. Je trébuche. Je tombe sur les paumes de mes mains

Kilomètre vingt et un

et je me relève. Je ne peux pas m'arrêter. Je frotte mes mains pour chasser de ma peau le souvenir des pavés, des grains de poussière. Les pavés brûlent : braise. L'image de Stockholm ondule. Les façades des maisons se distordent. Des bulles naissent dans les couleurs des maisons, des trous

car c'était peut-être un après-midi de juin. Je n'arrive pas à en être sûr. Ce pouvait être aussi un après-midi de la fin de mai, ou même de juillet, mais il ne faisait pas très chaud. C'était un après-midi calme. Mon père ne parut pas contrarié de me voir sortir dans la cour, et ne me demanda pas où j'allais. Des pensées le distrayaient de moi. Peut-être pensait-il à des pianos. Mes pas écrasèrent des copeaux de pin tandis que je marchais jusqu'au portail de la cour. J'étais un jeune garçon. J'avais treize, quatorze ans. Marta habitait encore la maison près de la menuiserie. Quand j'entrai, Simão était déjà là. Il était venu voir Elisa, qui était encore toute petite, mais qui trottait déjà, courait déjà, et venait ce jour-là de se réveiller de sa sieste. Simão jouait avec elle. Marta souriait. Leurs voix se mêlaient à la clarté douce qui entrait par les fenêtres entrebâillées. Ce fut dans leurs sourires et dans leurs voix que j'entrai. Cet après-midi-là, comme beaucoup d'autres avant et après celui-là, la présence de Simão était toujours clandestine, car nous ne pouvions dire à notre père que nous l'avions vu, nous ne pouvions parler de lui. D'autres fois, ma mère, en cachette, nous demandait en murmurant de ses nouvelles. Nous lui répondions en cachette, en murmurant. Discrètement, pour qu'Elisa n'entendît rien, Marta nous dit qu'elle devait aller à la menuiserie, mais elle n'y ferait qu'un saut, elle allait emprunter un marteau et des clous, dont elle avait besoin pour une raison sans importance : planter un clou, suspendre un cadre. Le mari de Marta était sorti pour s'occuper de plusieurs choses, entre autres emprunter un marteau et des clous, mais des heures avaient passé et il n'était pas revenu. Peut-être s'était-il attardé à la taverne, dit Marta. Simão et moi divertîmes Elisa pour que notre sœur pût sortir de la maison sans qu'elle s'en aperçût, sans qu'elle se mît à pleurer et voulût partir avec elle. Mon frère et moi prîmes des voix menues d'enfants, qui dirent des mots qui n'existaient pas ; sous ces mots, le son de la porte qui, presque imperceptible, s'ouvrait et se refermait. Marta, environnée par cet après-midi : de juin, peut-être : s'éloigna dans la rue : ses pas insouciants dans les rues, et dans l'entrée de la menuiserie. Des oiseaux, des moineaux la survolaient. Les bruits lointains de la ville dans les bruits lointains de la nature. Marta marchait vers la menuiserie et, bien qu'elle fût tout près, comme elle sortait très peu de chez elle, il lui semblait que la distance était plus longue : une promenade. En passant devant la taverne, elle se pencha pour voir si son mari y était et avait oublié l'heure. Il n'y était pas. Il n'y avait là

la chaleur : le feu : les flammes : la chaleur : les braises : la chaleur : la chaleur : sans échappatoire : je cours, je fuis : mais on ne fuit pas la chaleur, le feu

que deux hommes assoupis. L'un des deux était debout, tout le poids de son corps penché sur le comptoir ; l'autre, assis sur une chaise de guingois, les coudes appuyés sur une table sale, la tête tombée sur les mains. Personne derrière le comptoir. Dans la taverne, c'était un autre mois et une autre heure du jour. Marta laissa derrière elle cette image suspendue et continua de marcher.

Ses pas étaient lents, car elle profitait de sa liberté. Je crois qu'elle souriait. Ce n'était pas un grand sourire qu'on voyait, mais une touche de douceur sur son visage. C'était une heure à respirer à plein, une heure à remplir tout son corps d'air propre et neuf. Marta franchit le portail de la menuiserie, et, quand elle fut entrée, avant que ses yeux fussent accoutumés à l'ombre, elle perçut des sons qui provenaient du cimetière de pianos. Elle crut que c'était notre père et fit un pas silencieux, en s'apprêtant à l'appeler. Elle s'arrêta tout à coup et se transforma en pierre quand, dans l'espace entre deux pianos, derrière un mur de pianos, elle distingua la moitié du visage de son mari. Les manches de sa chemise retroussées, ses bras serraient le dos d'une femme. Leur souffle gourmand quand ils s'embrassaient. La bouche de son mari courant, vorace, sur le cou d'une femme. La bouche de son mari cherchant la bouche d'une femme. Marta, en silence, fit deux pas en arrière. Dans l'entrée de la menuiserie, son corps couvert d'une robe à fleurs. Et à cet instant, quelque chose qui descendait du ciel, montait du centre de la terre, la traversait de part en part. Elle toucha son visage à deux mains pour être sûre qu'il existait. Elle n'eut pas à attendre longtemps pour voir son mari sortir du cimetière de pianos, avec un air de fausse désinvolture, regardant de côté et d'autre. Il aurait pu facilement la voir. Marta était derrière un tas de longues planches appuyées contre le mur. Une bonne partie de son corps était visible. Mais il ne la vit pas, marcha sur la terre battue, puis entra dans l'atelier. Marta entendit sa voix, derrière le mur, étouffée, lointaine, qui saluait notre père. Ensuite, ensuite, lentement, elle vit la femme sortir du cimetière de pianos. C'était Maria. Qui boutonnait sa blouse, époussetait sa jupe. Pressée et sans rien remarquer, elle sortit par le portail.

Kilomètre vingt-deux

sur la table neuve que j'avais faite. Dès que le ventre de ma femme commença de se remarquer, deux semaines avant notre mariage, elle cessa de travailler à l'hôpital. On l'avait renvoyée chez elle. Ce soir-là, quand je rentrai, elle était assise, immobile, et fixait la porte. Elle n'avait rien à faire. Le dîner était déjà prêt et la maison bien rangée. Mais son regard n'était pas simple : il contenait une sorte de peine que je ne comprenais pas bien, mais qui me faisait me sentir en faute. C'était comme si son regard rivait une faute au centre de moi. Je lui souris nerveusement. Mais elle ne me sourit pas. Son visage, éclairé par la lampe à pétrole, garda son expression sérieuse. Je dis quelques mots : tout va bien ? Mais elle ne répondit pas. Comme si j'ignorais la dureté de son regard parce que rien ne l'expliquait, je marchai vers le lavabo. Je tournais le dos à ma femme quand j'entendis enfin sa voix. Elle me demanda : est-ce que tu m'aimes encore ? Je fermai mes paupières sur mes yeux pour sentir le poids qui tombait en moi : du plomb. J'ouvris les yeux et me tournai vers elle en souriant. Je m'approchai, posai mes mains : grosses, rugueuses, brutes : sur ses épaules. Je me baissai pour l'embrasser, mais elle écarta son visage et demanda de nouveau : est-ce que tu m'aimes encore ? Un moment passa où nous nous regardâmes, et, quand je voulus de nouveau l'embrasser, elle ne s'écarta pas. Les lèvres de ma femme me restèrent un moment étrangères. Puis, lentement, redevinrent familières. Ensuite, son regard et son silence, suppliants. Comme sans comprendre, je parvins à lui sourire encore. En m'efforçant d'amenuiser l'importance de sa supplique, je me retournai de nouveau et marchai vers le lavabo. Mais j'avais beau tenter de l'éviter, j'étais accompagné par l'image de son corps, son corps à elle étendu nu sur le tapis. Au fil de mes pas, je l'entendais encore dans ma tête, qui jouait du piano. Je distinguais l'odeur de son corps sur ma peau. J'emplis mes mains d'eau froide

j'emplis mes mains de feu, de flammes et de braises

car tu connais l'innommable. Et tu demeureras toujours auprès de moi, en échappant aux noms qu'on ne te donne pas, tu continueras d'abolir la distance des ans et du temps. En mourant, tu rêveras que tu es vivante. Et qui pourra dire si, morte, tu rêves que tu es vivante, ou si, vivante, tu rêves seulement que tu viens de mourir? Aujourd'hui, maintenant, tu existes en moi, tu es belle dans mon corps. Nous sommes à nouveau

pour me la lancer au visage, et renaître. Je pris la serviette à deux mains et me séchai. Puis, le dîner. Le soir passa à la vitesse de la lampe à pétrole sur la table, à sa lenteur. Ce jour-là, je ne m'étais pas entraîné, mais je me couchai plus épuisé qu'après les dimanches de marathon. J'étais plus las que maintenant, avec le soleil qui veut me tuer. Car j'étais las à l'intérieur. Sous le drap, je posai la paume de ma main sur le ventre de ma femme, sur notre enfant. Et ce fut ainsi que je m'éveillai le matin suivant, de nouveau avec du courage, de la force, et le don de moi. Dans la chambre, tandis que je m'habillais, ma femme me regardait. Dans la cuisine, tandis que je buvais mon café, ma femme me regardait. Dans la rue, la lumière. Un voisin me dit bonjour à travers le froid. Ce fut comme si sa voix

le soleil braque toute sa force sur mes yeux, je cours contre le soleil, j'entre dans le soleil traversait du verre. Je lui répondis, mais n'entendis pas ma voix. Et je ne m'arrêtai pas. Du vent glacé entrait par les manches de ma veste, de mon gilet, de ma chemise, il montait dans mon pantalon. Entre le tissu et ma peau s'étendait une surface de froid, une seconde peau. La chaussée de terre battue menant à la menuiserie. La taverne, ouverte, mais vide. Un comptoir en marbre désert, une table et deux chaises vides. Je ne m'arrêtai pas. Le trousseau de clefs dans ma poche. J'ouvris le portail. Mes pas de tous les jours, mes gestes de tous les jours, si différents, si inconnus, car c'étaient des moments présents et concrets. C'étaient des moments de ma solitude. J'avais appris à les toucher, les respirer et exister au-dedans d'eux. Comme quand je courais dans les rues et que Lisbonne était tous les mois de l'année. Comme quand je courais et que les saisons de l'année étaient les couleurs de ma solitude. Profonde et pleine de sens intransmissibles. Il y avait longtemps que je connaissais ma solitude : toutes les pensées que j'avais au-dessus du silence, les paroles qui poursuivaient un écho qu'elles n'atteignaient jamais. C'était dans les peines de ma solitude : chemin noir de statues : que je m'édifiais. Ce matin était fait d'instants qui appartenaient à ce temps. La sciure qui couvrait le sol m'imposait silence. Je m'approchai d'une fenêtre pour voir viens

l'hiver dans la cour, le ciel propre et froid. J'entrai dans cette image infinie. Je disparus. Sortis de cette image infinie. Marchai jusqu'à mon établi. L'odeur de l'intérieur du bois. Je tenais le rabot à deux mains quand la dame entra. Son visage

Kilomètre vingt-trois

ne souriait pas. Apeurée, affligée, soucieuse, c'était une autre personne. Une broche en or au col de sa veste noire, et c'était une autre personne. Petite, maigre, une autre personne. Elle me demanda de venir voir le piano. Quand elle perçut mon étonnement, ou mon embarras, ou ma crainte, elle me supplia de venir voir le piano. Je la regardais sans comprendre. J'avais vu le piano la veille. J'étais resté couché, nu, la tête sous le piano. Je n'arrivais pas à comprendre qu'au bout d'une seule nuit le piano pût lui causer tant de chagrin. J'inventai mille raisons : peut-être était-ce un subterfuge désespéré pour me faire revenir, peut-être était-ce elle qui avait besoin de moi, peut-être même le piano était-il vraiment détraqué, peut-être, peut-être, peut-être. Toutes ces idées accompagnées et recouvertes du souvenir de son regard quand je lui avais dit : nous nous voyons pour la dernière fois, quand elle était restée étendue, nue, pour toujours ; accompagnées par le poids qui m'enfonçait le cœur dans la poitrine, dans un puits que j'avais à l'intérieur de la poitrine. Je n'arrivais pas à comprendre ce qui avait pu abîmer le piano, mais je lui dis que je viendrais. Sans lui demander ce qui était arrivé, mais je lui dis que je viendrais. Que je devais attendre mon frère, mais que dès qu'il serait là, et il ne tarderait pas, je viendrais voir le piano. Satisfaite, mais encore apeurée, encore affligée, elle s'en alla. Ma tête resta pleine

entra sans un mot dans l'atelier et éteignit une conversation sans intérêt. Son mari, qu'elle venait de voir dans le cimetière de pianos avec Maria, la regarda avec irritation. Notre père la regarda aussi, sans curiosité. Son mari lui demanda : qu'est-ce que tu fais ici ? Marta avait la voix d'une ombre claire, presque invisible, et dit, de cette voix en ruine : je suis venue chercher un marteau et des clous. Mais il lui coupa la parole. Je t'avais dit que je le ferais, non ? Pourquoi es-tu si pressée ? Du même ton agressif, dédaigneux, il demanda : et tu as laissé la petite seule ? Marta s'obligea à le regarder dans les yeux : elle est restée avec Francisco. Le nom de Simão ne pouvait être prononcé. Alors seulement, sans inquiétude et sans rien dire, notre père, lointain, prit conscience de mon absence. Dans un instant tout petit de silence, plus petit qu'un espace entre deux mots, Marta se sentit trembler à l'intérieur. Sévère, son mari lui dit : je prendrai le marteau et les clous, je vais rentrer. Marta s'obligea à le regarder dans les yeux. Elle voulait sentir sa cruauté. Muette, seule, elle rentra à la maison. Le monde, en elle, au-dehors d'elle, était une construction de lames qu'elle ne pouvait toucher. Quand elle fut rentrée, elle ne vit ni mon visage, ni celui de Simão. Nous parlâmes de quelque chose, mais sans nous voir réellement. A son arrivée, Elisa s'anima : maman, maman, maman. Marta la prit dans ses bras et la serra très fort : une étreinte qui, dans ses yeux fermés, dura longtemps, très longtemps. Je dis : il faut que je parte. Simão partit avec moi. Sur le seuil, je repris la direction de la menuiserie et Simão en prit une autre. L'après-midi était délicat sur la ville, sur les potagers à distance, sur les rues et sur la chaussée menant à la menuiserie. L'après-midi aiguisait le brillant des choses. L'après-midi entrait par les fenêtres de la maison de Marta et se lançait en torrent sur le sol. Les jambes courtes d'Elisa trottinaient autour de la table, ses petites mains cherchaient quelque chose qu'elles ne connaissaient pas. Sans que personne le sût, sans qu'elle-même y prît garde, ce fut ce jour-là que Marta commença à grossir. Avec des mouvements lents, elle ouvrit un placard, y prit une boîte de beignets secs et durs, couverts de cannelle et de sucre, et s'assit pour les manger. Son regard s'embuait dans l'air vide. Elle n'arrivait pas à penser à Maria. C'était insupportable. En mâchant encore le dernier beignet, elle fit deux pas vers la desserte sous la fenêtre et saisit un plat émaillé plein de lard frit et refroidi. Elle prit un couteau dans le tiroir aux couverts, une corbeille de pain, et se rassit pour manger. Quand elle finit par se sentir l'estomac lourd, elle se frappa la poitrine avec sa main fermée.

de possibilités et de contradictions. Mon frère arriva au milieu de la matinée. Dès que j'entendis ses pas sur la terre de l'entrée, je posai mes outils et m'éloignai de mon établi. Quand il entra dans l'atelier, j'époussetais la sciure de mon pantalon et des manches de mon gilet. A peine eut-il fait deux pas, à peine eut-il ouvert la bouche sans même dire un premier mot, que je passai devant lui et lui lançai : il faut que je sorte, à plus tard. Il tourna très fort la tête pour que son œil gauche, grand ouvert, pût me voir de dos. Benfica vivait, des voitures à cheval passaient, et des automobiles, et des gens, et des pigeons.

comme si j'approchais mes mains trop près de la lumière, presque assez près pour la toucher, comme si tout mon corps, ce corps, était mes mains je pris la rue où habitait ma sœur Maria. C'était la fin d'après-midi. Dans quelques jours, je partirais. Ma mère était à la fenêtre et me guettait, Íris dans ses bras, et, quand elle me vit passer, elle prit sa petite main par le poignet pour me faire signe. Je leur fis signe à mon tour et souris. Au visage de ma mère, à son sourire, je compris qu'elle était fière de moi. Il ne me fallut pas longtemps pour arriver jusqu'au quartier de São Sebastião da Pedreira, encore tranquille quand je revins sur mes pas. Jusqu'à Benfica, porté par l'espoir, je dépassai toutes les autos. De nouveau, je passai par la rue où habitait ma sœur Maria. Je ne distinguai aucun mouvement dans la lumière derrière la fenêtre et les rideaux de tulle. Je voulus imaginer que, ce jour-là, ma sœur ne se disputerait pas avec ma mère ni avec son mari. J'arrivais à me rappeler les moments où ma mère et ma sœur commençaient de se disputer pour une raison ou une autre. D'abord, c'étaient des mots accidentels, des mots qu'elles ne pensaient pas et qui les peinaient toutes deux. Puis elles faisaient mine de pleurer, s'accusaient mutuellement et prenaient parfois à témoin le mari de Maria, parfois même les enfants, Ana et Íris, qui pleuraient aussi ou bien restaient côte à côte en se tenant par la main. J'arrivais à me rappeler les moments où Maria et son mari commençaient à se disputer. Elle pouvait, ou non, lui dire deux ou trois phrases qui l'insultaient ou l'accusaient. Alors il la poussait, cassait des assiettes par terre, cassait des verres. Une fois, il prit à deux mains la grande soupière en faïence qui ornait toujours le centre de la table et la jeta sur le sol. Ana et Íris pleuraient ou bien restaient côte à côte en se tenant par la main. Tandis que je passais dans la rue en courant, je voulus imaginer que ce jour-là, ni Maria, ni son mari, ni notre mère ne se disputeraient. Deux ou trois fois par semaine, j'avais coutume de faire halte, pour boire un verre d'eau et voir si tout allait bien. Mais pas de halte ce jour-là. Car c'était un jour pour courir sans m'arrêter.

Kilomètre vingt-quatre

ne souriait pas. Elle avait l'expression apeurée, affligée, soucieuse qu'elle m'avait montrée à la menuiserie un peu plus d'une heure plus tôt, mais elle restait distinguée. Une dame distinguée. Je la suivis par le couloir. Il y avait longtemps que je connaissais ce chemin, mais des règles s'étaient fixées que nous ne pouvions altérer, il était trop tard à présent. Pour elle, je resterais cette image que j'ignorais moi-même, dans cet ordre millimétré. Nous glissâmes par le couloir, en silence. Nos pas étaient rapides et une brise venait à notre rencontre, que nous traversions. Nous atteignîmes la double porte du salon. Quand elle ouvrit, je trouvai là ce que je m'attendais à voir, et ce que mes yeux découvrirent : le grand piano brûlé, détruit, sans jambes, effondré sur le sol. Les murs près du piano étaient noircis de suie. Et noir le plafond au-dessus. Brûlé, le tapis tout autour. Je marchai, incrédule, et me baissai pour voir le piano presque consumé, son intérieur de cendre traversé de métal noirci, les plaques de bois encore mal refroidies et réduites à des braises, la surface vernie déformée par des bulles où le bois n'avait pas brûlé. Dans mon dos, la dame était une petite statue, maigre, vieille, et je n'eus pas besoin de lui poser de questions. Car je pouvais imaginer l'instant où elle avait lancé la lampe à pétrole allumée dans le piano. Et je pouvais imaginer son désespoir. Et l'imaginer immobile devant le piano en flammes. La peau blanche de son visage illuminée par les flammes. Je pouvais imaginer les cordes vibrant dans le feu. Je ne sais pas ce que la dame s'attendait à m'entendre dire. Je ne dis rien. Je repris le couloir tout seul, en sachant que dans la maison, quelque part, il y avait elle : le corps que j'avais aimé, la peau que je connaissais toute, et que je connais toujours. Les rues de Benfica n'existaient plus. Je regagnai la menuiserie, entrai dans l'atelier, et Simão, absorbé dans ses pensées, s'effraya de mes pas rapides. Je ne lui laissai pas le temps de reprendre son souffle, je lui demandai : pouvons-nous aller voir le piano dont tu m'as parlé hier ? Etonné, il me regarda avec son œil gauche comme pour dire oui. Je le pris par le bras, l'entraînai dans la rue. Je fermai le portail et nous partîmes ensemble. Il me parla de ce piano, il me décrivit son état. Mais je ne l'écoutais pas.

l'air entre en moi en bouillant. Je respire de l'air bouillant

la nuit tombait sur toutes les rues. Dans la cuisine, ma femme avait les mains tendues au-dessus d'une casserole. Son ventre l'obligeait à rester à distance pour faire tomber du persil, de la coriandre ou une autre herbe. Oublieuse de l'heure, elle me dit : tu es déjà rentré ? Je marchai jusqu'à elle pour l'embrasser. Tandis que mes lèvres s'approchaient, que mon menton trouvait sa place au creux de son cou, elle rentra la tête dans les épaules et, en mots entrecoupés de rires, me dit : je ne veux pas des baisers d'un homme qui transpire, va te laver d'abord. Mais je l'embrassai, l'embrassai de nouveau, trouvai place pour mes baisers sur les surfaces de peau qu'elle, tout en riant, ne parvenait pas à me dérober.

je vois d'autres coureurs au loin. Comme moi, ils sont à la peine. Eux aussi, je le sais, ont été des enfants qui couraient, couraient sans but. De jeunes garçons pleins d'espoir. En d'autres lieux, le temps s'est arrêté pour eux aussi quand leurs lèvres ont touché des lèvres. Dans le monde entier, sur des places, des escaliers, sous des arcades, sur des ponts, le geste simple des lèvres qui s'approchent, de la peau qui commence à se toucher au seuil de ses contours, à se joindre, lentement et absolument, et reste ainsi, peau contre peau et lèvres à lèvres ; dans le monde entier, sous des milliers d'arbres d'apparence très différente, au son de milliers de cloches, au bord de rivières grandes ou petites, des mèches touchent une joue, la force d'un visage est sentie par l'autre visage, sa saveur ; dans le monde entier, des gens de toutes tailles et de toutes races, des maisons en bois ou en pierre, des jardins, le poids tiède des paupières sur les yeux, la respiration qui touche la peau, lèvres à lèvres, matin, après-midi ou soir, ou maintenant, et des campagnes et des villes et des gens, deux personnes, le monde entier immobile pour deux personnes, dans le monde entier le monde immobile. Au loin, le dos d'un coureur. Maintenant, c'est comme s'il était simple

je t'aime presque trop, je t'aime presque trop, je t'aime presque trop

sœurs. Jamais Marta ne parla à Maria de cet après-midi dans le cimetière de pianos. Il y eut un seul déjeuner de dimanche dans la maison de nos parents où Marta, en colère, blessée, ignora sa cadette. Mais sitôt après, elles furent ce qu'elles avaient toujours été. Marta savait pardonner et s'obligeait à oublier. Quand Maria venait voir Elisa, encore petite, Marta lui souriait, et elles étaient sœurs, rien d'autre que des sœurs, toujours. Pourtant, parfois, quand Elisa faisait sa sieste ou que Maria passait la soirée seule, le souvenir lui revenait de cet après-midi du début de l'été. Un instant, l'image du visage de son mari, parmi des pianos, derrière des pianos, et du dos de notre sœur. Un intant, de nouveau, l'image de la tête de son mari qui s'enfonçait dans le cou de notre sœur. Marta, seule, contractait le visage, elle fuyait cette image et mangeait toute une casserole de pommes de terre bouillies, se faisait cuire des saucisses. Seule, elle allait et venait dans les après-midi immenses de la maison. Son mari partait, revenait. Marta le suivait du regard, elle lui emboîtait le pas et s'efforçait de lui parler d'une voix douce, mais son mari pressait l'allure, il ne l'attendait pas, il ne la voyait pas, il ne l'écoutait pas. Le matin, quand il était déjà parti et qu'Elisa dormait encore, Marta s'arrêtait devant le miroir. Du bout des doigts, elle dénouait les rubans de sa chemise de nuit et la laissait tomber à ses pieds. Et elle regardait son corps : la peau épaisse enveloppant des formes pareilles à des pierres, qui grossissaient avec extravagance. Et, reflétée dans le miroir, elle se regardait dans les yeux. En quelques mois, son corps était devenu difforme. Quand je venais la voir, j'arrivais à la faire rire. Et tout en bavardant, tout en jouant avec Elisa, j'assistais aux changements qui se produisaient dans son corps. Ma mère, en venant voir sa petite-fille, assistait aux changements qui se produisaient dans son corps. Simão, quand il passait, assistait aux changements qui se produisaient dans son corps. Mon père, Maria, tous, nous assistions aux changements qui se produisaient dans son corps, mais jamais nous n'en disions rien. Le dimanche, quand Marta arrivait, tenant Elisa par la main, que son mari arrivait un peu plus tard et que nous nous asseyions tous à table pour le déjeuner, nous voyions sans la commenter la façon dont Marta piquait avec sa fouchette de gros cubes d'entrecôte et les dévorait, très vite, l'un après l'autre, les lèvres grasses et les yeux de plus en plus petits dans son visage rond.

Kilomètre vingt-cinq

les ressorts de la carriole. Simão, trois hommes de la taverne et moi déchargeâmes le piano. Un peu plus tôt, dans la maison de son vendeur, quand nous nous étions trouvés devant le piano et qu'il nous avait dit le prix, mon frère s'était approché de mon oreille et avait murmuré : accepte. J'étais resté silencieux, comme si je réfléchissais, et j'avais regardé le piano, regardé l'homme, et le piano, et l'homme, et proposé la moitié de la somme. Il avait accepté aussitôt. Tandis que nous entrions dans la menuiserie en portant le piano : un poids à nous écraser contre le sol : je vis que les hommes ne résistaient plus. Nous nous arrêtâmes, respirâmes un peu et recommençâmes. Nous le posâmes dans l'atelier. Puis nous allâmes à la taverne et bûmes deux tournées de vin. En ressortant, c'était janvier. Dans l'atelier, le piano droit, verni, avec des rayures furtives. Simão parlait, racontait des histoires, inventait des avenirs. Je tournais autour du piano, concentré. Puis, le moment venu, je m'immobilisai et posai mon index sur une touche : une note fausse. De cette note commença toute une semaine où Simão et moi passâmes tous nos matins et tous nos après-midi autour de ce vieux piano. Les heures se succédaient lentement, je pensais à elle, mon frère allait dans le cimetière de pianos pour chercher des pièces manquantes et en revenait satisfait avec des chevalets, des tringles, des marteaux. Je m'attendrissais de voir le visage borgne et souriant de Simão : mon frère, mon frère. En fin de journée, je le laissais à la taverne et partais m'entraîner. Je courais dans un temps de combustion incessante : une flamme soufflée en moi. Comme du sang, je courais dans les veines de Lisbonne, j'atteignais son cœur, je m'enfonçais dans son cœur, puis, plus lentement, je me répandais, coulais au-dehors. Secret à moi-même. Je rentrais chez moi et trouvais un lieu suspendu. Ma femme sous la lampe à pétrole, son ventre, notre enfant qui se formait, grandissait lentement, et attendait son moment. Comme maintenant

marqué dans le temps. Maintenant. Maintenant est un pieu fiché dans la surface du temps, comme il pourrait être fiché dans la terre. Toutes les cordes du temps sont attachées à ce pieu et pourraient soutenir une tente géante, vaste comme le ciel. Les jardins qui entourent l'entrée du stade sont derrière nous depuis longtemps, ou peu de temps, ou longtemps, ou peu de temps. A chaque enjambée, un maintenant différent. Je cours et entraîne le temps. Un pas, un maintenant, un autre pas, un autre maintenant, et je continue : maintenant, maintenant, maintenant. Je n'ai plus peur. Je suis éclairé par mes certitudes. J'accepte naturellement que, maintenant, mon père vient de mourir ; comme, maintenant, ma sœur Maria est tombée de bicyclette lors du pique-nique à Monsanto ; comme, maintenant, ma nièce Elisa vient de naître ; comme, maintenant, je me trouve ici, fixe en cet instant, en ce pas, que remplace un autre, que remplace un autre, et un autre encore. Où est ma femme, c'est un moment qui existe. Si différent, exactement semblable, le même moment. Où est ma femme, c'est un moment qui existe et qui, pour elle, dure beaucoup plus ou beaucoup moins de temps. Et où je suis : ici, sur cette route. Ici, où elle pourrait être en fermant les yeux. Tout le temps, les années, les décennies que j'ai vécues, que je vivrai, que je n'ai pas vécues, que je vivrai, que je ne vivrai pas, existent dans cet instant. Je tombe : mon visage touche le sol, et le soleil appuie sur mes épaules pour ne pas me laisser me relever, maintenant, le temps, mes genoux brûlent, les paumes de mes mains sur le sol, une chape incandescente, de braise, l'air lourd et bouillant qui m'emplit

ne me quitte pas

et je me relève. Lentement. Lentement. Le poids du corps : une montagne : sur mes bras. Mes genoux : des troncs de platane dans un jardin : se plient. Je continue

ensemble. Nous regardâmes le piano avec fierté. Une fois de plus, nous savions que nous étions capables, et que nous étions des frères infinis. Nous étions faits des mêmes mots impossibles, imprononçables. Simão me laissa pour aller chercher l'homme à la carriole. Quand le son de ses pas disparut, je plaçai un banc devant le clavier, m'assis et jouai une musique de notes espacées, que j'inventai, que je sentis. Le temps. L'après-midi. Mon frère revint, avec quelques hommes de la taverne. J'étais assis devant le silence. Je m'assis à côté de l'homme à la carriole. Il tenait les rênes, j'avais les mains posées sur mes genoux. Sur les trottoirs, des passants en suspens qui regardaient le piano, arrimé et solennel. Derrière, mon frère marchait avec les hommes de la taverne : ils parlaient de tout et de rien, laissaient des phrases inachevées. La dame s'étonna quand elle nous ouvrit la porte. Elle s'étonna en nous suivant du regard. Dans le couloir, nous nous fîmes le plus petits possible pour ne pas faire tomber un tableau, ou rayer un meuble. Quand il fallait tourner, nous faisions des manœuvres en arrière, en avant, et en arrière, et en avant. Dans le salon, la place du piano à queue était vacante et propre. La partie brûlée du tapis était couverte d'un autre tapis : un rapiéçage de tapis. Les murs alentour étaient propres, mais abîmés d'avoir été frottés. Nous plaçâmes le piano contre le mur près de la fenêtre. Les yeux de la dame brillaient. Je restai immobile, les bras pendant le long du corps. Les hommes, emmenés par Simão, sortirent ensemble de la pièce. La dame me regarda plus qu'un instant et sortit à son tour. Elle entra. Ses cheveux toujours longs et lisses, ses lèvres parfaites, sa peau blanche. Je tremblai lentement en dedans. J'allais lui dire que je l'aimais encore, que mes sentiments n'avaient pas changé, mais cet élan fut interrompu

Kilomètre vingt-six

car j'entendis la porte sur la rue s'ouvrir et se refermer, puis je distinguai des pas silencieux sur le long tapis du couloir. La dame reparut dans le salon, suivie de l'accordeur. Elle savait que j'étais là et prononça mon nom : Francisco. Sa voix disparut dans l'air. Aveugle, l'accordeur ne pouvait voir nos visages sérieux, et, peut-être pour cette raison, il souriait. Je lui donnai la main pour le guider. Soudain : moi, elle et l'accordeur. Elle avait les mains croisées sur son ventre et elle était belle. Je me rappelais le premier jour où je l'avais vue. J'étais à la peine, à la lutte pour penser à autre chose, mais je la regardais et ne pouvais me rappeler que le premier jour où je l'avais vue. Et à ce moment, j'eus envie de lui dire tant de choses ! De lui dire tout ce que j'avais pensé, ce que j'avais été, ce que j'étais encore ; mais je gardai le silence, traversé par chaque note isolée que jouait l'accordeur, par le cri presque inaudible, mais unique, unique, des cordes qu'il tendait : des plaintes de fleurs mourantes. A l'instant soudain où elle sortit, l'accordeur tourna la tête, sans comprendre. Elle, affligée, blessée, ne me regarda pas. Moi, blessé par moi-même, je repris ma marche, ma fuite, par le couloir et par les rues, jusqu'à me perdre davantage, jusqu'à me perdre entièrement.

par le soleil. Le sol se balance sous mes pas. Au loin, tout un jardin ondule, ses arbres montent et descendent. Je pose un pied sur la chaussée et je le sens qui glisse, qui s'incline. Je pose un autre pied, qui déjà s'incline de l'autre côté. Au même moment, les façades ocre se délavent en couleurs lumineuses : en blanc, en jaune. Elles s'éloignent et se rapprochent. Et ondulent dans leurs contours, et dissipent leurs contours, et se transforment en taches qui brûlent comme des pétales de coquelicot, des flammes dans des lampes à pétrole, ondulent

père

avant de naître. Fils

le miroir du couloir. Marta, toute fière de sa maison presque neuve, remplie d'objets presque neufs. Une poupée en plâtre trônant sur une étagère. Son bras s'est cassé dans le voyage, mais elle a pu le recoller. Et elle souriait. Toute fière des cuivres accrochés dans l'escalier, du pingouin en porcelaine, de la pendule en corde qui retarde de dix minutes par jour, du miroir du couloir qui déjà ne suffit plus à la refléter tout entière, d'un poêlon neuf, des couverts bien lavés. Marta, qui me regardait. Fière du cadre décoloré où elle gardait une photo de notre sœur. Qui le prenait, me le tendait, me le montrait. Maria

Maria. Tout comme au temps de leur enfance, quand elles s'enfermaient dans leur chambre. Notre mère oubliait de les appeler. Tout comme au temps où elles savaient exactement les mêmes secrets. C'étaient des enfants, des sœurs. Elles riaient seules des mêmes facéties. Personne d'autre n'en riait. Mon père les regardait, puis renonçait aussitôt à tenter de les comprendre. Simão ne s'approchait pas. Et moi, j'étais tout petit. Je rendis le cadre à Marta et la regardai de nouveau. Elle sourit, et son visage était absent de ce moment, il était dans un temps qui pour elle seule n'était pas perdu, un passé qu'elle seule reconnaissait encore. Elle posa le cadre, et Elisa se réveilla. Tonton, tonton. Ses joues colorées. Et Marta qui souriait, et qui me montrait sa chambre. Fière des tables de chevet, de la commode aux tiroirs arrondis. Puis, retour vers la cuisine, Elisa sur mes épaules. Et Marta : si on regardait ce que nous avons là-dessus ? Ses yeux brillants. Un rire ténu, enfantin. Si on regardait ce que nous avons là-dessus ? Montre-le donc à tonton. Je pose Elisa sur le sol, toute petite. Elisa marche pieds nus vers une photo de moi, posée sur l'étagère la plus basse du vaisselier, tend ses deux bras pour la saisir et la laisse presque tomber, mais la tient bien et me la donne. Toutes deux me regardent, elles sourient, très fières. Moi

moi : sur une photo, immobile, qui observe le reflet vivant de moi-même, peut-être étonné de voir ce que je suis devenu, en suspens et qui m'observe moi-même avec grande attention. Je leur souris, comme elles l'espéraient, puis je reposai la photo sur la même étagère basse, et, dans un temps qui me sera toujours inconnu, dans un temps arrêté au-dedans de cette photo, je restai là et je continuai à regarder dans je ne sais quelle direction à l'intérieur de cette pièce, à regarder éternellement

Kilomètre vingt-sept

mère, non, ne pleure pas, reine du ciel le plus pur, aide-moi toujours

larme de soleil de sang, qui bout au coin de mon œil, qui me court sur le visage, brouille ma vision de ce qui me sera toujours inconnu, la mort

avant de naître

encore. La musique qu'elle jouait quand je restais étendu, le corps nu sur le tapis, le corps dépecé et broyé. La musique qui traçait un chemin dans l'éternité, une route défendue par des arbres liquides, par des reflets d'arbres dans les brises. La musique lente, flâneuse, sur tout ce qui commençait d'exister : des mondes transparents

froid. Ce soir-là, je rentrai à la maison plus tard. Ma femme savait. Elle avait une certitude. La lampe à pétrole éclairait les courbes de son corps : son ventre. Notre enfant se trouvait : se trouve : en ce lieu d'avant la naissance, peut-être mêlé à la terre, au ciel et au soleil. Peut-être à côté de mon père, et me voit-il à travers lui. Les yeux de mon père sont peut-être les siens, et ses yeux ceux de mon père : même ombre, même lumière incandescente. Ce soir-là, quand je m'endormis, nous nous rencontrâmes. Ensuite, le matin. Proche des matins des jours précédents, et différent, pourtant. J'ouvris le portail de la menuiserie. Dans le froid, j'étais complètement réveillé. C'était une heure propre. Du temps passa, où je demeurai seul. Je repris des travaux anciens, interrompus le jour où la dame était apparue pour que je vienne voir le grand piano brûlé, le jour où nous étions allés voir le piano droit chez l'homme de la taverne, où nous avions commencé de le réparer. Et puis, dans un instant à l'intérieur de mes pensées, je crus entendre des pas sur la terre battue de l'entrée. Mon attention soudaine. Je voulais que ce fût Simão. Silence. Simão ne vint pas. Il ne vint pas l'après-midi. Il ne vint pas le lendemain, ni le jour suivant, ni le suivant, ni le suivant.

mon père qui m'appelle

et dans mon corps qui perd la forme d'un coureur ; dans mes coudes, qui ne font plus un angle droit, mais des figures sans coordination : deux bras seuls, détachés du corps, qui tentent de survivre, tentent de s'agripper à une image invisible qui puisse les soutenir ; dans mes jambes qui s'affaissent sur la chaussée à chaque pas, qui s'enfoncent dans la chaussée sous mon corps déséquilibré

un poids qui jamais ne disparaît. J'étais encore petit et les garçons de mon âge ne pensaient qu'à leurs jeux, ne voulaient pas qu'il pleuve, et moi, toujours, toujours, j'avais un poids noir dans la poitrine. Un instant, Maria plaisantait, et notre mère était contente, et j'étais content moi aussi, mais aussitôt après, ou dans ce même instant, je me rappelais le poids noir : du plomb : qui jamais ne disparaissait de ma poitrine. Ou un soir d'hiver, peut-être, Marta, dans la cuisine, parlait d'une chose gaie, et notre père gardait un silence satisfait, et moi, je me sentais bien, presque bien, à part ce poids qui jamais ne disparaissait et dont j'avais la certitude qu'il ne disparaîtrait jamais de ma poitrine. Et il n'a jamais disparu, et jamais ne disparaîtra ce jour : la fin d'après-midi, la lumière entre les branches des pêchers, et puis l'arrivée de mon frère : Simão, Simão : et moi qui lui crève un œil. Par la suite, il n'en a plus parlé que deux fois. J'avais neuf ans et lui quinze. Nous nous bagarrions dans la chambre, il s'est fatigué de me repousser et il m'a jeté sur le lit, en me disant : tu m'as crevé un œil. Et je n'ai rien pu lui répondre, je n'ai pas pu me relever, pas pu le traiter d'aucun nom. J'avais douze ans et lui dix-huit. Dans le cimetière de pianos, nous nous querellions pour je ne sais plus quelle raison, je l'ai accusé d'être paresseux, je lui ai dit : tu es un parasite. Il s'est immobilisé pour me fixer de son œil gauche, ferme, de fer, et il m'a dit : tu m'as crevé un œil. Ces mots m'ont transpercé, qu'il ne m'a dits que deux fois ; mais chaque jour, depuis cet après-midi-là, quand j'étais encore petit, quand ma voix eut mué, quand notre père est tombé malade, quand il est mort, quand j'ai connu ma femme, avant, pendant et après chaque marathon, quand je réparais un piano, dans chaque note touchée par l'accordeur, quand j'ai su que j'allais être père, en m'endormant ou au réveil, et maintenant, jamais je n'oublie, et pour me rappeler toujours, toujours, j'ai un poids noir

Kilomètre vingt-huit

qui jamais ne disparaît de ma poitrine. La faute. Tant de fois, j'ai pensé à ce qui serait advenu si ç'avait été moi le borgne au lieu de Simão, tant de fois j'ai pensé combien je l'aurais préféré. Ensuite, je me dis que je suis ridicule, insincère et égoïste, et, plus ridicule encore, je me plains moi-même de ne pas pouvoir me plaindre. En quelques occasions, je me suis cru habitué à ce poids, je l'ai cru devenu une partie de moi, comme mes bras, mes jambes, mais chaque fois que je voyais mon frère tourner la tête tout entière pour voir ce qu'il y avait à sa droite, chaque fois que je me rappelais les mouvements qu'il faisait de la tête, j'ai compris que jamais

fils

le jour où je suis mort

dans le jardin, avec le sarcloir de ma mère. A la fin de l'après-midi, ma boîte en fer était remplie de vers de terre. Quand je la montrai à mon père, il me dit : demain, réveille-toi de bonne heure, tu viendras avec moi. Nous sommes passés à la menuiserie, mais seulement pour y prendre un seau, la canne à pêche de mon père et une canne plus petite, qu'il m'avait faite avec une tige de bois. Mes yeux brillèrent en la voyant : du fil de cocotier pendait à un des bouts et, au bout de ce fil, deux ou trois plombs ronds et un hameçon. Mon père me la mit dans les mains et me dit : elle est à toi. Un silence plein de contentement, puis, d'une voix de père, il me dit : gare à l'hameçon ! Nous partîmes ensemble. Il était encore tôt. Je tenais ma canne dans une main, la boîte de vers dans l'autre, et j'étais fier. Mon père tenait sa canne dans une main et le seau vide dans l'autre. Il n'y avait pas encore beaucoup de gens dans les rues, mais en marchant j'aurais voulu qu'ils nous regardent. Un père, un fils. Nous arrivâmes au jardin public et franchîmes un mur de buis, puis marchâmes sous les arbres fleuris, dans l'odeur douce des fleurs. Quand nous atteignîmes l'étang, notre reflet dans l'eau était celui de mon père : grand, mon père : et de moi, petit à son côté, faraud, heureux. Ensuite, en regardant à travers l'eau fraîche et verdâtre, limoneuse, sur un fond de poussière liquide, presque liquide, légère, je vis les poissons glisser, ployer leurs corps rouges, jaunes ou orangés. Je vis les poissons glisser, sereins et sérieux. Mon père m'en désigna un et murmura : regarde, c'est une perche, tu as vu ? Je lui répondis avec ma voix d'enfant, avec mon enthousiasme, mais il mit un doigt sur ses lèvres et fit : chut ! Puis murmura : ne fais pas peur aux poissons. Nous étions contre une barrière qui lui arrivait aux genoux, entre un arbuste et la maison en bois de deux canards qui dormaient et flottaient à la dérive sur l'étang. Je pris un ver dans la boîte : je le tordis entre deux doigts : et j'eus pitié de lui. Mon père en prit alors un autre et m'apprit à l'accrocher à l'hameçon. Ensuite, il m'apprit aussi à plonger l'hameçon dans l'eau et à bouger un peu la canne, juste un peu, à tout petits coups. Quand un poisson mordit, mon père mit ses mains sur les miennes et m'apprit à le tirer de l'eau. Quand il lui enleva l'hameçon de la bouche et le posa au fond du seau, je le regardai avec attention jusqu'à ce qu'il en prît un autre, et puis un autre. J'en pêchai deux autres à mon tour et bientôt, le seau fut rempli. Il était encore assez tôt quand nous rentrâmes à la maison. Je trouvais naturel qu'il fût encore tôt, comme je trouvais naturel que nous reprenions le même chemin : le mur de buis et les arbres fleuris. Mon père portait le seau au bout de son bras. Et il avançait, satisfait : père, mon père. Il portait ses vêtements de travail : ses manches de chemise retroussées, ses bras forts. J'avais un chapeau sur la tête, mais à cette heure seulement, alors que nous rentrions, le soleil

brûle

commençait d'être chaud. Nos pas étaient le son traînant de nos chaussures frottant l'herbe. Nous allions sortir du jardin public quand un homme s'approcha en courant et prit mon père par un bras. Ce fut beaucoup plus tard que j'appris que cet homme avait la charge du jardin. A ce moment, je regardais mon père, et puis je regardais cet homme, sans comprendre. Mon père : je lui arrivais un peu plus haut qu'à la taille.

Je levais la tête et le voyais présenter des excuses à l'homme. Je voyais l'homme le tenir par le bras, sans le regarder, comme s'il ne l'écoutait pas. Et mon père lui demander de nous laisser partir. Et l'homme faire signe à un garçon qui passait et lui demander d'appeler un agent. Et mon père lui demander de ne pas faire une chose pareille. L'homme ne le regardait pas, l'homme ne l'écoutait pas. Mon père posa le seau par terre. Le temps, freiné par le silence. Et moi, petit, ma canne à pêche à la main, ma boîte de vers dans l'autre et mon chapeau sur la tête.

Kilomètre vingt-neuf

le ciel se défait sur Stockholm

fils

le ciel se défait sur Stockholm

avant de naître

bras plus légers, car ils cessent d'exister. Je ne distingue plus mes jambes. Dans mon corps, c'est autre chose qui s'immole au lieu de mon corps. Peut-être ce que je pense. Comme lorsque je ferme les yeux et continue à exister. Comme lorsque je ferme les yeux, que je me bouche les oreilles et continue à exister. Peut-être est-ce cette matière informe qui brûle, peut-être cette ombre. Mains qui s'élancent pour la toucher, la traverser comme elles traverseraient des flammes. Mots qui s'élancent pour la nommer, mais ne s'arrêtent pas et continuent leur course à travers son infini. Et il y a une paix dans le chaos de mes gestes, jambes et bras sans équilibre, détachés, perdus, désespérés. Et il y a un silence dans le rugissement qui m'entoure, grave, sans répit et assourdissant. Un silence dans les cris, les applaudissements qu'on me jette de part et d'autre de la route, que je traverse comme si je brisais des arbustes fins et enchevêtrés, comme si je traversais une nuée d'oiseaux. Je n'ai plus de doutes. Je suis fort et serein et immortel. Je n'ai plus de doutes.

fils. Je te sens dans la paume de ma main, sous la peau de ta mère. Dans ses yeux, je vois les tiens.

sur la route. Mes semelles tombent en biais sur la route. Mes pieds de travers, tordus, incapables de reconnaître la surface de la route.

les marches de bois. Maria m'ouvrant la porte. Ma mère. Ana. Íris. Maria qui dit : mon petit. Et moi qui regarde leur visage à chacune.

les notes jouées au piano et maintenant amoncelées en moi, et nous, couchés sur le tapis, nos corps

ma mère, mère, ma mère, fière que je coure aux Jeux Olympiques, mais silencieuse, et rien que son visage. Ana et Íris autour de moi, heureuses, des enfants heureuses. Et Maria, ma sœur, comme au temps de sa jeunesse, comme à la mort de notre père, qui m'appelle : mon petit.

père

père

Kilomètre trente

je tombe sur moi-même : pierres : mon visage heurte la chaussée, le monde est trouble dans mes yeux, ma bouche boit de la poussière, mes jambes brûlées, des braises, mes bras brûlés, mon cœur, ma poitrine qui respire

et le temps passe à Benfica, le silence passe sur le cimetière de pianos

je dois aller à la rencontre de mon père.

Des notes s'élèvent du poste de T.S.F. Qui, loin d'ici, peut les jouer ? La surface blanche et brillante du réfrigérateur. La surface blanche et brillante des carreaux. Ma femme connaît cette heure à travers sa propre peau. L'après-midi touche à sa fin, comme tous les autres jours. C'est lundi, et pour cette raison, peut-être, ma femme se rappelle mieux les autres jours. Le lundi est un jour que ma femme associe à tous les autres jours. Si, dans une conversation, quelqu'un dit : tous les jours, ma femme pense à une succession infinie de lundis. Vendredi est la veille de la fin de la semaine, et, pour cette raison, c'est un jour différent. Les samedis et les dimanches sont aussi des jours différents. Les mardis, mercredis et jeudis sont des jours spécifiques, où il arrive des choses spécifiques aux mardis, mercredis et jeudis. Les lundis sont des jours courants, anonymes. Ils sont tous les jours.

Voilà pourquoi ma femme, même sans se souvenir, sait déjà, connaît cette heure, sans avoir besoin de regarder la pendule sur le mur de la cuisine, sans avoir besoin de faire attention aux signaux sonores qui interrompent les notes de piano à la T.S.F. C'est parce qu'il existe des semaines, des mois et des saisons. C'est parce que ma femme connaît cette heure à force de la voir, de la sentir et de la respirer tous les jours, dans la succession infinie des lundis.

Peut-être. Ma femme ne sait pas si Maria rentrera la première, en tenant Ana par la main, avec les voix de nos petites-filles qui se retrouvent et crient trop fort, avec les récits du travail, avec la vie et les humeurs des six, sept femmes qui travaillent autour d'elle devant leurs machines à coudre; ou si ce sera le mari de Maria, sans entrain, et qui laissera le silence presque intact, même si Íris courra pieds nus dans le couloir pour venir à sa rencontre, sans surprise.

Ma femme sait. Debout devant l'évier, elle lave ses avant-bras avec un linge et pense. Hier, elles sont rentrées ensemble de l'atelier. Hier : Maria, vaincue, montant l'escalier : ses pas lourds sur chaque marche : son corps hissé par son bras qui s'agrippait à la rampe. Hier : nos petites-filles, qui comprennent tout vaguement. Hier : ma femme, ici, mais loin. Son corps ici, sa présence en cas de besoin, mais loin les paroles qui l'habitaient, loin les images qu'elle gardait pour elle, très loin, très loin d'ici.

Et quand elles ont ouvert la porte, le mari de Maria était un fantôme parmi les ombres de la maison. Il n'a salué personne, n'a pas parlé, n'a pas demandé pardon à Maria. Ma femme a posé son sac, elle est entrée dans la cuisine. Ana et Íris sont allées jouer dans le salon. Maria allait et venait dans les couloirs et dans les pièces, comme si c'était nécessaire, comme si elle allait y faire autre chose qu'offrir à son mari une occasion de lui parler.

A table, au dîner, il paraissait triste. Il ne regardait personne. Son visage était un souvenir des autres jours. Alors, entre deux moments, Maria lui a dit quelque chose. En parlant d'un ton naturel, comme si rien ne s'était passé, comme si elle ne se souvenait plus, comme si elle avait pardonné, comme si cela n'avait pas d'importance. Son mari lui a répondu par une syllabe. Elle s'est remise à parler : une question sur sa réponse. Il lui a répondu par deux syllabes, une pause, et puis une autre syllabe. Elle s'est remise à parler : une autre question. Il a répondu avec calme. Et la soirée a passé. Les enfants ont ri quand elles trouvaient tel ou tel détail amusant. Et Maria a été la même fille, la même femme, la même mère que les autres soirs. Comme si rien ne s'était passé. Tous dormaient déjà quand ma femme, seule, a déplié le divan en métal dans la salle à manger, étendu les draps, lissé l'oreiller, puis s'est couchée sur une plainte de ressorts, et, après un temps qu'elle ne se rappelle pas, a fini par s'endormir.

Íris est dans le salon. Devant l'évier, ma femme

se lave les avant-bras avec un linge et connaît cette heure à travers sa propre peau. La surface des vitres de la fenêtre. La surface du plateau de la table. Ma femme distingue le bruit d'une clef qu'on glisse dans la serrure. Des notes de piano s'élèvent de la T.S.F. Qui, loin d'ici, peut les jouer ?

« Grand-père, c'est le plus beau du monde ! » dit Elisa, assise sur une planche par terre dans l'atelier. Ce devait être l'été, car le soleil avait été très fort et la fraîcheur ne tombait que lentement. J'abandonnai ce que je faisais pour la regarder avec un sourire. Elisa avait trois, quatre ans. Ma Marta habitait encore près de la menuiserie ; elle était dans la cour, occupée à je ne sais quoi, un chapeau de paille sur la tête. C'était samedi.

« Grand-père, c'est le plus beau du monde ! » dit Elisa alors que je n'étais pas encore malade et ignorais que le temps, pour moi, s'écoulait déjà goutte à goutte. Elisa avait trois, quatre ans et avait voulu venir me rejoindre. Je faisais un châssis de porte, une fenêtre ou autre chose, quand je l'avais vue entrer, toute petite, le corps encore un peu chancelant d'avoir monté les marches en arrivant de la cour. Un instant, j'avais aperçu ce petit corps se dessiner dans la lumière du soleil. Elle s'était assise par terre, sur une planche.

« Grand-père, c'est le plus beau du monde ! » Je la pris dans mes bras et marchai vers la porte qui s'ouvrait sur la cour. Marta habitait encore près de la menuiserie. Un chapeau de paille sur la tête, elle était assise avec Francisco sur la marche la plus basse. Ils mangeaient des oranges et parlaient. Devant eux, un chien, agitant la queue. Je descendis les marches, tandis qu'Elisa me tirait l'oreille. Je la posai sur le sol et elle se mit à courir sur les copeaux de pin. Je restai un moment à profiter de la fraîcheur, en épluchant une orange. Nous parlâmes de quelque chose de plus ou moins important ces jours-là. Mais c'était il y a longtemps. Le ciel était le plus beau du monde.

Je venais de rentrer de la menuiserie. Les voix douces de mes enfants planaient dans l'air de la maison. Tandis que je m'essuyais avec la serviette pendue près du lavabo, Francisco courait autour de mes jambes. C'était le dernier instant de clarté. Quelqu'un frappa à la porte, sans hâte. Dès lors, la lumière se changea en une ombre qui était la couleur du ciel et des rues, en l'ombre qui deviendrait noire et entrerait avec la nuit. Je venais de rentrer de la menuiserie. J'allai ouvrir la porte.

Le visage ridé et triste d'une femme me regardait de bas en haut, sans monter les marches du perron. Elle détourna le regard. Puis me fixa de nouveau. Puis me demanda si c'était ici qu'habitait ma femme. Elle dit le nom de ma femme. Elle prononça son nom solide mais léger, doux, une seule forme douce ; son nom imprononçable, un nom réel mais impossible, car c'est le premier nom qui exista avant les mots, le premier nom, comme un point dans l'univers encore vide et en attente de s'emplir de vie, d'illusions, de possibles.

Francisco, petit, timide, s'appuya en silence à la porte entrouverte et regarda la femme avec ses yeux immenses d'enfant. Ma femme s'approcha et s'étonna le temps d'un instant immobile : ses lèvres n'avaient pas de mots, les paumes de ses mains se posaient sur sa jupe. Elle fit entrer la femme. Marta, Maria et Simão se turent quand elle entra. Francisco se jeta dans mes bras.

Elles s'assirent à table. Peu de clarté sur elles. Ma femme choisit ses mots au moment de les prononcer. Elle choisit la voix pour les dire : grave, ferme. Ce n'étaient pas seulement des mots. La marraine de ma femme, qui tenait une pension : ses lunettes : qui m'avait ouvert la première fois où j'avais rencontré ma femme, qui avait fermé portes et fenêtres quand ma femme lui avait dit qu'elle allait avoir un enfant, qui l'avait élevée depuis qu'elle était petite, venait de mourir.

Ce soir-là, que faire, sinon nous asseoir à la table de la cuisine quand les enfants furent couchés : moi pour écouter, ma femme pour raconter toutes les histoires dont elle se souvenait au sujet de sa marraine, qui se montrait tendre parfois, riait toujours des mêmes facéties, s'inventait des ennemies parmi ses voisines, s'occupait de ses plantes en pot, était austère et innocente. Je sais ce que ma femme, cette nuit, pensa avant de s'endormir.

Le lendemain, vêtue de noir, elle se rendit à la morgue, accompagnée de l'employé d'une agence de pompes funèbres. En fin de matinée, elle ouvrit la porte de la chapelle tandis que le prêtre et le monsieur des pompes funèbres s'entretenaient près du cercueil. Elle s'assit sur une chaise, les mains jointes entre les genoux, et resta tout l'après-midi à regarder le même point, et toute la soirée, et la nuit. Pendant ce temps, à la maison, j'essayais de dire à Francisco de ne pas faire tant de bruit tandis que je remplissais les assiettes de Maria, Marta et Simão, et je prenais une grosse voix pour qu'ils mangent tous les quatre, puis je jouais avec eux, puis je cessais de jouer avec eux et leur disais :

« Maintenant, c'est l'heure d'aller se coucher. »

Les nièces de la défunte n'arrivèrent que le lendemain. Elles traversèrent la lumière incandescente qui inondait la porte ouverte de la chapelle. Elles portaient des manteaux noirs, elles étaient fatiguées et tiraient leurs maris par le bras.

Le mardi passa sans que rien se produisît. Ma femme reprisa des bas. Ota son bandage à Íris. Sortit faire quelques courses. Le boucher lui parla de Francisco. Il se déclara convaincu que le dimanche suivant, aucun doute : Francisco gagnerait le marathon.

« Oh, ce serait bien, répondit ma femme.

— C'est sûr ! dit le boucher.

— Je serais contente...

— C'est sûr ! » répéta le boucher.

Le mercredi passa sans que rien se produisît. Ma femme eut envie de téléphoner à la femme de Francisco. Le matin touchait à sa fin, mais ce n'était pas encore l'heure où Maria rentrait pour déjeuner. Ma femme eut envie de ne pas l'attendre, de ne pas lui demander la permission de téléphoner. Ensuite, elle le lui dirait. Dès qu'elle rentrerait, elle le lui dirait. Elle ne pouvait plus attendre. Il lui fallait des nouvelles de Francisco. Mais elle ne voulait pas donner à notre fille le plaisir de savoir qu'elle avait téléphoné sans demander la permission. La dernière fois qu'elles s'étaient disputées à ce sujet, ma femme s'était juré que plus jamais, plus jamais elle ne se servirait du téléphone sans demander d'abord la permission, avec fierté. Mais il lui fallait des nouvelles de Francisco. Quelque chose en elle l'exigeait, oui, l'exigeait. Elle ne pouvait attendre. Mais d'ici peu, Maria rentrerait pour déjeuner. Oui, mais il fallait patienter encore un moment. Oui, mais elle ne voulait pas lui donner ce plaisir. Oui mais. Oui mais. Elle était plongée dans ces réflexions quand le téléphone sonna. Ma femme respira, décrocha et ne fut pas surprise d'entendre la voix de la femme de Francisco, qui parlait bas et lui dit que tout allait bien.

« Mais ça lui plaît, la Suède ?
— Il n'en a pas parlé.
— Mais il fait froid ou chaud, là-bas ?
— Il n'en a pas parlé.
— Il aurait peut-être dû prendre un manteau...
— Il a seulement dit que tout allait bien. »

La femme de Francisco ne tenait pas à répondre aux questions de ma femme. Lentement, à chaque phrase, comme si elle descendait un escalier fait de phrases, celle-ci renonça. En même temps, elle se disait que la femme de Francisco avait peut-être pris l'habitude de ce ton morne et de cette voix basse quand elle travaillait à l'hôpital, quand elle passait par les couloirs des infirmières en poussant un chariot chargé de plateaux ou tenait une ampoule entre ses doigts. Quand elle eut renoncé à l'interroger sur Francisco, ma femme lui parla de sa grossesse.

« Oh, ça va plutôt bien. »

Inutile d'en demander plus. Elles se dirent au revoir. Quand Maria rentra pour le déjeuner, ma femme lui raconta la brève conversation avec la femme de Francisco. Et quand Maria rentra en fin d'après-midi, elle la lui raconta encore une fois avant le dîner.

Ce fut le jeudi, après un caprice qu'Ana fit en se réveillant, après que ma femme eut pris Íris dans ses bras pour faire signe à sa mère et à sa sœur en contrebas dans la rue, qu'elle se changea, mit un chemisier repassé, glissa un grand sac à son bras et descendit les marches avec Íris, jusqu'à la rue.

Le matin. Le ciel est absolu, il existe, car c'est juillet. Les murs des immeubles sont clairs à travers la même lumière qui éclaire le corps des gens, les vitres des voitures garées, les zébrures des passages pour piétons, les ordures des caniveaux et les trottoirs de pavés alignés, d'herbes jaunies et de fentes de terre. Íris voudrait se libérer de la main de sa grand-mère et courir seule sur ses petites jambes, ses petits genoux sous sa jupe plissée. Ma femme fait deux pas, la reprend par la main, gronde quelques mots qu'Íris fait semblant de ne pas comprendre, puis elles continuent leur chemin le long du trottoir, ensemble, d'un pas sûr. Elles vont au marché.

Ma femme pense à ce qu'elle doit acheter, à ce qu'elle pourra peut-être acheter. Dans son sac, elle a son porte-monnaie fermé ; dans le porte-monnaie, des pièces et des billets bien pliés. Par moments, Íris se fatigue et marche plus lentement ; alors, ma femme la tire par le bras. Elles arrivent au marché.

Le soleil éblouit, reflété par des sacs en plastique que la brise traîne au ras du sol. Le marché : des étals, du bruit. Au milieu, les fruits et légumes. Autour, des vêtements, des jouets en plastique, des poteaux plantés dans le sol, des voitures qui passent lentement, déposant des gens qui choisissent, regardent et demandent les prix. Íris se met à pleurer : elle voudrait un jouet, un fer à repasser en plastique, une batterie de cuisine en plastique, une brosse, un miroir et des barrettes en plastique. Ma femme lui dit que si elle est sage, si elle est vraiment très sage, quand elles auront terminé les courses, elle reviendra lui acheter un jouet.

Ma femme, vêtue de noir, et Íris, toute petite, marchent parmi les gens en se tenant par la main et regardent tout. Au bout d'un petit moment, après un mélange de gens, de soleil et de couleurs jaunies par le soleil, elles arrivent à un éventaire qui propose des pull-overs, des pantalons, des chemises, des bas et des blouses. Le regard de ma femme se promène et ne s'arrête que sur les vêtements noirs. Des pull-overs noirs pour l'été, des chemisiers noirs pour l'été. Íris, pendue au bras de sa grand-mère, silencieuse, ne regarde que les deux petits gitans assis sur un banc tout proche, qui jouent, à moitié nus, sans chaussures, le visage sale autour de la bouche. Ma femme et Íris sont environnées des restes de phrases des gens qui passent à côté d'elles, des fragments d'une voix qui crie dans un mégaphone et arrive avec la brise, de jappements de chiens qui se querellent un peu plus loin, de la rumeur des voitures qui avancent lentement et, de temps en temps, klaxonnent. C'est maintenant. Ma femme lève les yeux des vêtements sur l'étal et aperçoit le gitan qui, la semaine précédente, lui a rapporté la blouse d'Ana.

Elle voit les yeux froids : les yeux de gel : du gitan, qui, dimanche dernier, au retour de la menuiserie, était appuyé au coin d'une rue.

Il a peut-être soixante ans. Les gitans ne savent jamais leur âge. C'est comme s'ils étaient nés au commencement des temps. Il fume une cigarette. Quand un souffle passe, la fumée et les poils de sa barbe s'agitent. Il regarde ma femme. Cet éventaire est le sien et il se tient debout un peu plus loin, appuyé à sa camionnette. Il se redresse. Ce mouvement et ce qu'il dit avec les yeux appellent ma femme. Íris s'approche de lui. Ce qui se passe est naturel et sans rupture : le gitan prend Íris sous les bras et la confie à un autre gitan, plus jeune, qui se tient derrière l'étal aux vêtements en attendant la clientèle ; celui-ci assied Íris sur le banc des deux enfants qui jouent juste à côté à se jeter des paires de chaussettes ; ma femme donne la main au gitan pour qu'il l'aide à monter à l'arrière de la camionnette ; et la porte se referme.

A l'intérieur, ma femme est assise sur un grand tas de pull-overs, encore emballés dans du plastique fin et brillant. Le gitan est à genoux devant elle. L'instant d'après, ils s'élancent l'un vers l'autre et s'embrassent : leurs lèvres dures, qui se frottent, qui insistent, se compriment. Les mains du gitan sont sèches : les veines sèches sur sa peau : et il porte des bagues en or à plusieurs doigts. Les mains du gitan pressent la poitrine de ma femme, son chemisier noir, son gros soutien-gorge noir. Une de ses mains se glisse sous sa jupe. Peut-être ai-je cessé de connaître son corps. Des années ont passé depuis la dernière fois où j'ai touché sa peau : mes mains qui sentaient sa taille et son dos. Le gitan s'écarte, mais non son regard et celui de ma femme. Il déboutonne son pantalon. Leurs souffles lourds, rapides, ne se calment que lentement. Et le gitan s'élance de nouveau sur ma femme. Un moment de silence : celui où il pénètre en elle. Et les voilà indifférents au monde, à l'arrière de la camionnette, sur un tas de pull-overs dans des emballages en plastique qui font du bruit à chaque mouvement, lui en elle, qui l'entoure de ses bras et de ses jambes.

Ma femme sort en hâte de la camionnette, en tapotant ses cheveux. Le gitan sort lentement, comme s'il retrouvait le mouvement de chaque jambe et chaque bras. D'un pas vif, ma femme va prendre Íris sur le banc. En l'air, Íris attend que son visage étonné puisse dire au revoir aux enfants qui ont joué un moment avec elle et qui, toujours sur le banc, la regardent s'éloigner. Ma femme la tient dans ses bras et se glisse parmi les gens.

Elle s'arrête, respire et pose Íris sur le sol. Puis se redresse, respire et se remet à marcher. En un instant, les cordes tendues des étals redeviennent concrètes, comme les nœuds dans le bois des poteaux. Le visage de ma femme est serein. Elle n'a pas envie de s'arrêter, mais sent Íris qui la tire, et, en la regardant, se souvient. Elles se dirigent ensemble vers les jouets.

Íris, qui donne la main à sa grand-mère, cesse de traîner le pied quand elle regarde la boîte en plastique qu'elle tient dans son autre main : dedans, un miroir, une brosse et des barrettes pour coiffer ses poupées. Elle ne s'aperçoit pas de la longueur du chemin et ne s'étonne que lorsqu'elles arrivent à la menuiserie et que ma femme tourne la clef dans la serrure du portail.

Les nièces de la marraine sont revenues du cimetière avec ma femme. Elles n'avaient rien à dire, mais lui posaient des questions pour ne pas rester silencieuses. Ma femme ne craignait pas le silence, elle en avait même besoin, et ne leur répondait pas. Parfois, elle changeait l'expression de son visage, comme si ces légers changements voulaient dire quelque chose, mais ne leur répondait pas. Quand elles s'apprêtèrent à lui dire au revoir, d'un ton amical, elles dirent qu'à la fin de l'après-midi, elles iraient à la pension pour s'occuper de diverses questions liées au partage des biens, et qu'elles comptaient sur elle.

Malgré sa nuit presque blanche, ma femme ne dormit pas. Elle passa l'après-midi à s'occuper de nos enfants, avec l'aide de Marta. Quand elle finit par s'asseoir, elle goûta les rayons de lumière qui se coulaient par les fenêtres et se posaient en diagonale sur le sol.

Au bout de plusieurs rues, elle arriva sur le trottoir de la pension, devant le mur couvert de lierre qu'elle avait escaladé tant de fois pour venir me retrouver. Nous étions jeunes en ces soirs d'été. Ce jour-là, ma femme était encore jeune, mais elle savait qu'elle avait perdu quelque chose pour toujours. Dans ses pensées, le visage de sa marraine morte, couchée dans la chapelle, se mêlait aux images de toutes les années où ce même visage, vivant, un autre visage, lui souriait, ou se fâchait, et lui expliquait tout. Et lui disait :

« Ma fille. »

Car sa marraine finissait toutes ses demandes par ces deux petits mots, et, souvent, au milieu d'un soupir ou à l'intérieur d'une phrase, elle les prononçait :

« Ma fille. »

Ma femme se souvenait de beaucoup de choses : de tout. Trop d'hivers, de Noëls, trop de temps qu'elles avaient passé ensemble, et seules. Une des nièces ouvrit la porte, elle l'entoura d'une voix qui feignait la familiarité. Les murs épais, qu'on aurait pu croire éternels. Ma femme était de retour dans cette maison où elle avait cru ne jamais revenir. Dans tous les coins, elle se voyait, petite, ravie de quelque mystère, ou triste parfois. Dans tous les coins, dans l'espace vide des portes ouvertes, dans le couloir, elle voyait le visage de sa marraine : souriante, ou fâchée, et qui lui expliquait tout : simple.

Dans le salon, l'autre nièce fit deux pas vers ma femme pour lui parler comme si elles avaient perdu la même chose :

« Entre donc », dit-elle.

Les maris, un peu ennuyés, restèrent assis dans des fauteuils.

Sur la table, il y avait des services à thé emballés dans du papier journal, des boîtes de couverts en argent ouvertes, des enfilades de verres à pied, des piles de napperons pliés, des cendriers en cuivre, des porcelaines orphelines.

Puis, quand fut écoulé le moment que les nièces jugèrent nécessaire, elles firent asseoir ma femme dans un fauteuil et lui dirent :

« Nous voudrions que tu acceptes un souvenir. »

Et elles la regardèrent en espérant sa gratitude. L'enthousiasme affecté de leurs propres regards leur interdit de remarquer que le visage de ma femme n'avait pas changé d'expression. Et, pour préserver la surprise, elles firent des mouvements presque silencieux, presque gauches. Leurs corps cachaient ce qu'elles voulaient lui donner, et elles lui jetaient des coups d'œil à la dérobée pardessus leur épaule. Une des deux s'approcha d'elle à reculons. Quand elle se retourna, elle lui tendit le souvenir qu'on lui offrait. Et elles la regardèrent, en attendant sa réaction.

C'était une cuiller à thé que ma femme, dans sa jeunesse, avait offerte à sa marraine. Une cuiller délicate, solitaire. Au bout du manche, un mot était gravé : maman.

Simão ne voulait rien entendre. Ma femme s'inquiétait sans cesse, mais il ne voulait rien entendre. Il était encore petit quand ma femme et moi lui disions déjà :

« Tes sœurs vont devenir quelqu'un, mais toi, tu ne seras personne. Tes sœurs auront honte de toi. Deux sœurs qui seront quelqu'un et qui auront un frère qui ne sera personne. »

Il nous tournait le dos. Et montait dans sa chambre. Ma femme et moi restions sans rien nous dire. D'autres fois, il se rebellait. Il criait :

« Laissez-moi tranquille ! »

Puis il nous tournait le dos. Et montait dans sa chambre. Je disais :

« C'est un malappris. »

D'autres fois, je montais les marches derrière lui et j'entrais dans sa chambre. Il ouvrait tout grand son œil gauche et soulevait presque la paupière de son œil droit. Je le saisissais par un bras et le secouais en disant :

« Est-ce que c'est une façon de parler à son père ! »

Íris aura bientôt trois ans et sait combien c'est différent d'entrer maintenant dans la menuiserie. De même, c'était différent dimanche dernier déjà, et différent les jours où elle y est venue avec sa mère et sa grand-mère pour rendre visite à oncle Francisco. Aujourd'hui, l'atelier est vide : les oiseaux, les oiseaux sur les poutres du toit : et sa grand-mère écoute chaque pas qu'elle fait sur le sol en terre battue de l'entrée, tout en pensant à quelque chose, mais il n'y a qu'un atelier vide : les objets solitaires, la solitude des outils, des pièces de bois, des pianos.

Ma femme sait aussi combien c'est différent d'entrer dans la menuiserie. Dimanche, il y avait quelque chose en elle que berçait la voix de nos filles, la voix de nos petits-enfants. Par instants, elle s'est sentie comme aux jours où j'étais vivant, où elle emmenait nos enfants et où ils entraient tous ensemble. Mais à présent, c'est différent, chacun le sait.

Ma femme s'immobilise sur le seuil de l'atelier. Íris lâche sa main. Ma femme n'a pas la force de la retenir. Íris s'éloigne lentement. En trébuchant par deux fois sur des pierres, elle arrive à la porte du cimetière de pianos. La voix fatiguée de ma femme :

« Ne touche à rien. »

Íris a prêté l'oreille un instant. Son sourire, ses yeux : lumière et ombres à la surface de la mer : et ses boucles sur ses épaules et son tout petit corps d'enfant disparaissent dans le cimetière de pianos. Il y a de nombreuses années que ma femme connaît l'attirance des enfants pour le cimetière de pianos. Déjà Marta, déjà Maria. Déjà Simão et

Francisco. Ma femme sait qu'à l'intérieur, il ne leur est jamais rien arrivé de fâcheux. Aussi ne s'inquiète-t-elle pas et revient-elle à ses pensées. Revient à son corps ébranlé, son corps en désordre sous ses vêtements, comme s'ils ne la couvraient plus, comme si ses bras n'avaient plus la même longueur, étaient plus longs ou plus courts que ses manches, comme si son torse tournait sur lui-même et que sa forme n'épousait plus celle de son chemisier. Ma femme revient à elle et fait un pas dans l'atelier.

Je ne sais pas ce qu'elle y cherche. Peut-être est-elle en quête de temps vide.

Íris frappe à deux mains sur les touches d'un piano droit : un bruit confus : le bruit de ses menottes sur les touches se mêle à celui de mécanismes dévissés ou tordus contre le vieux bois, puis à une note timide, contrainte de se faire entendre en dépit de sa volonté. Silence. Puis Íris recommence. Recommence. Puis en a assez. Les murs du cimetière de pianos sont frais. La lumière entre par la petite fenêtre sale, et se perd. Íris est si petite ! Ses sandales accompagnent le mouvement de son corps qui tourne sur lui-même. Elle trouve le couvercle du piano demi-queue sans pieds sur lequel elle s'est assise dimanche dernier. La surface de poussière garde les traces de son passage. Elle s'assied. Me regarde, et demande :

« Tu parles encore pour les gens de ton livre ?

— Oui. »

Silence. Puis :

« Tu n'es pas fatigué ?

— Pas encore.

— Tu pourrais. Tu ne te reposes jamais, grand-père ?

— Je ne peux pas. Je dois raconter cette histoire jusqu'à la fin. »

Silence. Íris pose sa boîte en plastique sur le couvercle du piano : brosse, barrettes et miroir. Se lève. Me tourne le dos, se baisse et plonge la main dans un tas de touches. Dans ses petites mains, chaque touche paraît trop grande. De dos, elle me dit :

« Quand je serai grande, je pourrai le lire, ce livre ? »

Je souris.

« Bien sûr ! »

Elle tourne le visage vers moi.

« Dis, grand-père, demain je serai grande, non ?

— Oui, Íris, demain tu seras grande. »

Nous sourions tous les deux.

« Et quand je serai grande, je pourrai jouer du piano, non ?

— Oui, mais il faudra que tu apprennes. Dans une école.

— Oh, je veux bien. La maîtresse m'apprendra, et ensuite je jouerai du piano pour maman.

— Tu penses que ça ferait plaisir à ta maman ?

— Oui. Même, elle sera très heureuse que je

joue une autre musique. Une musique comme... Une musique d'amour, voilà. »

Elle me regarde, une main sur la bouche, en attendant ma réaction.

« Ne sois pas triste, grand-père. Ensuite, je jouerai une musique pour toi. Une musique de grand-père.

— C'est comment, une musique de grand-père ?

— Eh bien... C'est une musique avec des paroles de petites filles et de mamans qui chantent.

— Alors, ta maman va chanter ?

— Non. Ce sera dans les paroles. Quand je jouerai du piano, on entendra les mots qui sont dans le piano. »

Elle s'approche d'un piano droit, puis s'en éloigne. Elle marche à petits pas qui s'impriment dans la poussière, le regard attentif, comme si elle s'emplissait d'idées. Lentement, elle pose sa sandale sur le sol. Sourit. Et dit :

« Je suis allée au marché avec grand-mère.

— Je sais. »

Elle se rassied sur le couvercle du piano.

« Grand-mère m'a acheté une brosse pour me coiffer.

— Ça aussi, je le sais. »

Elle pose la brosse et les barrettes sur sa jupe plissée, sur ses petits genoux. Puis elle lève le miroir devant son visage et, dans le petit cercle qui la reflète, elle voit un peu de sa peau, ses lèvres, un œil.

« Alors, tu dois savoir tout ce qui s'est passé ce matin ?

— Oui. Je le sais.

— Et qu'est-ce que tu vas faire ? Détester tous les gitans ? Ce serait facile, non ? Dans toutes les conversations où on parlera même vaguement de gitans, de marchés, de foires, tu en profiteras pour répandre ton venin. Et sous tout ce que tu diras, caché et enseveli, il y aura ce que tu ressens. Parce que tu t'y entends bien. Détester, tu sais le faire ! Et tu sais aussi imposer tes avis et ne jamais laisser personne te contredire. Tu sais couper la parole. En tout cas, tu saurais si tu n'étais pas mort, si tu pouvais parler encore.

— Mais en ce moment, nous parlons, pas vrai ?

— Nous parlons ?

— Oui. Et te revoilà qui parles comme si tu n'étais pas une petite fille qui n'a pas encore trois ans. »

Elle continue de se regarder dans le petit miroir. Dans son autre main, elle a pris la brosse et commence à se coiffer. Lentement.

« En somme, tu as peur de quoi ? Que je te parle d'oncle Simão ? Ce n'est la faute de personne si tu ne peux pas oublier l'image d'un enfant, ton fils, collé contre un mur, borgne, terrifié, sachant qu'il ne peut pas fuir, alors que toi, tu marches vers lui, les poings fermés, brûlant de rage à l'intérieur. Que je te parle d'oncle Francisco ? Dans trois jours, il doit courir le marathon aux

Jeux Olympiques, seul, toujours seul, convaincu que jamais tu n'as accordé de valeur à tout ce qu'il a fait dans le seul but de te contenter. Et même, convaincu que si tu n'étais pas mort, s'il rentrait à la maison et te montrait la médaille d'or qu'il a remportée, tu détournerais la tête, sans vouloir t'y intéresser.

— J'ai toujours agi du mieux que j'ai pu... »

Elle pose le miroir sur ses genoux. Abandonne la brosse dans sa petite main sans force. Et me regarde bien en face :

« Ils croiront peut-être en toi, les gens qui liront le livre, mais toi, tu n'es pas capable de croire en toi-même. Tu le sais. Tu vois encore le visage de grand-mère quand tu l'as secouée par le bras et que tu l'as jetée par terre ou bien frappée au visage. Tu te souviens encore de toutes les fois où on t'a regardé avec déception, avec peine. Et tu as peur qu'on te vole ce qui n'a jamais été à toi, mais que pour un instant tu crois t'appartenir, seulement parce que tu es toi. Tu es déçu par toi-même, tu as de la peine pour toi-même, et, un instant après, tu crois que ce sont les autres qui doivent payer pour tout ce que tu as mal fait, pour tout ce que tu n'as pas su faire. »

Elle me regarde. Silence. Elle se lève, en continuant de me regarder. Ses pas se posent sur la couche de poussière. Elle contourne des pianos, des pièces détachées, des monceaux de touches, avance par plusieurs passages et sort du cimetière de pianos. Ses pas d'enfant connaissent et méconnaissent. Elle retrouve sa grand-mère, immobile devant l'établi où je travaillais autrefois et où travaille à présent Francisco. Íris s'approche et la prend par la main. Ma femme sent la petite main d'Íris qui se glisse entre ses doigts.

Même sans pianos à réparer, il y avait des matins et des après-midi où j'entrais dans le cimetière de pianos pour être seul. Des matins, des après-midi où, été comme hiver, la fenêtre était toujours traversée par la même lumière, la même couleur brune, sale. La veille, j'avais peut-être passé des heures à la taverne, ou peut-être m'étais-je disputé avec ma femme. Lentement, des fils de la nuit précédente me passaient par la tête : des vapeurs d'alcool qui se dissipaient, des mots ou des images de ma femme qui surgissaient soudain. Des matins, des après-midi où je me repentais, où je renonçais par instants, mais où, tout aussitôt, je croyais de toutes mes forces que je pourrais tout changer. Et je regardais les pianos, et je pensais.

Je regardais les pianos morts et songeais aux pièces qui ressuscitaient dans d'autres pianos, et je croyais que toute la vie pouvait être reconstruite de cette façon. Je n'étais pas encore malade, mes fils grandissaient et devenaient des garçons comme je l'avais été il y avait si peu de temps. Le temps passait. Et j'étais certain qu'une part de moi, comme les pièces des pianos morts, continuerait d'agir en eux. Alors, je me rappelais mon père : son visage sur la photo, la boîte remplie de médailles, les histoires sur lui racontées par les voix de ma tante, de mon oncle : et j'étais certain qu'une part de lui restait vivante en moi, que je la ressuscitais chaque jour dans mes gestes, dans mes mots, dans mes pensées. Une part de mon père ressuscitait quand je me regardais dans le miroir, quand j'existais tout simplement et que mes mains continuaient de faire tout ce que lui, secret, si proche et si lointain, avait commencé autrefois. Alors, je me disais qu'une part de mon père demeurait en moi, que je transmettrais à mes fils pour qu'elle demeurât en eux jusqu'à ce qu'ils commencent à la transmettre à mes petits-fils. Et la même chose adviendrait pour ce qui n'était qu'à moi, ce qui n'était qu'à mes fils, ne serait qu'à leurs enfants. Nous nous répétions, nous nous éloignions, nous nous rapprochions. Nous étions perpétuels les uns dans les autres.

Par un de ces après-midi où j'étais assis dans le cimetière de pianos, seul et plongé dans mes pensées, j'entendis les pas du facteur sur la terre de l'entrée. Je sortis normalement, comme si j'étais occupé, et pris les quelques enveloppes dans ma main : des factures et une lettre contresignée par ma cousine : Elisa. Le facteur me parlait du temps, il se plaignait de la circulation. Je le regardais en ne lui répondant que par des oui, en lui disant :

« C'est vrai. »

Et j'aurais voulu qu'il s'en aille, j'aurais voulu qu'il me laisse seul. Jamais je n'avais reçu de lettre de ma cousine. Je regardais le facteur en ne lui répondant que par des oui, je tenais la petite liasse de factures dans une main. Et, dans l'autre, avec précaution, la lettre de ma cousine.

Moi, Marta, Elisa, Hermes, Íris, Ana, Maria, Simão, Francisco, la femme de Francisco, l'enfant qui va naître, Hermes : le poids du corps du gitan, la transpiration, l'odeur chaude du corps du gitan : Íris, Maria, Marta, Simão, Elisa, Ana, Maria, Francisco, moi, l'enfant qui va naître, la femme de Francisco, Francisco, Simão : le contact des yeux du gitan, le feu dans les mains du gitan, des braises, des flammes : Maria, Marta, Elisa, Ana, Hermes, Íris, l'enfant qui va naître, Francisco, moi, Marta : la peau du gitan qui glisse, la lisse douceur de sa peau : Maria, Simão, Francisco, moi.

Le long du chemin entre l'atelier et la maison de Maria, ma femme s'efforce de fuir le souvenir du gitan et pense à nous, sa famille. Nos visages et nos noms mêlés à un brasier. Elle presse le pas. Dans peu de temps, Maria rentrera pour le déjeuner.

Je restai seul. Attendant que s'éloignent les pas rapides du facteur pour regagner le cimetière de pianos. Sans respirer, j'ouvris l'enveloppe. Dépliai le feuillet. Et promenai mes yeux sur les lignes que ma cousine Elisa m'avait écrites : des chemins droits. Avec une formule d'au revoir pour les conclure, et la signature, large et ronde : Elisa. Ensuite, lentement. Lentement, je posai la feuille sur le couvercle d'un piano et la parcourus tout entière. J'imaginai ma cousine assise, les coins du papier bien alignés sur les carreaux de la nappe, son stylo à la main, d'une couleur passée d'objet précieux, mais ancien. Puis je repris la feuille dans mes mains, comme si je voulais, avais besoin de vérifier ce que la lettre m'annonçait : décédée la semaine dernière, sereine. Je reposai la feuille et je pensai aux mots choisis par ma cousine : décédée, sereine. Je comparai ces mots aux images que je gardais du jour où j'avais pris le train, pour en apprendre davantage sur mon père bien plus que pour les connaître. Ma tante, qui me regardait et qui me tendait des photos, était morte à présent, décédée, sereine. Et je ne pouvais m'empêcher d'imaginer que cette femme grosse, énorme, étendue sur un lit malpropre, avait été lavée, habillée de vêtements propres et, finalement, présentée avec dignité. De même, je ne pouvais m'empêcher d'imaginer ma cousine, près d'elle, debout et complètement seule, portant des vêtements qu'elle avait achetés pour de grandes occasions qui n'étaient jamais venues. Je repris la lettre et je la relus. Ces phrases écrites étaient le seul fragment visible de toutes les phrases que ma cousine cachait en son for intérieur. La seule preuve de sa voix. Je repliai la feuille et la rangeai dans l'enveloppe. Ce faisant, je sus : et je sus vraiment : que ma tante, dans le passé, avait été une fillette. Et, dans le passé, ma cousine aussi avait été une fillette. Ce fut ainsi que je les vis : des fillettes mortes et abandonnées. Et ainsi devais-je les revoir plus tard, chaque fois que je me souvenais d'elles au fil de mes pensées.

Dans la cuisine, un souvenir dessine un sourire sur les lèvres de Marta. Dans le monde, chacun reconnaît le soleil. Juillet. Au salon, Hermes est assis, les mains posées sur les genoux. Il s'efforce sans secours de comprendre des mystères. Elisa range les jouets qu'Hermes a laissés en désordre dans la salle de couture. C'est vendredi. L'après-midi tarde à finir. Juillet : quiétude lumineuse.

Les chiens aboient. Les chiens aboient. L'après-midi. Hermes, Elisa et Marta attendent. On frappe à la porte. Elisa s'avance dans le couloir. Elle marche avec une pensée en suspens. Ouvre la porte. Une femme aux yeux bruns éclaircis par le crépuscule. Une femme trop simple. Marta s'avance dans le couloir. Et se dirige vers la porte. Hermes s'avance dans le couloir. Marta reste immobile à côté d'Elisa. Hermes se dirige vers la porte à son tour. Et s'arrête à côté de sa mère et de sa sœur.

Tous trois regardent la femme, qui ne regarde que Marta et demande à voir son mari. Elle prononce son nom. La première fois que j'ai entendu ce nom, j'étais chez nous, dans la cuisine. En ce temps-là, le mari de Marta était son amoureux invisible et je pensais à des questions qui n'avaient pas beaucoup de sens. Marta pose le bras sur l'épaule de son fils, mais sans lui faire sentir un poids. Marta, sur son gros corps, porte une blouse bleue. A ses gros pieds aux gros orteils, des pantoufles. La femme porte une jupe sombre et un chemisier en tissu léger. Elle est coiffée avec soin. Marta la regarde et s'étonne de ne jamais l'avoir imaginée ainsi. C'est une femme comme les autres. Qui a des yeux, une voix, des illusions. Elle est concrète. Existe dans la même frayeur. Marta sent un petit tremblement, dont elle est certaine qu'il ne se voit pas. Sa voix est faible quand elle répond que son mari n'est pas là.

La femme la regarde avec une pitié dont Marta sent qu'elle est pour elles deux. Et peut-être cette pitié est-elle aussi pour les enfants, et même pour le monde entier : les herbes qui jaunissent, les crevasses des murs, la mousse sèche à leur surface. C'est un instant bref. La femme la regarde et elles parlent presque, dans une langue limpide et sans mots. Le visage de la femme est soucieux quand elle remercie : sa peau : et qu'elle s'en va. Hermes quitte le bras de sa mère et s'éloigne par le couloir. Elisa est une silhouette qui entre dans la salle de couture. Marta reste : elle voit la femme accomplir les gestes d'ouvrir et fermer le portail et s'éloigner sur le trottoir sans regarder derrière elle.

Lentement, Marta referme la porte. Son corps occupe presque tout le couloir. Elle passe devant l'entrée de la salle de couture, où se trouve Elisa, devant l'entrée du salon, où se trouve Hermes, et arrive à la cuisine. Elle s'assied sur une chaise. De l'eau bout sur le fourneau. Un instant. La clarté est la nuit qui se rappelle ce qui est mort.

Un instant. Hermes, au salon, reconnaît le bruit du moteur de la camionnette. Elisa, dans la salle de couture, est presque grande, une grande fille, et elle sait. On entend le moteur de la camionnette s'arrêter dans la rue. La nuit est tombée sur Marta. Existe-t-il des brises dans la nuit ? Marta attend les bruits du portail qui s'ouvre, des chiens, des pas, de la porte de la cuisine. Son mari entre, il s'étonne de la voir assise dans la pénombre, mais il ne dit rien. C'est son regard qui pose une question. Marta. Si petite au fond d'elle-même : un grain de poussière. Ses yeux. La voix de Marta contient toute la tristesse qu'elle éprouve, mais elle dit seulement :

« Une femme vient de partir. Elle voulait te voir. »

Son mari ne cesse pas de la regarder, mais, après ces quelques mots, il la regarde d'une autre manière, car, soudain, trop vite, il a tout compris. Il ne se soucie pas d'inventer une excuse, il ne répond pas, ne dit rien. Fâché, peut-être, contre la visiteuse, il fait volte-face et ressort de la maison.

La porte de la cuisine, les pas, les chiens, le portail qui se referme. Dans la rue, le moteur de la camionnette qui se met en route, qu'on entend de plus en plus loin et qui disparaît après quelques virages. De même, le cœur de Marta disparaît au fond d'elle-même.

Elle se lève, allume la lumière. Appelle Elisa pour mettre la table. Appelle Hermes pour le dîner. Elle se couchera tôt. Elle sait que son mari ne rentrera pas ce soir. Elle est certaine qu'enfin elle a pris une décision.

« Il était une fois une petite crotte, qui s'appelait... »

Et il faisait une pause.

« Crotte rose ! » disaient en chœur Elisa et Ana. Simão faisait semblant d'être surpris et continuait :

« Un jour, elle était chez elle quand elle entendit frapper à la porte : toc, toc, toc. Qui est-ce ? demanda la petite crotte. C'est moi, le petit pet vert ! entendit-on de l'autre côté de la porte. »

Et l'histoire continuait. Elle pouvait être infinie. Quand ils étaient ensemble chez Maria, que Marta venait à Lisbonne, Simão couchait ses cousines pour la sieste et leur racontait des histoires de petites crottes roses. Toujours des histoires qui sentaient très mauvais. Si la petite crotte rose tombait, ça sentait mauvais ; si elle jouait ou donnait un baiser au petit pet vert, ça sentait mauvais. La petite crotte rose était mignonne et toute rose, mais c'était une crotte, donc elle sentait mauvais. Simão racontait ces histoires très sérieusement et, chaque fois que la petite crotte ou le petit pet faisaient quelque chose qui sentait mauvais, Elisa et Ana éclataient d'un grand rire d'enfants rieuses. La mère de la petite crotte rose s'appelait crotte jaune et son père pet bleu.

Parfois, Marta entrait dans la chambre et disait :

« Ne raconte pas des histoires pareilles aux enfants ! »

Mais, en disant ces mots, elle riait aussi.

Dimanche, c'était un dimanche. Assise sur les marches qui descendaient au jardin, ma femme épluchait des pommes de terre, qu'elle laissait tomber, crues, dans une bassine émaillée. J'étais en haut d'une échelle et je taillais la treille dont les feuilles grimpaient le long du mur. Francisco tenait l'échelle à deux mains et, quand je le lui demandais, il s'éloignait pour ramasser les petites branches qui jonchaient le sol. Puis il les jetait sur le tas de bois. Le matin passait.

Marta arriva la première. Ma femme n'était déjà plus dans le jardin. Elle avait remonté les marches avec les épluchures de pommes de terre dans son tablier, puis était revenue pour prendre la bassine. Elle avait traversé les rubans de la porte. Marta arriva en riant et en parlant haut. Derrière elle, il y avait Elisa, encore petite, qui criait :

« Tonton, tonton ! »

Et elle courait vers Francisco.

Derrière, plus lent, venait le mari de Marta.

Je descendis de l'échelle pour les accueillir, et parce que j'avais terminé. Je posai mes cisailles. Francisco amusait Elisa. Le mari de Marta et moi parlions de tout et de rien. Marta disait des phrases que nous n'écoutions pas et tentait de se joindre à la conversation. Le matin passait.

Un moment plus tard, Maria arriva avec son mari. La voix de Marta s'éteignit. Soudain, son regard se fit lourd. Tandis qu'ils s'approchaient, nous voyions le mari, et, derrière, le visage de Maria, plus grande. Nous nous dîmes bonjour en mots mêlés et dilués, en mots qui étaient des murmures et des marmonnements, qui n'étaient pas des mots. Puis, quand Maria voulut se pencher vers Elisa, Marta la prit aussitôt dans ses bras :

« Allons, laisse ton oncle se reposer. »

Mais Francisco n'était pas fatigué et n'avait pas besoin de se reposer.

Dans les pas de Maria, il y avait un silence ; ils n'avaient plus de sens et s'arrêtèrent. Les maris de nos filles ne cessaient pas de bavarder, et Francisco en profita pour replier l'échelle, mais je devinai. Sans être sûr de quoi, mais, aucun doute, j'avais deviné quelque chose.

Ma femme apparut entre les rubans de la porte, en haut des marches ; elle sourit légèrement, adressa des syllabes enfantines à Elisa et appela nos filles pour l'aider à mettre la table. Maria monta les marches et entra dans la cuisine. Marta, Elisa dans ses bras, continua de nous regarder, comme si ma femme n'avait pas parlé pour elle, comme si elle était prête à prendre part à ce que nous disions. Nous la fixâmes des yeux, avec incompréhension. Elle résista un instant, mais finit par poser Elisa et, contrariée, entrer dans la maison.

Tandis que nous déjeunions, j'avais la fiasque de vin à mes pieds. Je la soulevais, remplissais mon verre et, parfois, le mari de Maria ou celui de Marta me tendaient le leur et je le remplissais aussi. Discret, les yeux baissés vers mon assiette, je levais de temps à autre le regard et je constatais que Marta n'adressait pas un seul mot à Maria. Je mis à profit un moment où tout le monde était distrait par une facétie d'Elisa : bien assise sur une chaise surmontée de deux gros coussins, son bavoir autour du cou : pour toucher du coude le bras de ma femme et désigner nos filles du menton, en haussant les sourcils d'un air interrogateur. Elle, comme étonnée de ma question muette, me répondit à voix basse :

« Laisse-les donc. »

Alors survint un court moment où planèrent des phrases décousues et sans suite. Quelqu'un disait :

« Elle est déjà espiègle, notre petite Elisa. »

Ou :

« Nous aurions dû mettre la table dans le jardin. »

Ou :

« Vraiment très bonne, cette morue. »

Et ce fut un moment tragique. Nous avions fini de manger. Ma femme se leva, fit quelque chose et se rassit. Elle tendit le bras pour attraper l'huilier et le vinaigrier et renversa mon verre. Un lac de vin s'étendit sur la nappe, sur les serviettes et entre les assiettes et courut en filets rouges vers le bord de la table.

Assis, je reculai, raclant ma chaise sur le sol d'un brusque mouvement des jambes, mais le vin me tacha quand même. Je m'écriai :

« Quelle empotée ! »

Ma femme se leva, alla chercher un vieux torchon et des chiffons. Je pris une grosse voix hargneuse, une voix qui me servit à lui poser des questions auxquelles elle ne répondit pas. Elle continua à nettoyer les taches, comme si je n'avais rien dit, comme si je n'existais pas. Je me levai, me plantai derrière elle et lui criai dans les oreilles tandis qu'elle tordait le torchon dans l'évier. Elle resta imperturbable. Et je la saisis par le bras. Et je la secouai.

« Tu m'entends, oui ou non ? Tu m'entends, oui ou non ? »

Quand je la lâchai, elle renonça à finir de manger et se mit à débarrasser la table. Les assiettes s'empilaient dans ses mains. Celle du haut contenait les couverts et les arêtes. Le silence régnait. Elle continuait à ne pas me regarder, comme si je n'existais pas. J'attendis qu'elle s'approche de l'évier et, d'une brusque secousse, lui fis tomber les assiettes des mains.

Elisa se mit à pleurer. Les maris de nos filles regardèrent des endroits qui n'existaient pas. Francisco regarda sa mère. Nos filles s'approchèrent l'une de l'autre et redevinrent sœurs, comme si ce qui les avait séparées n'avait plus d'importance. Sur le visage de Marta, à côté de Maria, sa sœur, je lus qu'elle avait pardonné le secret qui l'avait blessée : oublié, non, mais pardonné. Elle ne regardait que moi. Ma femme, accroupie, ramassait des couverts sales et des débris d'assiettes.

Je n'étais malade que depuis quelques mois, mais ne travaillais déjà plus. Dans l'atelier, je m'asseyais sur une pile de planches. Francisco, lentement, cessait d'être un adolescent pour devenir un homme, lentement. Son âge était comme l'heure diffuse où l'après-midi se mélange au soir : on croit que c'est l'après-midi, on croit que c'est le soir, mais ce n'est plus l'après-midi et pas encore le soir.

Un jour, je quittai seul la menuiserie pour parcourir lentement le trajet jusqu'à la maison et me reposer. Je m'arrêtai à la taverne. Je bus. Plusieurs semaines avaient passé depuis mon dernier verre de vin, le docteur me l'avait interdit, il me l'avait interdit en me regardant dans les yeux. Je bus trois verres, ou quatre, et pour un moment ce fut comme au temps où existait un avenir. Je rentrai, évitai ma femme et allai dans la chambre de Francisco, car je savais que personne ne viendrait m'y chercher. Je m'étendis sur son lit. L'oreiller était trop bas.

Quand Francisco rentra après avoir couru, il me trouva endormi. Il me réveilla et, à mon haleine, à ma voix ou aux mots que je lui dis, il s'aperçut que j'avais bu. Contre mes protestations, il m'aida à me lever. Et il semblait déjà un homme, car il me demanda :

« Tu as peur de mourir ? »

Et il semblait encore adolescent, car lorsque je fus debout, il voulut soudain m'embrasser. Je lui dis :

« Je n'aime pas les embrassades. »

Et, debout l'un devant l'autre, nous nous débattîmes un instant, bras tendus, sans qu'on pût distinguer lequel de nous était l'homme et lequel l'adolescent, car nous faillîmes nous étreindre.

Même Íris, qui est si petite et s'occupe de ses poupées, sait qu'un jour qui avance ainsi vers la soirée ne peut être qu'un vendredi. Elle ne connaît pas le mot vendredi, mais elle connaît son sens. C'est la fin de l'après-midi : apothéose. Maria est arrivée, avec les forces qui faiblissent dans son corps. Ana a vite ôté sa blouse et l'a fourrée dans les bras de ma femme. Ana a des cahiers pour faire des divisions sur la table de la cuisine. Sur le réfrigérateur, le poste de T.S.F. diffuse de la musique de piano. C'est comme un robinet ouvert et oublié, qui perd un filet d'eau, qu'on ne remarque pas, qu'on ne voit presque pas. Le mari de Maria est arrivé, petit, grincheux, avec des ennemis qui le surveillent de toutes parts. Il a des ennemis en haut des placards de la cuisine, des ennemis derrière les assiettes qui sèchent à côté de l'évier, des ennemis transparents et mêlés au tulle des rideaux : et, comme les rideaux, ils ondulent, traversés par le vent que les fenêtres laissent entrer : c'est la fin de l'après-midi.

C'est toujours la même chose : pour une raison incompréhensible, ma femme n'aime pas et n'a jamais aimé parler de ce qui chauffe dans les casseroles sur le fourneau. Maria, la voix amaigrie, lui demande :

« Qu'est-ce qu'il y a pour le dîner ? »

Et ma femme lui répond :

« Tu verras. Des choses à manger. »

Maria ne dit rien, car elle sait qu'il en a toujours été ainsi. Elle oublie. Elle marche vers un lieu qu'elle connaît dans ses pensées. Dans toute la cuisine flotte une odeur de nourriture qui cuit. Maria se souvient. Elle s'approche du fourneau, soulève un couvercle et, sans expression, regarde dans la casserole.

Íris est à côté d'Ana, car elle espère qu'elle aura bientôt terminé ses devoirs et qu'elles pourront jouer ensemble. Son père, en passant, la heurte et s'écrie :

« Laisse ta sœur tranquille ! »

Maria sursaute à ce cri, mais ne dit rien. Elle lève et baisse les yeux. Puis se dirige vers la porte en tenant Íris par le bras. Elle veut l'emmener au salon. Íris est petite, ses chaussures à boucle piétinent le sol, elle proteste et se débat. A l'autre bout de la cuisine, le mari de Maria lève le menton et hausse la voix :

« On peut savoir ce que tu fais ? »

Et tout commence.

En toute sincérité, Maria pourrait lui dire qu'elle emmène Íris au salon, comme elle a compris qu'il le désirait ; mais elle n'y parvient pas, parce que sa voix l'a blessée. Aussi lui faut-il répondre d'un ton effronté : cacher qu'elle est blessée et le blesser aussi. Et elle lui répond une phrase arrogante, pour le provoquer, pour l'atteindre.

De la musique de piano emplit les rares coins vides de la cuisine. Le mari, d'un ton menaçant, dit :

« Bon, bon ! Nous y voilà ! »

La musique de piano change de couleur. Elle devient rouge. Maria n'abandonne pas.

« Bon quoi ? Nous voilà où ? »

Ana descend de sa chaise. Le cahier reste ouvert sur la table. Elle prend la main de sa sœur et toutes deux sortent de la cuisine.

Du sang grossit les veines des tempes du mari de Maria. Il est à cran, mais feint de se contenir :

« Ne crois pas que tu vas me parler comme à ton père. »

Ma femme ne parvient pas à garder le silence :

« Qu'est-ce que son père vient faire là-dedans ? »

Il tourne la tête de l'autre côté.

« Ah, vous vous y mettez à deux, maintenant ? Vous, taisez-vous ! Personne ne vous parle. »

Mais ma femme ne peut se taire, elle exige une réponse, elle le prend par le bras :

« Qu'est-ce que son père vient faire là-dedans ? »

Il se dégage.

« Fichez-moi la paix. »

Mais ma femme ne peut pas, elle s'approche de nouveau :

« Alors ? Qu'est-ce que son père vient faire là-dedans ? »

Il se tourne soudain vers elle : fureur : et la repousse. Ma femme va heurter l'évier, elle tombe. Et reste assise sur le sol.

« Fichez-moi la paix ! »

Maria traverse la cuisine, elle marche droit sur lui, lui saisit un bras et le lui tord derrière le dos. Puis, aussi vite, elle le pousse dans le couloir. Plus grande, plus forte, elle le pousse sans effort. Lui est comme un enfant silencieux, effrayé, qui a peur, s'il parle, d'empirer les choses, qui a peur de réagir. Maria ouvre la porte de l'appartement et le pousse dans les ombres de l'escalier. Puis elle claque la porte, comme si elle tirait un coup de feu.

Elle attend. Sa respiration. Peut-être va-t-il frapper. Il n'a pas pris de clef, de veste, de portefeuille. Elle attend. Elle entend claquer la porte du bas, sur la rue. Elle baisse ses paupières sur ses yeux. Sa respiration. Elle retourne lentement vers la cuisine et retrouve ma femme, qui entre-temps s'est relevée. Elles ne se disent rien. Maria sait qu'en allant à la fenêtre, elle verrait son mari s'éloigner dans telle ou telle direction. Mais elle ne veut pas, ne s'y intéresse pas. Au bout de quelques instants, elle marche vers la fenêtre. Peut-être est-il encore visible. Elle ne voit rien. Il a disparu. La rue est déserte. Il est parti en un clin d'œil.

L'annonce que Marta attendait un enfant fut un bonheur pour nous. Marta avait vingt ans, elle croyait encore en tout, elle était mince. Le mari de Marta n'était guère plus âgé qu'un adolescent, il ne regardait pas les autres femmes et sourit, sourit beaucoup quand il sut. Ma femme et moi apprîmes très naturellement que nous allions être grands-parents. Nous avions une fille de vingt ans et nous allions être grands-parents.

Au bout de quatre mois, le docteur conseilla le repos. Ce fut le mot qu'il employa. A la satisfaction de ma femme, Marta, pour la suite de sa grossesse, vint s'installer chez nous. Son mari rentrait le soir, il dînait avec nous, nous avions des conversations solennelles et, peu après, il allait se coucher avec Marta. Durant ces mois, Maria quitta son lit pour dormir dans la chambre de Francisco.

Marta passait la plus grande partie de ses journées allongée. Maria s'asseyait à côté d'elle, lui lisait des romans d'amour, et elles se parlaient à voix basse. Parfois, Marta entrait en robe de chambre dans la cuisine et s'asseyait près de la cheminée. C'étaient les derniers mois d'automne, puis ce furent les mois d'hiver. Elisa naquit au début du printemps.

Le ventre de Marta était rond et bien dessiné. Avec précaution, elle nouait par-dessus la ceinture de sa robe de chambre. Francisco lui posait la main sur le ventre pour sentir les coups de pied d'Elisa.

« Il bouge, ton bébé ! »

Maria n'était pas tout à fait sûre d'être enceinte quand elle vint nous l'annoncer. Elle l'était. Et elle avait les yeux au fond d'un puits, ses yeux étaient petits, petits, et une tendresse enfantine affleurait à leur surface. Comme si les yeux du bébé existaient en eux. Personne ne savait encore que les yeux d'Ana seraient exactement pareils, comme si c'étaient les mêmes.

Certains après-midi, Simão lui rendait visite. Personne ne me le disait, mais j'en avais la certitude. Il lui apportait de vieilles cacahuètes qu'il tirait de ses poches. Il lui tendait la paume de ses mains, sale, remplie de cacahuètes.

Son mari la traitait avec prévenance. Francisco passait la voir quand il finissait son travail. Ils bavardaient : alors, ils avaient le même âge. Ma femme, en rentrant du marché, passait aussi pour lui faire cadeau de choux et d'autres légumes.

« C'est pour la soupe. Tu veux que je la fasse ? Ça ne me prendra pas longtemps. »

Marta avait déjà commencé à grossir. On remarquait que semaine après semaine, elle entrait plus lourdement par le portail. Elisa courait dans la maison et faisait claquer des baisers contre le ventre de sa tante. Entre les deux sœurs, la paix était vraie, le silence bon, les blessures guéries, les regards sans ressentiment.

Le ventre de Maria. Elle portait une robe en flanelle bleue pour attendre son mari. Elle posait ses mains sur son ventre, comme si elle le portait. Ses joues étaient colorées, son visage plein d'expectative affectueuse.

A l'annonce que Marta attendait un deuxième enfant, j'étais déjà malade, ma femme avait perdu toute consolation, Francisco avait pris en charge l'atelier et courait, perdu, dans les rues de Lisbonne en fin d'après-midi, Simão avait disparu plus que jamais de tous les lieux où personne ne l'avait vu, où il n'était jamais venu, Maria se tourmentait et pleurait sans raisons concrètes, ou pour des raisons indéfinissables en mots qu'elle connût, Marta avait grossi, elle était de nature fragile, et son mari avait ses préoccupations, des femmes qu'il regardait et touchait, qu'il appelait par des noms que Marta pouvait à peine imaginer murmurés, des noms tendres, peut-être, ou feignant la tendresse, mais qui, du moment qu'ils existaient, étaient le miroir de la tendresse vraie.

A l'annonce que Maria attendait un deuxième enfant, tout le monde voulut espérer.

Aujourd'hui, c'est samedi. Maria s'est réveillée seule et légère. Elle est dans la cuisine et pense que demain, Francisco courra le marathon des Jeux Olympiques. Maria confond tendresse et peine. Elle ressent de la tendresse pour son frère, mais, secrètement, croit avoir aussi de la peine. Elle ne peut cesser de se le rappeler quand il était petit. Et dans son souvenir, il rit ou sourit sans cesse. Elle ressent de la tendresse, qu'elle appelle peine en pensée. Elle se rappelle Simão. L'image de son frère borgne est voilée d'un rideau de peine, de peine profonde : la peine de ne l'avoir pas vu depuis si longtemps, d'être sans nouvelles de lui. Quelques questions s'élèvent en son for intérieur : où est-il allé ? va-t-il bien ? qui s'occupe de lui ? Puis, les cris de ses filles dans le salon attirent son attention. Une attention qui est une barque flottante, sans gouvernail, guidée par les vents et les courants.

Dans le salon, les filles de Maria jouent sans souci, car ce sont des enfants : elles ne conçoivent pas que rien, jamais, puisse détruire ce qu'elles connaissent et attendent de chaque geste, ou du temps inconnu qui passe. Ana et Íris. Ma femme est assise sur le canapé, à côté d'elles. Voilà bien des jours, bien des mois qu'elle n'est pas restée ainsi, inoccupée, sans tâches : simple et blanche. Comme les enfants, elle est sans souci. C'est une enfant à sa manière.

Puis, la sonnette de la porte. Toujours la même agitation, la même anxiété bouillonnante, même quand on sait qui sonne. Cette fois, aucune n'en sait rien. Maria se dit que ce peut être son mari. Ma femme se dit que ce peut être le gitan. Toujours la même agitation : la sonnette. Ma femme n'y pense pas, mais, si elle y pensait, elle pourrait se souvenir que c'est comme au temps où elle buvait encore du café et devait ensuite s'asseoir parce qu'elle se sentait mal. Ni Maria ni ma femme ne tentent d'éviter ce qu'elles savent inévitable. Elles ont peur : une peur d'êtres humains :

mais elles affrontent la peur, et ainsi la réduisent, la détruisent. Aussi s'engagent-elles en même temps dans le couloir. Maria arrive la première. Un seul mouvement du bras, ferme, pour ouvrir la porte.

Marta, flanquée d'Elisa et d'Hermes. Marta, énorme, qui porte une petite valise et deux sacs en plastique. Ce poids attire sa silhouette vers le sol et en fait une montagne de chair, qui porte une robe presque neuve. Et son visage : ses yeux souriants ou tristes, ses joues rougies par deux taches de fard, ses cheveux qu'elle coiffe avec de l'eau chaque fois qu'elle quitte sa maison et prend le train. Elisa, qui est une enfant bien élevée, ne comprend pas et ne demande rien, elle a confiance. Hermes voudrait jouer.

Maria et ma femme entrent dans la cuisine, accompagnées de Marta. Elles se bornent à l'écouter. Sa voix. Qui leur est extérieure, et, en même temps, existe au-dedans d'elles. C'est comme si dans leurs pensées existait une cuisine toute pareille à celle-ci, avec la même clarté douce, la même sérénité, et que la voix de Marta y employait les mêmes mots pour leur dire l'absence d'effroi, vaporeuse et respirable, qu'elle leur confie en ce moment. Il y a longtemps que ma femme et Maria s'attendaient à entendre ces mots de cette voix. Mais elles n'avaient pas prévu que Marta quitterait sa maison. Jamais, dans leur souvenir, elles n'ont imaginé qu'elle parlerait avec cette acceptation pacifique, ni triste, ni déçue. Marta leur raconte son histoire fatiguée, avec les phrases qu'elle a construites durant le voyage en train, en regardant le paysage. A la fin de chaque mot, elle devine qu'elles savent quel sera le mot suivant et se fatigue davantage. Puis, elle leur parle de la décision qu'elle a prise. A la fin, elle leur dit :

« Je ne rentrerai jamais. »

Et ma femme comme Maria prévoient que, tôt ou tard, Marta rentrera chez elle. Elles ne savent pas combien de temps cela prendra, mais savent qu'elle rentrera.

Au salon, ni Ana ni Íris ne posent de questions à Elisa ou à Hermes. Tous quatre sont contents de se voir et se mettent aussitôt à jouer.

Et le samedi passe avec une tranquillité solaire, comme un jour pour rouler à bicyclette sans but précis, un jour pour se promener, faire le tour de l'étang dans le jardin public simplement parce que c'est un chemin sans questions, comme tous les chemins. Ma femme et mes filles accomplissent des tâches simples, et se comprennent. Quand elles se croisent, leurs voix sont jeunes et ont la sagesse résignée de savoir que rien n'est urgent. Nonchalance et harmonie. Les heures flottent. Toutes les heures flottent et sont pareilles. Les enfants jouent et rient, comme rient mes filles et ma femme chaque fois qu'elles en ont envie. C'est samedi et, ce jour-là, le monde s'est décompliqué.

Après qu'elles ont couché les enfants et sont restées assises encore un petit moment à la table de la cuisine, pour parler de Francisco et tomber d'accord sur tout, pour se rappeler mainte et mainte chose, et rire, et rire encore, ma femme et mes filles se dirigent vers leurs lits, et, avant de s'endormir, se disent qu'elles pourraient vivre ainsi pour toujours.

Marta n'était pas encore née, ma femme était enceinte, et nous passions beaucoup de temps ensemble : parfois même, elle s'asseyait sur mes genoux, entre mes bras : et nous nous demandions lequel de nous deux mourrait le premier. C'était une angoisse qui nous atteignait. Nous avions d'autres conversations sans solution qui, comme celle-là, revenaient de temps à autre. Il pouvait se passer beaucoup de temps sans que nous les ayons, des mois, des années, mais, quand nous y revenions, nous nous rappelions toujours que ce n'était pas la première fois que nous abordions ce sujet. C'était une angoisse qui existait, souterraine, et ne disparaissait jamais complètement. Nous étions trop attentifs à la vérité pour parvenir à l'ignorer. Nous ne pouvions faire comme si elle n'existait pas. Plus tard, quand tous nos enfants furent nés, nous étions parfois couchés sur le lit, nus, après l'amour, et elle ou moi songeait à demander lequel de nous deux mourrait le premier. Et nous pensions à nos enfants. Cela nous coûterait beaucoup de les quitter, car nous n'étions pas sûrs qu'ils sauraient gouverner leur vie, nous avions peur qu'ils n'en soient pas capables, craignions qu'ils n'aient besoin de nous alors que nous serions partis. Marta, Maria, Francisco et même Simão, même Simão. Et nous pensions à ce que ce serait de mourir, de laisser l'autre, de rester seul. Combien de temps vivrions-nous séparés ? Des mois ? Des années ? Oui, combien d'années vivrait-il encore, celui qui survivrait à l'autre ? Puis, j'étais déjà très malade : un bref temps de paix me restait pour dire encore quelque chose. Et ce fut un après-midi. Ma femme m'apportait de la nourriture que je n'arrivais pas à manger, car je ne mangeais plus rien. J'étais à la maison, vêtu du pyjama qu'elle m'avait acheté pour le porter à l'hôpital. Il y avait des mois que je passais tout mon temps en pyjama, maigre, les cheveux raréfiés. Alors, je voulus m'asseoir dans mon lit, lui prendre la main et la serrer sur ma poitrine. Ce fut une des dernières choses que je dis avec une conscience absolue. J'étais capable de beaucoup de peine. Je lui dis :

« Maintenant, nous savons qui va mourir le premier. »

Ils ont existé, les dimanches, les dimanches. Mais en regardant en arrière, l'impression qui s'impose à moi est que beaucoup furent perdus. Aujourd'hui, il me semble qu'il me suffirait d'un dimanche de plus pour parvenir à tout résoudre. Mais aussitôt après, il me semble que non. Non, peut-être que non. Mais, aussitôt après, il me semble que si. Un seul dimanche, depuis son matin, toujours clair, toujours inconscient, un jour entier pour en jouir et pour le perdre jusqu'au début de la nuit : illusion créée par une planète qui tourne sur elle-même. Aujourd'hui, c'est un dimanche différent des autres : Francisco court le marathon des Jeux Olympiques. Et c'est cet effroi de bonheur qui réveille Íris la première, puis tous les autres enfants, puis Maria, puis Marta, puis ma femme, qui, en ouvrant les yeux, croit un instant qu'elle n'a pas réussi à s'endormir. C'est dimanche, dimanche, dimanche, dimanche, dimanche.

Marta coiffe Hermes devant le miroir de la salle de bains. Maria s'enthousiasme en parcourant le couloir, suivie d'Íris qui voudrait lui dire quelque chose ou veut seulement faire mine que, par moments, elle est grande et accomplit des tâches importantes. Ana et Elisa bavardent au salon. Les yeux d'Ana brillent de l'illusion d'être une grande fille, sérieuse, bien élevée, qui fait tout ce qu'on attend d'elle et comprend les conversations. Ma femme est dans la cuisine : musique de piano dans le poste de T.S.F. : et pense.

Dans quelques heures, ce sera le départ du marathon. Dans l'appartement de Maria, ma femme, mes filles et mes petits-enfants sont vivants. La clarté : qui entre par les fenêtres, qui naît derrière les immeubles, derrière Lisbonne, en un lieu pur, sans nulle imperfection, sans souvenir d'imperfections : enveloppe leur vie, comme il y a toujours un éclat qui enveloppe les objets précieux et transforme leur simplicité en grandeur.

Ma femme a grand-peine à convaincre Íris et Hermes de laisser leurs jeux et de s'asseoir à table pour le déjeuner. Quand elle y parvient enfin, après avoir pris Íris sous les bras et l'avoir assise, puis s'être baissée pour pousser la chaise, Íris lui saisit la tête à deux mains : ses deux petits bras : et lui donne un baiser sur la joue.

Même ma femme hausse la voix. Toutes les voix s'emmêlent sur la table, comme une toile de fils enchevêtrés. Ma femme essaie de parler à Marta, qui essaie de parler à Elisa, qui essaie de parler à Ana, qui écoute sa mère et essaie de parler à Íris, qui parle à Hermes, qui parle à Íris. Parfois, ils parviennent à s'entendre.

Ma femme se lève, elle va régler la T.S.F. sur une autre station. Comme s'il parlait dans un entonnoir, on entend déjà la voix d'un journaliste sportif qui décrit l'ambiance dans le Stade Olympique de Stockholm. Soudain, mes filles et mes petits-enfants se taisent. Parfois, le journaliste prononce le nom de Francisco. Au milieu d'une phrase, on l'entend dire :

« Francisco Lázaro. »

Íris bout sur sa chaise. Elle se soulève, se dresse et s'agite. Mais personne ne parvient à résister à l'enthousiasme. Maria dit des phrases d'un ton artificiel. Marta se contente de sourire. Ma femme essaie de faire comme s'il ne se passait rien d'extraordinaire, parce que c'est sa façon à elle d'être enthousiaste. Tout le monde écoute ce nom, jusqu'à Hermes qui pousse de petits cris, jusqu'à Ana qui tourne la tête de côté et d'autre, jusqu'à Elisa qui pose ses mains sur ses genoux et semble se recroqueviller sur elle-même avant d'exploser.

C'est un dimanche différent de tous ceux qu'on a connus, de tous ceux qui viendront ensuite. Ma femme commence à rassembler les assiettes, et, pour feindre le calme, murmure des bribes de mots qu'elle-même n'écoute pas. Ses mouvements et tout son corps existent à peine dans la voix qui sort du poste et du son distordu, grisâtre, de la foule derrière elle. Le journaliste dit qu'il fait très chaud en Suède. Maria commente chaque phrase, Marta lui dit de se taire, mais aussitôt après ne peut se contenir et fait un commentaire aussi. La nappe reste sur la table, couverte de miettes. Hermes et Íris descendent de leur chaise et trouvent un endroit par terre, sur le carrelage, où ils entament une conversation. La course va commencer. Ma femme s'assied enfin.

On sonne à la porte. Qui ça peut-il être ? Pardessus la table, ma femme et mes filles se regardent. Personne ne semble vouloir se lever. C'est l'appartement de Maria, donc c'est Maria qui se lève. Dans la cuisine, on cesse presque d'écouter la T.S.F. et on est en attente, aux aguets. On entend la porte qui s'ouvre, mais pas de voix identifiables.

Maria revient dans la cuisine avec Simão. Bien droit, mais la tête baissée. Puis il relève le visage. Un instant, tous les cœurs s'arrêtent : une éclipse. Marta pose un poing sur la table, et, avec peine, se lève de sa chaise pour aller étreindre son frère. Ma femme reste debout derrière elle : attend. Elle a besoin de toutes ses forces pour se retenir de pleurer quand il lui donne deux baisers, de toutes ses forces pour ne pas l'étreindre aussi, pour ne pas s'écrier :

« Mon fils. »

Elisa et Ana, aussitôt après, l'embrassent poliment sur les deux joues et lui sourient. Simão s'approche d'Hermes et d'Íris pour leur passer les doigts dans les cheveux. Puis il s'assied. Quand il n'y fait pas attention, ma femme, ou Maria, ou Marta le regardent.

Le marathon va commencer.

Le journaliste dit le nom de mon fils dans toutes ses phrases, il dit Portugal. Dans la cuisine, ma femme, mes enfants et mes petits-enfants. Ensemble. Quand ils ne se regardent pas, ils regardent le poste ou l'air, mêlant leurs pensées à la voix du journaliste.

Le marathon a commencé.

Il court parmi les premiers. Il est le seul à courir tête nue. La voix du journaliste : les images de ce qu'il dit. Des images différentes dans les yeux de chacun. Les coureurs sortent du stade. Francisco est dans les premiers. Hermes et Íris sautent sur le carrelage du sol et crient en chœur :

« Tonton ! Tonton ! »

Marta leur ordonne de se taire, et ils se taisent. Francisco dépasse un coureur. Francisco dépasse un autre coureur. Hermes et mes petites-filles sont le visage de l'enthousiasme qui existe aussi, caché, dans le visage de ma femme, de nos enfants. Le journaliste répète qu'il fait très chaud en Suède.

« Moi qui croyais que la Suède était un pays froid, dit Maria.

— Laisse-nous écouter », dit Marta.

Après quelques kilomètres, quelques minutes, le journaliste dit que Francisco semble avoir un produit gras sur la peau : peut-être une graisse, une huile. Mes filles se regardent sans comprendre. Le journaliste dit qu'il court à un bon rythme. Elles sourient. Et il ajoute que, s'il maintient un tel rythme, la médaille d'or sera pour lui. Même ma femme sourit. Le journaliste dit Portugal.

Francisco traverse un pont. Dans la cuisine, tous l'imaginent en train de traverser ce pont. Un coureur s'approche de lui, il va le dépasser, mais Francisco ne le laisse pas faire. Il s'échappe à toute vitesse. Marta et Maria se tiennent la main plusieurs minutes d'affilée. Chacune serre la main de l'autre. En Suède, il fait très chaud. A Lisbonne, le temps passe.

Francisco court, il est seul en tête. Sept kilomètres. La voix du journaliste s'enflamme. Les yeux crédules de mes filles. Dix kilomètres. Douze. Francisco ralentit. Une inquiétude s'entrevoit sur le visage de ma femme. Voilà vingt et un ans, elle portait Francisco dans son ventre. Elle ne connaissait pas son visage, et inventait tout. Aujourd'hui, il est si loin ! C'est tout juste si elle peut imaginer où il se trouve, où il court, court dans la chaleur. Est-ce qu'il reviendra ? Ma femme ne veut pas avoir cette pensée, et dirige son attention vers la voix du journaliste. Il dit que Francisco commence à perdre des places. Qu'on distingue la fatigue sur son visage. Hermes et Íris ne comprennent pas.

L'après-midi se fait plus lent. Francisco se laisse peu à peu distancer. Dix-sept kilomètres. Des groupes de coureurs le dépassent. Le soleil de Suède brûle. On voit que le corps de Francisco faiblit. Il court sans coordination. C'est la chaleur qui le fatigue, qui draine toute son énergie. Vingt kilomètres. Le journaliste loue les efforts du coureur portugais. Francisco : le coureur portugais. Le journaliste répète le mot effort à plusieurs reprises. Il emploie des verbes différents : résister, lutter, tenir : et toujours le mot effort. Vingt et un kilomètres. Francisco tombe.

Mes filles ouvrent la bouche. Ma femme et Simão lèvent le visage comme s'ils étaient atteints, suppliciés. Ana et Elisa regardent autour d'elles pour tenter de savoir ce qu'elles devraient éprouver. Hermes et Íris, assis sur le sol, font des jeux avec leurs doigts, sans comprendre et riant tout bas.

Francisco se relève. Il court lentement, désorienté. Ma femme joint les mains sur ses genoux, comme si elle priait. Mais elle ne prie pas. Maria va dire quelque chose d'une voix affligée, mais Marta la fait taire. La distance passe très lentement à présent. Le coureur qui a pris la tête est déjà loin. Inaccessible. Ma femme a les yeux fermés. Simão observe la paume de ses mains. Les regards de mes filles se perdent dans un horizon inexistant. Vingt-cinq kilomètres : Francisco tombe de nouveau.

Et de nouveau, il se relève. La voix du journaliste est grave et tourmentée dans le silence absolu de la cuisine. Hermes et Íris commencent à s'apercevoir qu'il se passe quelque chose qu'ils ne comprennent pas vraiment. Dans les rues de Lisbonne, il doit se produire beaucoup de choses que personne n'imagine. Dans les rues où Francisco a tant de fois couru, il doit se produire beaucoup de choses. Le journaliste se demande combien de temps Francisco pourra résister encore. Il traîne les pieds sur le sol. Portugal. Trente kilomètres. Francisco s'effondre, épuisé. Des gens se précipitent autour de son corps étendu. Mes filles, Simão et ma femme se lèvent de leurs chaises et courent vers le poste, comme s'ils pouvaient entrer à l'intérieur.

Je dois aller à la rencontre de mon fils.

Après qu'on eut déposé Francisco sur une civière pour l'emmener à l'hôpital, le journaliste parla de mort. De mort, avec certitude. Marta, affectant une voix calme, dit à Elisa d'emmener son frère et ses cousines au salon. Simão étreignit sa mère, la serra fort dans ses bras. Recroquevillée, elle pleurait, c'était un être dans la tempête, traversé par une tempête. Son corps était petit dans les bras de Simão, sans volonté, sans forme.

« Peut-être que ce n'est rien », dit Maria en s'approchant et en se leurrant elle-même.

Mais de nouveau, le journaliste parla de mort. D'épuisement. Maria se mit à gémir tout bas, comme un animal blessé. Marta, dans son corps gigantesque, avait les yeux hors de la tête et serrait les lèvres comme une enfant. Le journaliste parlait d'une voix de condoléances. Il n'y avait plus de dimanche. Le marathon était fini.

Ma femme quitta les bras de Simão, perdue, éperdue. Désorientée, elle erra dans la pièce. Nos enfants la regardaient, sans pouvoir rien faire pour elle. Le journaliste prit congé des auditeurs. Les auditeurs. Ce fut Simão qui éteignit la T.S.F.

Et puis rien. Le bruit du réfrigérateur qui existait : silence vibrant. Les détails tristes : la coupe à fruits, l'évier, le carrelage ; et la peur, la panique de la fenêtre : la hauteur de la fenêtre, trois étages, et le monde entier éteint au-delà. Simão pleurait comme s'il toussait ou s'étouffait. Marta et Maria pleuraient librement : des ruisseaux après la pluie. Ma femme avait perdu ses forces.

Elle s'assit, sans réaction. En elle : la certitude et le désir de ne pas croire. La certitude et l'impossible. Ma femme, sans décision, se rappela notre fils encore petit, à dix ans, et un vertige d'images tomba en elle : du sang. Elle se rappela notre fils nouveau-né. Dans cet instant, elle était morte.

Ensuite, l'après-midi. Personne ne pouvait comprendre sa tranquillité. Attendre. Et chacun d'eux était abandonné. Le temps passait, terni par la lumière et distordu par les visages ; il les traversait, terni, distordu, et s'installait lentement au-dedans de chacun d'eux. Le temps était un étang d'eau grise qui, lentement, s'élargissait au-dedans de chacun d'eux. Simão fut le seul qui eut le courage de s'approcher de la fenêtre et de regarder le monde, comme s'il existait encore. Et il existait : invisible, privé de sens.

Ils ne pouvaient rien faire, qu'attendre. Rien : le vide, la vacance, l'absence unique, sans réponse. Ils avaient fini de pouvoir attendre, mais peu à peu étaient forcés de retrouver cette fonction insupportable : attendre. Ils y étaient forcés. A quoi bon poser des questions aux ombres ? Des heures passèrent.

A quelques reprises, Maria ou Marta, conscientes, se levèrent des chaises où elles vieillissaient et parcoururent le couloir pour s'assurer que les enfants allaient bien. Seule Elisa les regardait d'un regard différent. Ana, Hermes et Íris souriaient dans un jour normal. Pour eux, c'était encore dimanche.

Dans la cuisine, il n'y avait que le silence, peuplé de souvenirs ; et toute la peur de mes enfants et de ma femme couvrait une certitude, un abîme, vorace, qui existait en eux telle une fournaise éclairant leurs visages. Le soir tombait.

La mort.

A neuf heures, le téléphone sonna. Aucun d'eux ne savait que faire. La sonnerie les déchirait, c'était comme un fil barbelé qui leur eût fouetté la peau. Ma femme avait les mains sur les oreilles, elle n'y résistait pas. Marta et Maria furent à nouveau deux sœurs tout enfants. Simão savait que c'était à lui d'aller répondre. En marchant, il redécouvrit qu'il avait des jambes, et des bras, et des mains. Il respirait. Il décrocha le téléphone. A côté de lui, le cadre chromé : la photographie que nous avions prise tous ensemble, sur la place du Rossio. Il décrocha le téléphone et répondit. Le temps. Les visages de ma femme et de mes filles, oubliés dans une faille du temps. La voix de Simão :

« Oui, oui. Bien. Je leur dirai. »

Il s'approcha de ma femme et de mes filles, et leur dit. Lui-même resta immobile, comme s'il observait ses mots et s'efforçait de les comprendre. Lumière infinie et incandescente. Ma femme et mes filles le regardaient sans comprendre. Le fils de Francisco venait de naître.

Le fils de Francisco venait de naître.

Les mots furent :

« L'enfant de Francisco est né. »

Le fils de Francisco venait de naître.

Note de l'auteur

Francisco Lázaro est un athlète portugais qui mourut après avoir parcouru trente kilomètres du marathon des Jeux Olympiques de Stockholm, en 1912. Le personnage qui porte son nom dans ce roman ne s'inspire que des circonstances de sa mort. Le reste de son histoire et les autres personnages sont entièrement fictifs.

CET OUVRAGE
A ÉTÉ ACHEVÉ D'IMPRIMER
SUR ROTO-PAGE
PAR L'IMPRIMERIE FLOCH
À MAYENNE EN JANVIER 2008

N° d'édition : 15175 – N° d'impression : 70309
Dépôt légal : janvier 2008
Imprimé en France